Gilles Marcadet

Soixante--huitard

Fragments de vie

Volume 1

© 2024 Gilles Marcadet
Édition : BoD · Books on Demand GmbH,
In de Tarpen 42, 22848 Norderstedt (Allemagne)
Impression : Libri Plureos GmbH, Friedensallee 273,
22763 Hamburg (Allemagne)
ISBN : 978-2-3225-1668-1
Dépôt légal : Novembre 2024

PREAMBULE

Qu'on ne se méprenne ! "Soixante-huitard" n'est pas une revendication. J'étais à l'endroit, au moment, sans aucun jugement de valeur…

Simplement le fait d'avoir eu vingt et un ans (la majorité) en mai 1968, d'être étudiant à la fac d'Orsay après mon bac "*Sciences Ex*" et de posséder une 2CV gracieusement offerte (en panne) par Jeannot, un copain de lycée.

Je garderai la tête froide tout au long de ce qu'on appellera les "évènements de mai 68" auxquels j'ai bien sûr, participé "activement" (?) avec entendement, distance, humour et dérision.

Grâce à mes enseignants, mon esprit critique (forgé par les précédents) et mon acuité d'observation et d'analyse (idem), je suis resté à l'écart des sectarismes ambiants de l'époque et futurs ; les enfants de prolos étaient PC, ceux des petits bourgeois, trotskistes et les engeances des grands bourgeois, maoïstes.

Plus tard, les trotskistes ont été dissous dans l'aile "*gôche centriste*" (et ont même fini par voter Macron !), les maoïstes dissous dans l'ENA, les corridors des ministères et la presse BCBG du 6ème arrondissement ; étant fils de prolos, j'ai échappé à ces sectarismes.

Plus prolos, c'est dur ! Quand j'ai passé mon bac, ma mère était femme de service dans une école maternelle et mon père, "chauffeur de chauffe", c'est-à-dire que pendant six mois d'hiver il partait à la nuit tombée, en Solex, vers l'ONERA de Meudon ; là, il passait la nuit de bâtiment en bâtiment à charger les chaudières de pelletées de charbon, et ce, à soixante-six ans…

Pourtant, quinze ans plus tôt, la pâtisserie provinciale de mes parents marchait bien…Que s'était-il passé ?

Opposé à tous les sectarismes, dis-je, à voir… Je me souviens des paroles d'un ami, officier de marine, dont la fille unique était en âge de fréquenter (*de copuler*) :
« *Le jour où elle me ramène un copain déjeuner à la maison, je pose sur la table un Aloxe-Corton et un Coca ; s'il choisit le Coca, c'est la porte immédiatement ! J'exige un minimum de culture et de discernement, tout de même !* »
J'adhère totalement, bien sûr ! Donc, je suis intransigeant, donc sectaire… j'assume et le revendique…

POURQUOI ces "mémoires" ?
Je ne connais de la vie de mes parents que des fragments et m'interroge sur des zones d'ombre, tout au moins d'ignorance. Pourquoi mon père, dans les années trente, alors que la pâtisserie marchait fort bien, décide de tout plaquer, vend le fonds de commerce et part à Limoges pour une boulangerie ?
Puis, pourquoi reviendra-t-il trois ans plus tard à la pâtisserie ?
C'est donc principalement pour mes enfants et petits-enfants, qui se désintéressent totalement de notre vie de notre vivant, comme tous les enfants, que j'ai décidé de consigner ces souvenirs.
Et puis, j'aime raconter des histoires…
Le fait de publier (à compte d'auteur, ce qui ne coûte quasiment rien aujourd'hui), permet de laisser une trace, y compris à la BNF, que des arrière-petits-enfants pourraient éventuellement retrouver des dizaines d'années plus tard.

Nostalgie ? oui et c'était "mieux avant", c'est certain ; je le revendique, toutes mes aventures le démontreront.
Bien sûr, j'exagère et c'est relatif ; les famines étaient bien plus dévastatrices dans les années 50 que dans les années 2020.
…Quoi que ?

Mais le "progrès" à coups de schlague, de téléphone dit "intelligent", de réseaux dits "sociaux", d'Elon Musk… ne peut leurrer ou abuser que des crétins des alpes…

Qui aurait pu imaginer qu'au 21ème siècle, un individu appartenant à la race humaine, Mike Hughes, le chef des "*platistes*", se tuerait dans sa "*fusée à vapeur artisanale*" (SIC) en voulant prouver que la terre était plate ?

Pauvres Galilée et Christophe Colomb qui doivent se retourner dans leur tombe !

Ma sœur de 94 ans se désespère de devoir utiliser un téléphone "intelligent" pour prendre rendez-vous chez son médecin ou pour effectuer un voyage en train ; c'était plus simple et moins cher d'acheter son billet cartonné à un guichetier[*] !

Me suis-je tout permis ? non ; je me suis censuré, déjà pour ne pas blesser des proches, des amis, des gens… aussi à propos d'aventures trop intimes ou trop personnelles (ou dont j'ai honte) … et aussi pour des choses à ne pas dire "*dans l'air du temps*" et qui pourraient même me mettre en danger.

COMMENT raconter ?

Sous quelle forme ? Pas de "journal intime" sur un carnet qui disparaitra au fond d'un tiroir ; pas non plus un récit chronologique, ennuyeux, dès la dixième page ; pas un récit thématique aux classifications douteuses, redondantes ou impossibles. Et puis pourquoi pas des morceaux, des portions, qui ressurgissent par hasard, au gré de l'humeur, d'une idée, de réminiscences…

Ce sont donc des bribes de souvenirs, des lambeaux de vie ou des tranches de vie comme disait Béranger. Elles revivent,

---

[*] *Guichetier : métier en voie d'extinction ; être humain derrière un guichet dans une gare.*

.

renaissent, reparaissent, à l'occasion d'un évènement, d'une situation, d'une photo, d'un rappel et parfois même d'une odeur. C'est tenace, les odeurs ! J'ai redécouvert une odeur cinquante ans plus tard, celle du séneçon, très odorante en fin de chaudes journées de juin, qui m'entêtait vers l'âge de neuf ou dix ans... Ou l'odeur du vin retrouvé à travers le cépage tourangeau "côt" qui n'était autre que celle du cellier légèrement humide, de moisissure aigrelette et âpre, fraiche comme la "miettée"[*] dans le grand bol que me faisait ma grand'mère en cachette de mes parents, les chauds après-midis d'août.

Ces bribes ponctuelles sont entremêlées de réflexions personnelles, à vif, plus ou moins judicieuses, réactions épidermiques intuitives et instinctives au monde qui m'entoure ; si elles ne sont pas toujours appropriées, intelligentes, opportunes, pertinentes, elles ont le mérite d'être spontanées !

Aussi, ces "instantanés", parfois âgés de plus de soixante-dix ans, ne sont pas forcément fidèles à la "pure" réalité ; mais personne ne peut en juger ni m'en tenir rigueur...

> *"La vérité, c'est qu'il n'y a pas de vérité."*
> Pablo Neruda ("Fin du monde")

> *"Il n'y a pas de vérités, mais il y a des mensonges évidents"*
> Omar Khayyam (Quatrains)

---

[*] *Ou "miot" ; bol d'eau fraîche (du puits) avec un peu de vin rouge, un morceau de sucre et des morceaux de pain sec. C'était très désaltérant et j'aimais bien...*

Table des chapitres

Photo de couverture : jeune couple de 22 ans dans le bazar de Chiraz en juillet 1969 (photo Vincent Hardy)

Les péripéties de la pile de Danton[*]

On est à la fin des années soixante-dix, peut-être en 78 ou 79. On revient en 2CV de Créteil vers la maison par le pont de Choisy le Roi sous lequel coule la Seine. Je tombe, face à moi, sur une très ancienne maison cossue, coincée entre la voie ferrée et la route. Elle est murée depuis peu ; je la connais comme étant la maison où avait vécu Danton. La place elle-même porte son nom. Je m'arrête, bien sûr.

Une des fenêtres arrière a été « démurée ». Je pénètre. Il fait sombre ; toutes les ouvertures ont été condamnées mais des raies de lumière passent par quelques fentes. Un superbe escalier en chêne dont je récupérerais bien la rampe mène au premier étage. Tout a été vidé. Je continue mon ascension. Au deuxième étage, les fenêtres n'ont pas été murées ; je trouve dans un angle une pile en pierre, belle, grande mais très lourde. Au-dessus, le grenier en carène est superbe ! c'est une charpente de marine en chêne en forme de cale de bateau renversée... Quel dommage de détruire cette œuvre de plus de deux cents ans !

Je me dirige vers une épaisse planche, appuyée contre un mur ; c'est lourd ; tout gris de poussière ; je pense d'abord à une plaque de pierre ; je gratte ; c'est du bois mais d'un poids impressionnant ! Je la descends.

Les piles du rez-de-chaussée ou du premier étage ont dû être remplacées depuis bien longtemps par des éviers "modernes", mais celle du deuxième étage, y a échappé. Je réussis à la lever légèrement ; elle fait sans doute quatre-vingt kilos ; je ne vais pas laisser ce trésor partir à la décharge !

A la nuit tombée, on revient, ma copine et moi, avec une corde et un pied de biche ; on réussit à la mettre debout et à la

---

[*] *Rien à voir avec Duracell ! Une pile, pour les jeunots, c'est un genre d'évier taillé dans une pierre monobloc, peu profond, et peu commode ; ça éclabousse !*

déplacer, d'un coin sur l'autre, jusqu'à la fenêtre. Là, on la bascule en équilibre sur le rebord ; je passe la grosse corde par le trou de la bonde et on la bascule dans le vide. A deux, on arrive à la retenir car la corde frotte fortement sur le rebord de la fenêtre. Mais en descendant, la corde cède et la pile tombe… coincée entre une fenêtre murée et le balcon, à l'étage du dessous ! Impossible de la récupérer mais elle n'est pas cassée !

L'adage stupide des obstinés me revient en tête « *Il n'est pas nécessaire d'espérer pour entreprendre ni de réussir pour persévérer* » Quel est le débile profond qui a pondu cette maxime ? (Ah, oui, je me souviens, c'est Guillaume d'Orange au siège de Saragosse seul devant vingt mille sarrasins en mille cinq cent cinquante-huit…)

Le lendemain, à nouveau dans la nuit, on y retourne avec d'autres cordes, des leviers et quatre bras supplémentaires.

Je descends en rappel du second étage au premier et me coince entre le balcon et le mur de parpaings qui obstruent la fenêtre. Pas à l'aise pour manœuvrer ! On réussit à la relever ; je la bascule à nouveau dans le vide et là, la corde résiste. On la ramène à terre sans dommage.

Elle est chargée dans le coffre de la 2CV qui ploie sous le poids… Elle est entreposée dans le jardin de la maison de Vitry.

Quelques mois plus tard, je la remets dans le coffre de la 2CV pour la descendre dans le midi et en équiper ma chapelle en ruine. On part, comme très souvent, à la nuit tombée. La route est libre et j'aime rouler de nuit. Vers une heure ou deux du matin, quand le coup de barre se fait sentir, je vide mon tube de lait concentré sucré Nestlé et la machine repart jusqu'au petit matin où l'on s'arrêtera dans le premier café ouvert prendre un petit noir bien serré.

On arrive à l'obélisque de Fontainebleau et, comme à chaque passage, je fais deux ou trois fois le tour du monument avant de décider quelle route emprunter : N6 ou N7 ?

Va pour la N6, cette fois ; la route est moins bonne ; le cul de la 2CV touche terre à chaque bosse et provoque une gerbe d'étincelles à l'arrière ; les feux de croisement éclairent très haut puisque l'arrière est lesté plus qu'il ne faut ! Les rares voitures que je croise, éblouies, me font des appels de phares. Alors, je mets les feux de route, qui éblouissent encore plus !

Il est près de minuit quand on arrive à proximité de Joigny. On croise une 404 commerciale de la gendarmerie ; appels de phares ; flash ! Zut ! J'ai bien passé ma plaque d'immatriculation au cirage, pour la faire luire comme on me l'a conseillé, mais on ne sait jamais. S'ils ont un appareil instantané, comme je le crois, ils vont faire demi-tour pour me rattraper, ne pouvant lire ma plaque.

Aussitôt réfléchi, je tourne à droite dans un petit chemin de terre, qui descend en contrebas de la route, vers un petit bois ; je le regrette aussitôt ! comment vais-je pouvoir remonter sur la route avec cette pente et une marche de quinze centimètres pour revenir sur le bitume ?

Je tourne à gauche dans un chemin et j'éteins tout ; on attend ; la 404 break repasse aussitôt en sens inverse à vive allure !

Une heure plus tard je regagne la route ; comme je m'y attendais, impossible de remonter sur le bitume ; les roues avant patinent ; les phares éclairent la cime des arbres d'en face ! Sortir la pile, reprendre la chaussée puis remettre la pile ? Impossible, vu la configuration du lieu ! Ah ! souvenirs d'Iran : on a plus de puissance en marche arrière. Je redescends dans le petit bois, fais demi-tour et remonte le chemin en marche arrière ; à la deuxième tentative, on est sur la route !

On arrivera cinq cents kilomètres plus loin et dix heures plus tard sans encombre.

Aujourd'hui, le nouveau propriétaire de la chapelle ignore qu'il se lave les mains dans la pile où Danton s'est rasé la barbe !

Et alors, la planche ?

Arrivé à la maison, je lave la planche ; la couleur est d'un noir-brun tirant sur le rouge ; dans le bassin, elle coule aussitôt ; c'est un bois exotique très dur, plus dense que 1. Ebène ? non, l'ébène est très noire. Il présente de belles veines rouge sombre ; je pense aussitôt au palissandre mais il coule bien rapidement ! Il est vrai qu'elle a séché dans ce grenier pendant 200 ans ; sa densité dépasse largement 1 !

La planche mesure soixante centimètres par trente par cinq. Trop lourde, je la coupe en deux ; elle a été équarrie à l'herminette ; très inégale, je dois la raboter un long moment ; je la ponce et m'en sert de planche à hacher, encore aujourd'hui.

Le problème n'est pas là ! Que faisait cette planche exotique dans cette maison du XVIIIème siècle ? J'enquête ; j'appelle Columbo à la rescousse…

A l'époque, les bois exotiques sont très à la mode ; les nouveaux bourgeois veulent rivaliser avec l'aristocratie et se faire fabriquer du mobilier haut de gamme en palissandre par exemple ; ces bois sont très fortement taxés à l'entrée en France. Alors, les voyageurs en quête de quelques subsides se faisaient fabriquer sur place des malles dans ces essences rares puis rentraient en France avec des malles dont le contenu était bien plus léger que le contenant ; au retour, soit ils se faisaient fabriquer des meubles pour eux-mêmes, soit ils vendaient ces planches à des ébénistes.

Danton a-t-il voyagé en Afrique ? Est-ce un ami qui lui a rapporté ces planches pour des meubles en devenir ?

Projet stoppé net par la guillotine…

La trahison des pizzas

L'enseignement, c'est pas de la tarte ! Gloire aux vaillants instits et profs de collèges et lycées !
J'avais déjà donné deux ans en 69-71 et j'avais démissionné ; l'inspecteur m'avait bien menacé à l'époque :
« *Si vous démissionnez, vous ne pourrez plus jamais réintégrer l'Education Nationale ! Môsieur !* »
En 1983, je suis (ré)embauché comme prof de maths, à mi-temps, l'autre mi-temps étant dédié à l'informatique (j'enseigne le "*Plan Informatique Pour Tous*" aux enseignants…). L'Education Nationale manque cruellement d'informaticiens dans ce début des années quatre-vingt et je suis en cours de rédaction de ma maitrise d'informatique.
On me donne, comme c'est normal, les classes les plus pourries dont personne ne veut. "*CAP mécanicien-monteur*", la crème des crèmes me dit-on ; c'est une section où aucun élève ne vient de son plein gré !

Le premier trimestre est consacré aux fractions : PGCD, PPCM et tutti frutti ; au bout de deux mois, une petite moitié de la classe considère encore que 1/2 plus 1/3 donnent 2/5 et 1/3 plus 1/4 font 2/7 ; le PPCM et le PGCD leur prend la tête.
En bon pédagogue (?), je cherche à concrétiser le problème ; un jour je décide d'apporter en classe deux pizzas (c'est là mon erreur !).
Je coupe la pizza au fromage en deux (un demi) et la pizza "vésuvio" en trois (un tiers).
Pour que les parts soient égales, tout le monde convient que je dois couper les demi-parts en trois et les tiers en deux. Jusque-là, tout baigne… réduction au même dénominateur…
Je prends donc trois parts de la pizza au fromage (qui représentent la moitié) et deux parts de la "vésuvio" (qui représentent un tiers). Là, tout le monde est d'accord…

J'ai donc cinq parts sur six, soit cinq sixième.

J'observe une réaction dubitative de certains élèves et un silence pesant ; l'un d'eux réagit :

« Mais M'sieur, y'a pas six parts, y'en a douze ! »

Les autres confirment ; même ceux qui avaient admis la réduction au même dénominateur comme raisonnable, acquiescent.

« Oui, M'sieur, on mange cinq parts sur douze en tout, pas six ! »

Je sens le sol se dérober sous mes pieds ; je doute de la lumière du jour et de la rotondité de la terre ! Ils ont raison quelque part… une raison à eux…

Je songe à démissionner immédiatement de l'Education Nationale…

J'ai beau leur dire que c'est par rapport à UNE pizza, l'unité de base ; que j'en ai pris deux pour couper l'une en deux et l'autre en trois, qu'on a bien réduit au même dénominateur, six. Rien n'y fait ! Je suis grillé. Il ne me reste plus qu'à couper toutes les parts en deux et tous les élèves se ruent sur les tranches.

Un élève philosophe intervient, me voyant dépité :

« Allez, M'sieur, c'est pas grave ! de toute façon, ça sert à rien dans la vie le PP truc… »

Je réfléchis au problème…

Il fallait adapter les programmes aux élèves et non l'inverse !

Je décidai de tester l'informatique ! Une salle équipée n'était quasiment jamais utilisée. J'expliquai le fonctionnement basique d'un ordinateur ; ça accrochait ! mails ils étaient impatients de pratiquer :

« M'sieur, quand c'est qu'on y va ? »

Je proposai de créer une base de données d'insultes ; ça plut beaucoup ! Puis on écrivit un jeu en langage "*Basic*" : il fallait trouver un nombre entre 1 et 1000 que l'ordinateur tirait au hasard ; on jouait contre l'ordinateur ; à chaque coup, l'ordinateur annonçait « trop petit » ou « trop grand » ; quand l'élève perdait, l'ordinateur lui assénait une insulte, genre "ta mère, elle s..." ; alors, l'élève en colère, crachait sur l'écran ! « M'sieur, y m'insulte ! »

Je vis des élèves, genre "crétins des alpes" au sens propre, taper « 1 » ; « trop petit » répond la machine ; puis « 2 » ; « trop petit » puis perdre systématiquement avant d'arriver à 9 !

Mais des lumières se firent ; des mômes ne supportant rien de l'école découvrirent sans le vouloir la « dichotomie », théorie que l'on voyait en terminale à l'époque, et devinrent des cadors. Ils reprirent confiance en eux. Mais les objections furent nombreuses :

« M'sieur, y triche l'ordi ; c'est lui qui tire le nombre alors il le connait !»

Comment expliquer ? On fit le jeu inverse ; c'est un élève qui allait choisir un nombre entre 1 et 1000 et l'ordinateur jouerait contre un autre élève ; celui qui avait choisi le nombre répondait à l'ordinateur et à l'élève par « trop petit » ou « trop grand » ; bien sûr, j'avais un peu trafiqué les programmes pour que l'ordinateur ne gagne pas systématiquement...

Un conseiller pédagogique[*] se pointa un jour ; bien sûr, il me remonta les bretelles dont je n'avais cure, n'en portant pas :

« Vous savez qu'il y a un programme à respecter... »

« Cessons l'hypocrisie... »

« L'ordinateur impose la rigueur, vertu qu'ils ont peu. Et c'est la machine qui y oblige, pas le prof ; et au niveau rapports, ça change tout ! Si au moins je peux leur inculquer cette notion, ce sera toujours mieux que l'échec des PPCM... »

Je lui fis une séance dans la salle informatique ; il vit un ou deux élèves cracher sur l'écran...

---

[*] Enseignant incapable d'enseigner mais pensant maitriser la pédagogie

« C'est l'avenir ; l'ordinateur deviendra un excellent media qui s'interpose entre le prof et l'élève ; on ne le conteste pas ; il est préférable que ce soit l'écran qui reçoive le crachat, non ? » ...

Entre 2008 et 2017, l'Europe a dépensé 37% de sa richesse pour sauver les banques !

En 2007, 1% de la richesse mondiale aurait suffi à ralentir la crise climatique !

Retour aux origines

Puis je réfléchis à la phrase fétiche de Maurice Rapin, mon prof de "Sciences Nat" au lycée « *l'histoire de l'individu récapitule l'histoire de l'espèce* » ou, plus scientifiquement : « *L'ontogenèse (le développement de l'individu) récapitule la phylogenèse (le développement De l'espèce)* ». (Ernst Haeckel et sa loi de la récapitulation de 1875).

C'est à travers l'étude des tests d'oursins fossiles que ce biologiste, philosophe et libre penseur allemand élabora sa théorie. Un oursin de 1850 passait par des stades d'évolution d'oursins adultes disparus depuis plusieurs millions d'années.

Pourquoi ne pas tenter d'appliquer cette théorie qui me semblait si juste, (le fœtus passe par les étapes unicellulaire puis poisson, avec des branchies, puis batracien avec un cœur à deux cavités et sang-froid, puis sort de l'eau !), à l'apprentissage de l'être humain, de la connaissance : balbutiements, prononciation, répétition puis énumération, dénombrement, ordonnancement, comptage… ?

J'achète quelques livres sur l'histoire des mathématiques. Etant en année de maitrise informatique à "*Vincennes à Saint Denis*", je m'inscris à un cours d'épistémologie au département de maths ; passionnant !

On fit de l'histoire plutôt que des maths ; les intendants des pharaons étaient chargés de faire l'inventaire des êtres humains, des animaux, des pièces d'or, des grains de blé… afin de connaitre sa richesse, sa puissance et sa capacité à acquérir un grand nombre d'esclaves, de soldats… et conquérir…

Pourquoi l'homme préhistorique s'est-il vu obligé de dénombrer, compter puis développer des théories ? Et pourquoi les civilisations qui dominèrent le monde étaient les sociétés où les maths étaient le plus développées ! Les romains n'ont pas su évoluer avec leur « *calculis* » (cailloux qui permettaient d'effectuer des opérations dans des casiers en bois) et leur complexe numération romaine alors que les perses, qui apprirent et transmirent les découvertes des indiens sur la numération décimale, théorisèrent l'algèbre !

On commença par « *urapum okossa* », les deux seuls nombres connus d'une tribu aborigène ; difficile de dépasser 8 ou 10 ! "*okossa okossa unrapum*" signifiait 5 (2 + 2 +1).
Des gamins surent résoudre par jeu une équation du second degré en appliquant une "*recette de cuisine*" d'Al Warismi !
C'est poétique et magique :
« *Si le carré de l'inconnu et un multiple de celui-ci valent ensemble un connu, tu dois élever la moitié du connu .../... viendra alors ce qui est cherché* »

Le terme « *al-jabr* », partie du titre du recueil publié vers 820, fut repris par les moines occidentaux et devint plus tard le mot algèbre tandis que le nom « *Al Warismi* » devint « *algorithmus* » puis algorithme. Ce savant perse reprit aux indiens également la numération de position, véritable révolution intellectuelle !

Quelques années plus tard, alors que je prenais le café au bar de la gare avec des stagiaires du "GRETA" ; quelqu'un me tape sur l'épaule ; en me retournant, j'entends « « *urapum okossa* »! C'était un ancien élève de BEP qui était en licence de mathématiques à Orsay.
J'en tirai une grande fierté, et même s'il n'y en eut qu'un seul, ça valait le coup !

L'Escargot d'Or

Les vacances de la Toussaint arrivent ; un collègue instit, suppléant comme moi, part dans sa famille, dans le limousin. Rentrant à Belleville depuis le Petit Clamart en 2CV, je lui propose de le déposer à la gare d'Austerlitz ; à cette époque, en 68 ou 69, on circulait et on se garait facilement dans Paris, eh oui !

Son train étant tard dans la soirée, il me propose de m'offrir le restaurant ; c'est sa première paye et apparemment, il claque tout ! On se rend au célèbre « *Escargot d'Or* » face à la gare. Le patron est une connaissance de ses parents... et moi, je raffole des escargots maitre d'hôtel ; on boit ; pas mal ; on reprend des escargots ; le patron offre sa tournée ; le temps passe quand tout à coup :

« Merde !! J'ai loupé mon train... »

...et pas d'autre avant demain...

Qu'à cela ne tienne ; moi aussi, je suis en vacances après tout!
Ma copine ? je l'appellerai demain pour lui dire où je suis.

« Chiche ! on fera la tournée des p'tits restaus que je connais ! on va pas désaouler ! »

Deux cafés serrés, l'addition et nous voilà partis sur la Nationale 20 que je connaissais bien, mais seulement jusqu'à Vierzon. Arrêts dans des bars pour un café ; les Routiers sont ouverts toute la nuit. On arrive au petit matin dans le limousin avec un beau soleil qui perce la brume ; les châtaigniers sont roux, jaune d'or ; la nature est superbe !

« Tu vas voir, on va aller aux champignons ! ».

On arrive chez ses parents, paysans. La maison est isolée, entourée de châtaigniers, noyers, aux feuilles embrasées.

Je n'en reviens pas ! J'ai l'impression d'être remonté d'un siècle. Dans une grande cheminée où crépite un grand feu, une marmite accrochée à la crémaillère mijote ; de part et d'autre du foyer, une chaise à l'intérieur de la cheminée.

Une table rustique trône au milieu de la pièce flanquée d'un banc de chaque côté. Un buffet très campagnard et une huche à pain complètent l'ameublement austère.

Je dormirai dans une « chambre d'amis » sans aucun confort. On sort pisser dans le jardin ; pas d'eau sauf dehors à la pompe, une eau glacée qui vient des montagnes… Spartiate !

Les parents sont fiers de leur fils, devenu instituteur. Avec le bac, on était embauché sur l'heure. Je les comprenais ; ils voyaient leur fils échapper enfin à leur condition misérable, même si Jean Ferrat chantait à l'époque « *Que la montagne est belle…* ».

Les conditions chez mes grands-parents, en Touraine, là où mon père était né, n'étaient pas très différentes ; les « *toilettes sèches* » étaient au fond du jardin ; il fallait faire vite si le besoin était pressant, mais il y avait l'eau courante, certes froide, au-dessus d'un évier dans la pièce commune et une cuisinière en fonte ; une ampoule de « *40 bougies* », surmontée d'un abat-jour tacheté de milliers de chiures de mouches, éclairait péniblement toute la pièce. Dans le Limousin, on pouvait voir les mêmes chiures de mouches sur le même genre d'abat-jour… et la même toile cirée décorée d'ustensiles de vaisselle et de légumes !

On fera la nouba pendant dix jours, à écumer tous les bars et restaurants de sa connaissance ; cuisses de grenouilles, escargots, tourtes, pounti, truites, champignons, et du vin ! De la piquette ! Des festins qui me permettront de vomir un soir sur deux ; j'ai toujours eu une petite santé, côté foie !

Je suis fou, fou et mytho

…et ce, dès le plus jeune âge ! à la maternelle je menais la chenille, j'avais une voix de stentor, et je racontais des histoires incongrues.

Mythomane ? ce n'est pas la réalité ; il faut se prendre au sérieux pour être mythomane. Menteur ? peut-être un peu, mais plutôt bonimenteur, affabulateur, à l'imagination féconde.

C'est aussi apparemment un héritage génétique ; mon père et mon oncle étaient facétieux et ils aimaient raconter des histoires absurdes mais crédibles. Il y avait toujours un « *même que…* » qui rendait l'histoire indubitablement vraie…

Vers l'âge de sept ans, je reçois un vélo du père noël ; il passait par la cheminée, comme tous les pères noëls ; dans le laboratoire, il y avait un ancien conduit de cheminée obstrué par un bouchon ; la veille de noël, mon père retirait ce bouchon pour laisser le passage libre ; je regardais le vélo puis le trou de la cheminée ; j'étais dubitatif ! comment avait-il passé ce truc par ce trou ? mais le père noël était un peu magicien… et puis j'avais la preuve irréfutable de son passage ; mon père avait installé sur une tablette au pied de la cheminée deux verres de gniole et un casse-croûte pour que le père noël se restaure un peu, le pauvre ; au matin, les deux verres étaient vides et le casse-croûte avait disparu ! C'était bien la preuve de son passage, non ?

Quand je coupais du pain contre ma poitrine, il me mettait en garde ; un de ses commis, il y avait bien longtemps, en coupant une tranche dans un gros pain de quatre livres, s'était coupé le ventre et le dossier de la chaise sur laquelle il était assis ; "*même que*" la chaise était au grenier et qu'elle avait le dossier coupé ; et c'était vrai !

Quand il y avait du vent, il m'envoyait chercher « *la corde à virer le vent* » chez le marchand de couleurs ; il avait envoyé un jour un commis chercher du gaz dans un panier à salade…

Ces farces faisaient bien rire les adultes ! Heureusement, ma mère était là pour remettre un peu d'ordre et de dignité…

Mon oncle lui, taquinait les clients ; au bord du Cher tout proche, un camping avait été aménagé. C'était tout naturellement que les campeurs venaient se fournir en légumes chez mon oncle, maraîcher. Cela offrait un débouché commercial, certes minime, mais surtout l'occasion de bavarder avec des gens, car c'était un grand bavard, de tout et de rien, et toujours sur le ton de la plaisanterie.

« Savez-vous s'il va pleuvoir demain ? » demandait un vacancier. Alors mon oncle sortait de sa cambuse qui servait de boutique, faisait trois pas, regardait vers la haie de grands platanes et annonçait :

« Oh oui, c'est plus que probable ! »

« A quoi vous le voyez ? »

« C'est simple ; quand les corbeaux volent le bec en avant, c'est signe de pluie »

Il assénait la phrase avec un tel sérieux et une telle solennité qu'on ne pouvait contester. Derrière, du haut de mes huit ou neuf ans, j'observais et j'écoutais très attentivement ces saynètes dignes d'un vaudeville !

Pour faire "paysan", le taxi parisien, qui venait camper chaque année au bord du Cher, avait accepté l'offre de mon oncle de se rouler une cigarette ; Robert lui tendit son petit cube de gris Caporal et son paquet de papier à rouler JOB. Alors que mon oncle fumait sa cigarette, le pauvre homme avait lamentablement roulé un peu de tabac qui s'échappait par les deux bouts, le premier lui tendit son briquet à essence ; à peine approché du mégot, celui-ci s'enflamma d'un coup et brûla la moustache du chauffeur de taxi. Mon oncle resta totalement impassible, comme si rien ne s'était passé.

Il envoya le pauvre chauffeur de taxi chercher des "ceps" sur le plateau quand le malheureux vacancier lui demanda un bon plan pour trouver des cèpes…

« Ben oui, dans les vignes, vous en trouverez en pagaille, des "ceps"… après c'qu'il a plu… »

C'était la revanche du bouseux sur les parigots…

Il m'envoyait chercher une loufe chez la *"mée Crène"*. La chevrière me répondait qu'elle n'était pas prête, et d'autres fois, lassées par ces blagues à répétition, elle lançait :

« Dis donc à Robert de venir les faire lui-même, ses loufes… »

J'appris bien plus tard ce qu'était une loufe.

Il m'avait envoyé aussi chercher des *"boules de bleu"* chez l'Alma, une paysanne de Saint Georges sur Cher qu'il affectionnait tout particulièrement… Ces *"boules de bleu"* étaient destinées à rendre le linge plus blanc dans les lessiveuses ; j'avais dû ensuite aller en jeter deux ou trois dans le Cher pour appâter…

Le mytho de l'école maternelle

La directrice de l'école maternelle où je me trouvais vint se plaindre à ma mère de ma grosse voix :

« Mon mari est incapable de faire la sieste après le repas car ton fils anime la cour de récréation en jouant aux pompiers ; en tête du groupe, les autres suivants les bras sur les épaules du précédent, il hurle des "pin-pon" ou des "tchou-tchou" à gorge déployée pendant toute la récréation ! »

A cinq ans, j'avais déjà l'idée de raconter des inepties ; une cliente vint se plaindre des fausses histoires que je répandais et que son gamin prenait pour argent comptant !

Je racontais que j'avais bien connu la guerre et que les allemands avaient réquisitionné la pâtisserie de mes parents pour venir y faire leur pain ; je les voyais tous les jours ; de plus, ils étaient très forts car ils n'avaient presque rien à faire ; ils prenaient de la farine, y jetaient un comprimé et le pain était fait ; il n'y avait plus qu'à le cuire… Et quand les parents riaient de cette histoire, le gamin se mettait dans des colères noires !

J'avais apparemment aussi un don de persuasion. Je ne me

souviens pas personnellement de cette histoire mais c'est ma mère qui me l'a racontée bien plus tard.

Dès trois ans, j'avais une voix très grave ; à la maternelle, il y avait une chorale où j'avais interdiction de chanter :

« *Le bourdon, tais-toi un peu, c'est faux et on n'entend que toi !* »

Je ne pense pas avoir été traumatisé par cette interdiction car je n'aimais pas particulièrement cette chanson qu'il fallait mimer en marchant sur place et en jouant des coudes et des bras ; ce qui est étonnant, c'est que je me souvienne encore des paroles et de l'air !

« *Sortant de son carton, voici le bataillon des bonhommes de plomb…* » suivait un roulement de tambour…

Robert (un autre), **le bon public**
Je me surprends de temps à autre à raconter des inepties à des gens quand je les sens réceptifs et « bon public » ; parfois, ils me reprennent, me questionnent, doutent, mais je continue… Et ce n'est pas nouveau !

Il y a quelques années, un collègue prof de maths, Robert, m'appelle. J'étais prêt à raccrocher quand il me dit :

« Au fait, c'est bien une chapelle ta maison dans le midi ? »

« Oui »

« On y fait encore des offices ? »

« Oui »

« Et c'est un curé qui vient ? »

« Non, c'est moi qui officie… »

« Ah bon ; mais alors tu es vicaire ? »

« Non ; je suis prêtre laïque »

« Comment ça ? »

« J'ai une soutane, un goupillon, un encensoir, un calice avec du vin blanc de messe pour ne pas tacher la nappe de l'autel, et je dis la messe en latin… »

« Non ? tu parles latin ? »

« Oui, bien sûr : "*O fortunatos nimium, sua si bona norint, agricolas*"… », la seule phrase dont je me souvienne de mes quelques heures de latin de cuisine.

« Ah merde ! ça alors, tu m'en bouches un coin ; il faudrait que je passe voir ça... »

« Oui et je fais mes hosties bio moi-même avec de la farine de petit épeautre sans gluten... des femmes viennent de loin pour gouter ça... »

Il faut dire que Robert est le public parfait pour ce genre d'histoires...

Alors, j'en rajoute...

« Tu sais, c'est comme les gens qui achètent une ancienne gare ou une maison de garde barrière ; tu n'es pas fonctionnaire pour autant mais l'organe créant la fonction, tu dois entretenir l'outil de travail, vérifier qu'en cas de défaillance matérielle, tu pourras fermer les barrières avec la manivelle ; c'est donc une contrainte mais tu es mis au courant au moment de l'achat par le notaire ; c'est pareil pour une chapelle ou une église ; mais les contraintes sont plus lourdes encore... »

Louer dieu ?

Par hasard, le proviseur de mon lycée apprend que j'ai décidé de louer ma résidence secondaire, une chapelle, quelques semaines en été.

« Et tu la loues avec ou sans dieu ? » me demande-t-il.

Me méfiant de lui et ne sachant jamais où il voulait en venir, je relance :

« Qu'est-ce que tu sous-entends avec cette question ? »

« Ben, avec dieu, c'est plus cher ! »

« Pourquoi ? »

« On dit toujours "*que dieu soit loué*" ! alors faut savoir combien »

J'aimais ces incongruités et malheureusement, je me prenais souvent au jeu.

Alors qu'une femme me téléphone ayant vu l'annonce, je la questionne :

« Êtes-vous croyante ? »

Silence gêné au bout du fil...

« Oui, mais c'est pas pour cela que je veux louer votre maison… »

« Bien sûr mais comprenez bien, je ne veux pas louer ma chapelle à un athée ou un mécréant ! et louer dieu à un chrétien, ça se paie ! »

Après un nouveau silence la femme clôt la conversation :

« J'en parle ce soir à mon mari et je vous rappelle ».

Je fis le même type de gag aux autres locataires potentiels ; j'eusse aimé voir leurs réactions ! J'en fis tant que cette année-là, je n'ai pas loué cette chapelle une seule journée ! mais qu'est-ce qu'on a ri…

La confesse

Un jour, nous rentrions vers la chapelle d'une balade de cueillette de thym et de sarriette dans la garrigue ; à une vingtaine de mètres de la maison, deux couples de jeunes gens en vélo nous dépassent et le premier cycliste annonce :

« Regardez cette belle petite chapelle ; nous allons nous y arrêter un instant »

Ils rentrent tous les quatre dans le jardin et posent leurs vélos contre le mur ; nous arrivons sur ces entrefaites.

« Bonjour mes enfants » lançai-je.

Surpris, le plus hardi rétorque :

« Vous êtes le père de cette chapelle ? »

« Oui, je suis bien le pasteur de cette chapelle même si ça ne parait pas, car je suis défroqué ».

J'étais vêtu d'un short et chaussé de godillots, chapeau de Panama, panier d'osier à la main et le sécateur dans l'autre.

Légèrement soupçonneux, il lance :

« Enchanté mon père ; pourrions-nous visiter ? »

« Bien sûr mes enfants »

Arrivés à la porte, je lance :

« Pour la confesse, je prendrai les jeunes femmes en premier si vous n'y voyez pas d'inconvénient… »

Là, ils se regardent tous les quatre et un terrible doute semble s'emparer d'eux, puis, me voyant sourire, ils se mirent à rire aussi…

Quidam de la rue Marcadet

Il y a quelque temps, un quidam du 18ème arrondissement est venu m'acheter une bricole que j'avais mise en vente sous un pseudo sur "*Le Bon Coin*". Il arriva en vélo de chez lui, un bon moment plus tard. On discute un peu ; il voit mon nom sur la boîte aux lettres :

« C'est votre nom ? J'habite justement rue Marcadet – Vous connaissez l'origine de ce nom ? »

Et là, je pars... au quart de tour... il n'aurait pas dû !

« Oui ; un de mes aïeux était maréchal du second empire ; comme tous les boulevards des maréchaux avaient été attribués, on lui octroya la rue Marcadet, proche du boulevard extérieur. »

« Ah ! c'est intéressant ; je n'avais rien trouvé concernant cette rue... »

« C'est pas tout » rajoutai-je, voyant l'intérêt de mon auditoire...

« Une arrière, arrière grand' tante de mon père était poissonnière à l'angle de la rue Poissonnière et de la rue des Petits Champs. C'était une gouailleuse, un personnage truculent dont la notoriété dépassait largement les faubourgs ; tous les poissonniers étaient concentrés dans cette rue par ordre du roi depuis des centaines d'années ; en effet, la seule barrière d'octroi où le poisson avait le droit de pénétrer dans la capitale était par l'abbaye de Saint Denis où les moines contrôlaient la fraîcheur des livraisons arrivant en charrette de la mer du Nord. Ce monopole a fait leur fortune et leur puissance. Tout le poisson devait être vendu dans la rue des poissonniers du faubourg poissonnière.

La tante s'était spécialisée dans le hareng, salé, séché, fumé, saur, en saumure... elle avait une voix de stentor pour appeler les clients ; quand le chiffre d'affaires stagnait, elle jetait un ou deux harengs dans la foule et celle-ci accourait ; là elle se mettait à brailler :

« *ils sont beaux, ils sont bons, ils sont frais, mes harengs...* » ; de cette pratique est venu le terme "*harenguer*" devenu par erreur « *haranguer* ». A sa mort, en 1895, la rue des poissonniers est devenue la rue Poissonnière, en hommage à cette matrone (qui n'était pas une « maquerelle », même si parfois elle en vendait...) et la rue des Petits Champs a été débaptisée en rue Marcadet, en hommage à son oncle, le maréchal du second empire.

« Mais hareng prend un H ? »

« Oui, harenguer aussi ! La seule entorse à l'orthographe, c'est le "e" qui a été changé en "a" ; les deux orthographes sont tolérées dans le dictionnaire de l'Académie Française de 1898 »

« Il aurait fallu que je prenne des notes car je vais oublier une bonne partie de ce que vous m'avez appris ! »

Je n'allais pas le laisser repartir avec ces balivernes en tête ! Quand je lui annonçai que tout était faux (mais pas tout à fait), il en resta baba !

Désacralisation

Un jour que la chapelle avait été restaurée et devenue habitable, (au bout de 15 ans !), début des années 90, un type de passage sur le chemin me demanda l'autorisation de visiter cette chapelle. Requête que je ne me permis point de refuser.

« *A-t-elle été désacralisée ?* » me demanda-t-il aussitôt rentré.

J'avoue que c'est une question que je ne m'étais jamais posée ; elle ne me serait même jamais venue à l'esprit. Pour moi, athée, les anges (jeune enfant jouffus ou éphèbes efféminés destinés à l'onanisme des instances hiérarchiques catholiques et romaines) ou les saints (qui me font penser à la clientèle anémiée des boutiques bio, vêtue de serpillières cousues main) font partie du panthéon de la mythologie au même titre que celle de la Grèce ou des contes de Perrault... Quoique je préfère de très loin Zeus, dieu très humain infidèle, colérique, aux icônes mièvres des religions monothéistes…

Seul, un hyper-catho pouvait poser ce genre de question… Il insiste :

« De quel diocèse dépendez-vous ? »

« Uzès » réponds-je, sûr de moi alors que je n'en savais absolument rien.

« Ah ! c'est un diocèse sérieux et très ancien ; vous devriez vous rendre à l'évêché ; vous y trouveriez sûrement des archives relatives à la désacralisation »

Il commençait à me prendre le chou, ce type ! De quoi se mêlait-il ?

Je devais trouver à l'instant une réponse plausible, n'appelant aucune contestation :

« Durant la guerre de 14, un office avait lieu tous les vendredis par le curé de la paroisse ; y venaient les femmes et les jeunes enfants des hameaux des alentours. L'église du village étant à plus de trois kilomètres, le curé ne voulait pas perdre des ouailles ! On y priait pour le retour des maris et papas partis on ne savait où sur le front…

Après la première guerre mondiale, les offices continuèrent assez régulièrement jusque vers 1940, avec une importante messe à la Saint Jean, saint à laquelle cette chapelle était dédiée.

Puis, en 1947, année de ma naissance, il y eut une terrible tempête qui arracha une bonne partie du toit. Les tuiles rescapées furent récupérées pour réparer la toiture endommagée de la mairie.

Les intempéries eurent vite raison de la voute de briques qui s'écroula dans l'édifice. Il y avait plus d'un mètre de gravats et l'autel fut enseveli.

Cela m'étonnerait donc qu'elle pût avoir été désacralisée !

Mais quelques années plus tard, ayant dégagé l'autel des gravats avec deux amis, on se mit tous les trois (pour la trinité) à uriner sur la table du saint sacrifice ! Ainsi je pense qu'elle fut totalement désacralisée ! ».

Le type était blême ! Il fit demi-tour en maugréant et je ne l'ai plus jamais revu ; il disparût comme il était apparu...

Magie et sorcellerie

Dans ma vie, je n'eus qu'un seul véritable "ennemi", un escroc, une ordure.

Il me fit poser un compteur d'eau de chantier pour qu'il puisse bénéficier de l'arrivée d'eau dans sa bergerie en ruine ; un an plus tard, je payais des amandes pour ne pas avoir reconstruit ma chapelle en ruine, obligation à l'installation d'un compteur de chantier...

Plus tard, j'achetai un terrain avec lui qu'on se partageât. Quelques jours avant la signature chez le notaire, il m'appela pour m'expliquer qu'ayant une ruine sur mon terrain susceptible d'être reconstruite dans une zone non aedificandi, il se trouvait lésé. En effet, il suffisait de connaître deux témoins âgés ayant connu la bâtisse avec un toit pour que le permis fût accordé. C'était le cas.

Etant à sept cents kilomètres, je ne pouvais vérifier ; on convint donc d'un arrangement : soit il prend la partie du terrain, devant chez moi, qui contient la ruine et me donne en échange cinq cents mètres carrés de terrain plus loin, soit je lui cède cinq cents mètres carrés et garde la ruine ; marché conclu pour la seconde solution.

Quelque temps plus tard, j'appelle un copain maçon et lui suggère à l'occasion d'aller mettre un coup de tractopelle pour dégager cette ruine envahie par les ronces afin d'en voir le potentiel. Ce dimanche après-midi d'hiver, le paysan voisin m'appelle : (*avé l'assent du midi*)

« Dis don, Gilles, c'est gentil de vouloir nettoyer ma ruine ! mais elle n'est pas sur ta parcelle... ».

Le lendemain, j'appelle la mairie et demande que l'on vérifie sur le cadastre peu précis à cet endroit ; en effet, cette ruine serait sur le terrain du voisin ! J'appelle aussitôt mon coacquéreur qui est tout étonné (?) Que faire ? Impossible de retourner chez le notaire pour rectifier... Il me propose de me payer les cinq cents mètres carrés en contrepartie ; n'ayant pas d'autre solution… j'accepte. Il me donna bien un chèque de mille francs en remarquant qu'il était dans le besoin et qu'il paierait le reste plus tard Bien sûr, je ne vis jamais la suite !

Quelques années plus tard, après quelques autres entourloupes à sa tante, à la commune et à moi, le maire m'appelle un peu gêné et m'annonce que ce voisin perfide veut construire près de ma chapelle ; le maire lui faisant remarquer qu'il n'avait pas de chemin d'accès, l'autre lui répond : « Si, le chemin qui mène à la chapelle ne fait pas partie de la parcelle ; il est communal… ».
Je n'en dormis pas de la nuit ! Bref, la mairie réussit à me donner ce chemin sans faire trop de publicité ; le commissaire-enquêteur passa en coup de vent et le projet fut abandonné.
Quelques semaines plus tard, un copain m'apprend que ce voisin indélicat venait de mourir, dans la force de l'âge, en trois jours, d'une maladie inconnue !
Aux vacances de Pâques suivantes, à peine arrivé, mon voisin paysan (celui de la ruine) me rend visite et m'annonce :
« Oh, Gilles, tu es au courant pour le Denis ? »
Et instantanément, ne sachant trop pour quoi, je lui réponds :
« Oui, bien sûr ! je le sais ; c'est moi ; j'en pouvais plus du Denis! j'ai modelé une petite statuette d'argile à son effigie ; je l'ai mise à l'emplacement de l'autel dans la chapelle et lui ai enfoncé trois aiguilles… pour trois jours… »
Mon voisin, très piquet ; non très pieux (très vaseux !), par ailleurs, sembla très perturbé par mon histoire et s'en retourna « baruler* » sans piper mot…

Un mois plus tard, un copain du village me téléphone :
« Gilles ! qu'est-ce que t'as déconné encore ? tous les vieux du village racontent que tu fais des messes noires et de la magie dans ta chapelle ; tu sais bien que les gens d'ici y croient tous un peu… »

---

* Baruler : occitan ; se promener sans but précis, au petit bonheur la chance…

J'éclate de rire !

Depuis cette anecdote, j'eus l'impression que les vieux me regardaient avec circonspection, et même crainte et respect...

La balade des vacanciers
Ce voisin paysan avait ouvert quelques gîtes ; en fin d'après-midi, après les chaleurs, il entraînait ses locataires impatients "baruler" dans la campagne. Ses explications et ses histoires étaient très appréciées.
Le croisant avec son groupe, devant la chapelle, il me lance :
« Bonjour mon père ! »
Etonné de son apostrophe, je lui rétorque :
« Bonjour mon fils ; que la paix soit avec vous et bonne "barule" ! »
Les promeneurs se regardent interloqués ; "le Louis" a vingt ans de plus que moi...

De la réclame

Mon père était économe, voire radin. Il se sacrifiait pour finir les restes qui trainaient au frigo depuis plusieurs jours, consommer tout ce qui était périmé, terminer un pain rassis et dur alors qu'un pain frais était disponible. Il conservait des bouts de ficelles qu'on retrouvait sagement rangés dans tous les tiroirs et tout ce qui, hypothétiquement, pourrait servir, peut-être, un jour…

J'ai hérité de ce gène, pour mon bonheur crois-je, pour le malheur de mon entourage, de ce que j'entends…

Il était totalement hermétique à la réclame, tout comme moi… Pourtant, un jour des années 70, il y succomba. La télévision délivrait fréquemment une publicité : des billets de 100 francs s'échappaient d'entre les tuiles d'une toiture et se volatilisaient dans le ciel. Elle avait misé juste, en plein cœur des radins… Il décida donc de faire isoler la toiture de sa maison natale qui était devenue une résidence secondaire. Les travaux étaient assez simples et peu dispendieux ; il suffisait d'agrafer de la laine de verre sur les chevrons accessibles du grenier.

Quelques trente ans plus tard, je faillis me faire piéger par une réclame du même style ; elle disait :
« *Quand on a froid, on ne mange pas un pull-over, on l'enfile !* » ; après que les gens aient dépensé des fortunes en double vitrage et isolation intérieure, il fallait trouver un attrape mouches pour continuer de traire les naïfs ; suivaient des images de maisons enveloppées d'isolant. Du vrai bon sens…

Un ami de connaissance, bon technicien et pragmatique, m'en dissuada et me conseilla avant toute entreprise de louer une caméra thermique ; je constatai effectivement, en plein hiver, que les déperditions thermiques ne venaient pas des murs mais des bâtis et huisseries des portes et fenêtres, ainsi que sur dix ou quinze centimètres tout autour. L'utilisation d'un thermomètre laser confirma, de l'intérieur ou de l'extérieur de la maison, les mêmes résultats. Il fallait donc d'abord résoudre ces problèmes avant d'enfiler un pullover...

« La publicité peut être définie comme la "science" qui permet de paralyser l'intelligence humaine suffisamment longtemps pour en tirer de l'argent »
Stephen Leacock 1930 – économiste canadien

On ne peut s'empêcher d'associer cette analyse à celle de Patrick Le Lay, 70 ans plus tard !

« A la base, le métier de TF1, c'est d'aider Coca-cola, par exemple, à vendre son produit. Or, pour qu'un message passe, il faut que le cerveau du téléspectateur soit disponible. Nos émissions ont pour vocation de le rendre disponible. Ce que nous vendons à Coca-cola, c'est du temps de cerveau disponible »
Patrick LE LAY (PDG de TF1, extrait de "Les dirigeants face au changement", édition du Huitième Jour – Juin 2004 – 18€
Préface de notre cher Ernest-Antoine ! Le cynisme n'a plus de bornes !

"Ce gars-là" avait dit :
« Si on n'a pas une Kelton à 50 ans, c'est qu'on a raté sa vie ! »
Je lui répondais :
« Affirmer une connerie pareille à cinquante ans, il n'y a plus aucun espoir... » Et dire que *"ce gars-là"* était un conseiller de Mitterrand !

L'homme "moderne" a le chic pour redécouvrir des pratiques ou des techniques éprouvées mais oubliées, par modernité, ou plutôt par mercantilisme (toilettes sèches, assolement, "permaculture", douches à l'italienne, isolation...). A propos de cette dernière, j'ai sillonné une dizaine de fois les pays scandinaves.

On relève dans les maisons anciennes une double paroi de bois et deux fenêtres séparées d'une vingtaine de centimètres ; cela permettait, entre autres, de placer les denrées à conserver entre les deux fenêtres. Renseignements pris, la double fenêtre s'avère bien plus efficace que le double vitrage.

Lorsque je posai la question à notre famille d'accueil au nord de la Suède, ils répondirent que l'absence de volets et de rideaux était une tradition de toujours dans les pays scandinaves ; si l'on mettait des rideaux ou des volets, c'est qu'on avait quelque chose à cacher ! Après les avoir quittés et montés vers le nord, on visita un village en bois du 15ème siècle, Gammelstad ; toutes les maisons avaient une double fenêtre ET des rideaux ET des volets de bois ! C'est en fait le puritanisme (*faux-cul*) protestant anglo-saxon qui a peu à peu conquis les mentalités.

Alors que nous étions dans un camping en lisière d'une forêt en Hollande, nous avions remarqué les maisons modernes cossues, toutes de verre. Rentrant à la nuit en vélo, on avait pu vérifier, dans une maison fortement éclairée, l'absence de "*choses à cacher*" : un homme à poil, qui ne nous voyait pas, étant dans l'obscurité, était bien un homme…

C'est un touriste qui déambule dans les ruelles d'Amsterdam ; il remarque une jeune femme charmante derrière une vitrine ; il tape au carreau ; « c'est combien ? ». La femme fait signe de ne pas entendre « How mutch ? » relance plus fort le touriste.
« 300 florins »
« Oh ! c'est très cher ! – It's very expensive ! »
« Oui, mais c'est du double vitrage… » rétorque la femme.

Amiante, cet obscur objet du désir…

Il y a quelque temps, j'assistais au désamiantage d'une maison; l'objectif était de démonter une toiture de fibrociment (qui contient de l'amiante) de neuf mètres carrés et un évent d'une fosse septique, tuyau également de fibrociment, de cinq mètres de haut et de dix centimètres de diamètre.

Les deux hommes étaient en scaphandre intégral, entre celui d'Haroun Tazieff descendant dans la gueule de l'Erta Alé et de Thomas Pesquet s'apprêtant à une sortie dans l'espace !

Aucune autre personne n'avait le droit d'approcher dans un rayon d'une vingtaine de mètres, délimité par un ruban rouge et jaune ; de plus, des panneaux mentionnaient « Danger ! » avec une tête de mort. Les morceaux de fibrociment prudemment démontés étaient placés dans des sacs plastiques hermétiquement fermés et portés délicatement vers un camion; les deux cosmonautes entraient ensuite dans une cabine blanche avec sas pressurisé pour se désamianter. J'imagine que les combinaisons étaient enveloppées dans des sacs étanches et envoyées dans des fours de destruction sécurisés. Evènement des plus impressionnant !

Je pensai aux milliers de maçons, qui, dans les années 50 ont construit des milliers de toitures de fibrociment, la clope au bec, la scie égoïne à la main…

J'imaginais aussi à cet instant les « liquidateurs » qui creusaient un tunnel sous le cœur de la centrale de Tchernobyl, sans combinaison bien sûr, et sans masque !

Cela me rappela des vacances en Corse dans les années 65 ou 66.

Nous étions à l'ouest du cap Corse, au-dessus du désert des Agriates, près de la maison de Léonor Fini ; une petite crique avec une plage en anse, quelques familles peu nombreuses ; l'endroit semblait idéal.

On gare la Vespa et l'on descend par un étroit sentier. La plage de galets noirâtres désagréables pour la marche est recouverte presque totalement d'un épais tapis soyeux. On s'allonge sur ce doux duvet ; quelques familles sont disséminées le long de cette plage avec de nombreux bambins qui barbottent dans l'eau. Je vais me baigner ; le fond de l'eau est d'une douceur étonnante ; on a l'impression de marcher sur une épaisse moquette, et ce, jusqu'à plus pied. Je comprends le plaisir des enfants ! L'eau est blanchâtre ; trouble. On voit bien une grosse usine en haut de la falaise, enveloppée d'une poussière grise, mais personne ne s'en inquiète.

Au fond de la plage, à flanc de falaise, s'ouvre une galerie de mine ; ma curiosité d'apprenti géologue m'y oblige ; voir de l'amiante en roche originelle et pourquoi pas, d'autres minéraux, m'attire. Après avoir pénétré sans entrave quelques mètres de galerie, des étais pourris sont couchés en travers et au sol ; le plafond est effondré par endroits ; je fais marche arrière... J'en ressort blanc comme un linge et retourne me baigner.

C'était en fait la plus grande mine d'amiante d'Europe, pour fabriquer l'Eternit ; aucune interdiction d'accès, ni à la plage, ni à la galerie de mine grande ouverte qui présentait pourtant un danger certain.

Alors, se déguiser en cosmonaute pour retirer un tuyau de merde, ça fait sourire...

C'était aussi la mode des grille-pains en amiante ; mon père n'avait jamais voulu de ça à la maison mais chez ma sœur et en vacances, c'était incontournable. C'était constitué d'un disque d'une vingtaine de centimètres de diamètre, rigidifié par une couronne de métal et du grillage d'un côté. Il était écrit "Amiante" ; on posait les tranches de pain à même l'amiante ; quand elle se délitait un peu trop, on jetait le grille-pain dans la poubelle puis on en achetait un autre...

L'amiante tue, fumer tue, boire tue, manger gras tue, manger salé tue, manger sucré tue, rouler vite tue, les armes tuent (*tiens, on ne l'entend pas souvent, ça !*)
Bref, l'homme découvre avec étonnement, et après plusieurs dizaines de milliers d'années d'expérimentation, que vivre tue !

Il a pourtant inventé il y a quelques milliers d'années un dieu qui créa la vie, et qui créa aussi, du coup, tout le reste pour la détruire… et qui proposerait de plus, au-delà, une vie «éternelle» ? C'est à n'y rien comprendre !

De l'alu

Ma mère se cuisait régulièrement des carottes à la vichy ; elle considérait que c'était pour elle le seul remède à ses problèmes intestinaux. Malheureusement, une fois sur deux, elle les oubliait sur le feu, et l'on s'en rendait compte à l'odeur. Quand c'était une casserole d'inox, on pouvait espérer la récupérer avec une paille de fer ; l'eau de javel avait quelquefois provoqué des trous dans l'inox ! Si c'était une casserole d'aluminium, il était impossible de la récupérer… de là s'ensuivaient des engueulades épiques entre mon père et ma mère…
J'ai malheureusement récupéré aussi le gêne de ce travers…

Dans la maison de ma sœur où nous allions tous en vacances, il y avait une petite casserole d'aluminium, légère, bien adaptée aux petits déjeuners ; juste la taille qu'il fallait pour réchauffer un ou deux bols de café, le lait pour les jeunes, mais elle avait un terrible défaut : la queue tournait si on ne la prenait pas avec précaution, d'une certaine façon ; dans le pire des cas, l'exécutant renversait le liquide bouillant sur les cuisses d'un convive. La queue était en bois, ce qui évitait de se bruler ; il fallait tenir simultanément la partie en bois et l'extrémité de métal fermement pour qu'elle ne tournât pas. Un anneau de cuivre au bout de la queue permettait de la suspendre à un crochet. Personne, au cours des nombreuses années où cette casserole sévit, n'osa la mettre à la poubelle ! Pourquoi ? J'en suis encore à me le demander…
A l'époque, tout était en alu ! de la laitière (qui me fracassait les tibias) à la passoire en passant par la louche ; c'est un métal léger, abondant dans la nature, facile à travailler, bon marché si

l'on dispose de beaucoup d'électricité. Mais aujourd'hui, c'est devenu un métal à bannir, car neurotoxique…

"Il ne faut pas jeter l'opprobre avec le bébé"

Ecologie punitive

Au début des années 2000, j'entends Nicolas Hulot nous conseiller avec autorité :
« Fermez le robinet quand vous vous lavez les dents »
Aussitôt, je m'exécute.
Quelques jours plus tard, je réfléchis à cette injonction. Quelle est la quantité d'eau « gaspillée » par le lavage des dents dans le monde ? j'interroge "*gogole*" ; j'apprends par l'ONU que deux milliards et demi d'individus n'ont pas accès à l'eau courante ; j'imagine donc qu'ils ne se lavent pas les dents !
An niveau mondial, 75 pour cent de l'eau puisée dans les rivières ou les nappes phréatiques est consommée par l'agriculture ; 20 pour cent par l'industrie. Il ne reste donc que 5 pour cent destiné à la consommation humaine.
Concernant celle-ci, le premier poste revient aux WC (*ah, les toilettes sèches* !) puis les lave-linge, lave-vaisselle, lave-tout, puis les centaines de millions de piscines… J'en conclus que le lavage des dents doit représenter moins d'un cent-millième de la consommation totale d'eau dans les pays développés !
De plus, je ne prends que deux minutes et non dix pour me laver les dents.
Du coup, je ne ferme pas le robinet quand je me lave les chicots…

Vive l'écologie culpabilisatrice et punitive…Vive les injonctions !
En Europe, 1/5ème des émissions des gaz à effet de serre provient des véhicules thermiques ; c'est peu mais c'est quand même 20%. L'Europe représente 1/2000ème des émissions de l'ensemble de la planète. Et les écolos nous bassinent pour 1/5ème de 1/2000ème ???

En Norvège, les écolos ont réussi à faire suspendre un projet d'extraction des fonds marins, des terres rares nécessaires aux batteries des véhicules électriques ; **c'est bien** !
Mais alors, comment qu'on va faire ?
Il roule sur terre actuellement environ 780 millions de véhicules thermiques ; si on les passait tous en électrique, les ressources actuellement connues de la planète seraient épuisées en 1 mois et 20 millions seulement de véhicules seraient concernés. Comment qu'on va faire ?

Des écolos se sont battus pour supprimer des ustensiles de plastique utilisés quotidiennement ; **c'est bien** !
Mc Do a supprimé les pailles en plastique (quand j'étais petit, dans les années 50, je buvais mon "pschitt orange" ou ma grenadine avec une "vraie" paille de blé !) ; il a remplacé les couverts plastique par des couverts en bois ; **c'est bien** !
Mais la demande en bois a explosé ! les grandes compagnies ravagent les forêts des pays scandinaves ; les écolos s'y mobilisent pour entraver la destruction des forêts ; **c'est bien**…
Mais comment qu'on va faire ?

C'est là qu'intervient la formule de Fidel Castro :
« Autant de problèmes, autant de contradictions ! »

Riton, le "Che" de Schlumberger et de Suez-Indochine

Son père est mort en camp, sa mère est devenue folle, internée à Charenton ; lui et sa sœur ont fui de cache en cache pendant la guerre ; foufou, révolté, il alternait les petits boulots en intérim comme tourneur-fraiseur.

Régulièrement, il répète :

« On me traite de juif, mais je sais même pas ce que ça veut dire ! je ne crois pas en dieu, je ne suis jamais entré dans une synagogue, mais bon, j'ai un blaze qui ne prête pas à confusion ! Merde ! »

On vit dans un deux pièces ½ avec lui à Belleville.

Un jour, il trouve un poste chez Schlumberger, au Petit Clamart ; ça tombe bien, je suis instit à Meudon la Forêt, près du Petit Clamart ; aussi je l'emmène le matin ou je le reprends le soir ; Belleville – Petit Clamart tous les jours, mais ça roule nickel dans Paris en ces temps-là… Un soir, au bout de trois semaines, je le retrouve assis sur le bord du trottoir en m'attendant ;

« Vous êtes sortis plus tôt aujourd'hui ? »

« Non, ils m'ont viré… »

« Qu'est-ce t'as fait comme connerie ? »

« Je leur ai flingué une pièce d'un million… la plus chère depuis longtemps. Le chef m'a engueulé ; il voulait me tuer… Mais c'est à cause de ce con qu'a pas su s'exprimer… »

« Ah merde ! »

« Ouais, mais j'm'en fous ; c'était une boite de cons ; ils peuvent crever »

Je sens l'énervement le saisir, la colère monter… J'interromps :

« T'es un chef ! Un million à la poubelle ! tu te rends compte ! Le chef va se faire virer aussi ! il aurait dû superviser ton boulot ; t'es un vrai révolutionnaire… serre-moi la paluche mec ! Un vrai anar ! Flinguer une pièce de plusieurs millions à ces fumiers de capitalistes ! Ouah ! Chapeau-bas mec ! Imagine, si tous les jours tu as dans chaque grosse boite capitalo deux ou trois mecs qui font comme toi, le capitalisme s'écroule en moins de deux ! Génial »

« Tu es le plus révolutionnaire de nous tous ! tu infiltres une grosse entreprise multinationale, qui pourrit la planète, tu te mets à l'affut, et quand le moment est propice, tu frappes ! Ce soir, on fête ça ! »

Je sens que ça lui remonte le moral. Mais bref, il était encore au chômage et allait claquer tout ce qu'il avait gagné avec des prostituées et ramener à la maison des morpions, des paumés et des histoires…

Le chômage décide enfin de lui faire entreprendre un stage de reconversion, dans les bureaux. A l'issue d'un mois ou deux, il rentre comme COTOREP à la banque de Suez et d'Indochine, au bout des Grands Boulevards. Il aime à y flâner (comme Montant) et effectue souvent le trajet à pied.

Il est chargé de microfilmer les chèques ; tout se passe à peu près bien pendant un an puis évidemment, trop beau pour y croire, le clash !

On a besoin de retrouver un chèque suite à contestation ; malheureusement, on ne le retrouve pas ! On vérifie plus attentivement ; un chèque sur dix n'a pas été microfilmé ! Soit il est flou, soit n'existe pas, soit il est en verso !

Je le questionne :

« Oui, des cadences infernales ; pas une minute de pose alors, de temps en temps, quand j'ai trop de retard, je prends un paquet de documents et je le passe au destructeur sans microfilmer ; ça me rattrape le temps perdu »

« Riton, tu es un génie ! après t'en être pris à l'industrie la plus polluante et la plus destructrice de la nature, tu t'attaques à la finance internationale ! ça c'est du sabotage au sens noble du terme ou je ne m'y connais pas ! Allez, on va fêter ça ! »

Il va encore se faire mettre dehors ! Mais non ! les grosses boites ont obligation de prendre un certain nombre d'handicapés et ils ont une forte réduction des charges patronales ; alors on le recase dans un service où aucune erreur n'est possible, mais c'est sans compter sur les capacités de Riton !

On le met comme planton mais très rapidement, il est à nouveau changé de poste car il discute un peu trop de manière véhémente avec la clientèle ; puis il est chargé de transporter des bacs plastiques de documents d'un bureau à l'autre mais… les bacs ne vont pas forcément à leur destinataire…

Bref, il y restera plus de quinze ans, grâce à la COTOREP.

Des blonds…

Le commissariat de police appelle le lycée ;

« Je désirerais parler au proviseur… »

« Il est absent, au rectorat – je vous passe le proviseur-adjoint »

« Bonjour, quelqu'un nous a appelé pour signaler un différend dans la cour du lycée »

« Je ne suis pas au courant, je vais voir ; ne quittez pas, j'en ai pour trois minutes »

C'est en fin d'après-midi ; le lycée presque vide est calme.

Le proviseur adjoint revient, reprend le combiné et annonce au policier :

« Effectivement, il y a un blond, seul, assis sur un banc au milieu de la cour… »

On est en vacances au nord de l'Allemagne, en camping-car, en juillet ; le proviseur m'appelle pour avoir de nos nouvelles et discutailler en fin de soirée :

« Vous êtes où ? »

« Dans le Schleswig-Holstein »

« C'est où, ça ? »

« Au nord de l'Allemagne »

« Et vous faites quoi en ce moment ? »

« On est cloîtré dans le camion car il y a une forte tempête sur la mer du nord ; on est au ras d'une digue, pour se protéger des embruns »

« Ah ? je croyais que vous étiez en Allemagne du nord ? »

« Oui, pourquoi ? »

« Je pensais qu'ils étaient tous blonds, là-bas… »

La poussée d'Archimède

Un jour, je suis inspecté ; je choisis un cours de physique ; le proviseur, surnommé "*Bobby Bayonne*" par le prof de philo, est présent ; évidemment, c'est avec une classe pourrie de CAP mécaniciens-monteurs !

C'est avec cette classe, qu'un jour en salle de physique, équipée de paillasses de béton carrelées, qu'un des gamins, gentil, chétif, toujours au premier rang mais qui manifestait des bouffées subites de démence, se mit à secouer une table si fort qu'il la descella du sol et fit éclater les tuyaux d'arrivée d'eau et de gaz ! Heureusement, les manettes de coupure générale étaient à proximité de la paillasse du prof. Je fermai aussitôt l'eau, le gaz et l'électricité. Je fus dorénavant interdit de salle spécialisée…

Je décide de faire la double pesée avec la poussée d'Archimède. On fait le TP, on prend des notes, puis, peu à peu, ça dégénère, comme toujours avec ces élèves qui ne peuvent supporter plus de vingt minutes de concentration. Des paillasses, des balances, des poids, de l'eau renversée, des éclaboussures ; quelques élèves, toujours les mêmes, ne comprennent absolument rien à la procédure, pourtant clairement explicitée pas à pas dans une méthode agrémentée de croquis…

Alors, je me lance dans l'histoire de la vie d'Archimède :

Le roi de Syracuse s'était fait faire une couronne en or mais doutait de l'honnêteté du joaillier juif (c'est mentionné dans les textes !) ; il demanda à Archimède de trouver le moyen de confondre le joaillier ; diantre !

Je brode, je dilue ; l'esclave qui met de l'eau dans le baquet… ça déborde, et vers minuit, voilà mon Archimède qui déboule presque nu dans les rues de Syracuse vers le château du roi en criant :

« Eurêka ! Eurêka » et réveille le roi ; il lui explique. On teste ; on pèse le poids de l'eau (on devrait dire "*masse*" mais allez expliquer ça à des mécaniciens-monteurs !).

La couronne est fausse ; elle n'est pas en or massif ; le roi fait arrêter puis exécuter le joaillier …

Archimède invente aussi la vis sans fin et des tas d'autres choses que je détaille avec moults croquis au tableau.

Puis il est tué par un légionnaire romain alors qu'il dispensait un cours de géométrie sur la plage, seul "*tableau*" à l'époque ; Marcellus, le chef romain du corps expéditionnaire, très en colère, fit exécuter aussitôt le légionnaire !

Bien sûr, l'inspecteur me fit remarquer que l'on sentait que j'étais plutôt historien que physicien et que les élèves avaient été très captivés mais que…

J'argumentai :

« Dans dix ou vingt ans, aucun ne saura refaire la double pesée qu'on ne pratique plus beaucoup de nos jours dans la vie courante mais tous se souviendront d'Archimède, courant nu dans les rues de Syracuse et de l'histoire de la couronne ».

La rigueur et l'esprit rationnel ne peuvent être transmis par les programmes actuels inadaptés à ces élèves…

Le proviseur acquiesça ; j'eus néanmoins une note de onze, ce qui, parait-il, est honorable pour une première inspection.

Je n'en eus jamais plus d'autre, et comme on dit dans l'émission « rien à cirer ! ».

L'Algérie

Ce pays représentera une page importante dans notre vie. On y verra des paysages superbes, on y fera des rencontres et des amitiés qui dureront plus de vingt ans.

La 2CV contre le petit livre rouge…,

Je suis à Vincennes, en licence de géographie. Dès l'ouverture, ma copine s'y est inscrite et m'y a inscrit d'office. J'abandonne Orsay sans regrets, du fait que je n'y ai rien foutu ! Enfin une fac à taille humaine !

Pour chaque "*UV*" (Unité de Valeur), on doit le plus souvent faire un mini mémoire à deux ou trois que l'on présente en fin de semestre aux étudiants du groupe. Il ne faut pas se planter sur les coéquipiers ; assez rapidement, on élimine les sangsues, les parasites, les roues de secours et l'on se coopte un certain nombre d'associés selon les matières. Je cherche toujours des associé(e)s bosseurs, sérieux mais d'esprit ouvert. Je suis dans un cours avec une petite bonne femme très sérieuse, très bourgeoise dans son accoutrement, ses attitudes, petite fille sage avec de petites lunettes rondes d'intellectuelle d'extrême gauche. Elle est maoïste tout comme son copain qui lui ressemble trait pour trait, mais en garçon…

Ils rêvent tous deux d'aller en Chine mais à cette période de révolution culturelle, la Chine est fermée à tout étranger !

Alors ils ont reporté leur dévolu sur l'Albanie, seul autre pays au monde, maoïste ! Malheureusement, les visas sont rares et très longs à obtenir. Ils se désespèrent…

Un jour, elle me propose d'aller avec eux passer un mois en Algérie dans le cadre du volontariat pour la révolution agraire que vient de lancer Boumediene. Pourquoi pas ? Je ne connais pas l'Afrique du nord ; c'est une opportunité. Je ne connais rien à l'agriculture, ça ne fait rien.

On sera logé et nourri (avec les produits disponibles de la ferme) ; il faut simplement payer le voyage. On part en 2CV par l'Espagne et le Maroc. Le couple mao part en bateau, le petit livre rouge sous le bras.

Arrivés en Kabylie, à Draa Ben Khedda* pour être précis, dix kilomètres avant Tizi-Ouzou sur la route d'Alger, au domaine Bou Aïd, notre 2CV fourgonnette se montrera bien plus attrayante que le petit livre rouge ! Le couple mao est affecté à un domaine agricole tout proche.

Chaque weekend, on emmènera à la montagne des ouvriers dans leur famille qu'ils voient rarement car les transports sont rares et chers. Le petit livre rouge n'avait pas ce pouvoir !

Aussi, le dimanche, on monte en grande Kabylie visiter la famille d'un ouvrier. La "tawacult" semble toujours prévenue car on est attendu en grande pompe. On ira dans de petits villages de crête, tout en longueur sur l'arrête de la montagne. Les maisons sont en partie en parpaings sommaires, en partie en pisé malgré les pluies fréquentes. L'intérieur présente un sol en terre battue creusé d'un trou en son centre qui est le foyer, le kâanoun, toujours un peu fumant. Le mur du fond est tapissé d'ikoufan [†] en argile crue décorés de motifs géométriques colorés de différentes ocres par les femmes. On y entrepose les grains. Aucun meuble ; les lits sont en hauteur composés d'une natte d'alfa.

En contrebas de la pièce unique, quelques moutons et l'âne tiennent lieu de chauffage en hiver. Pas de fenêtre mais un trou en hauteur sur un flanc permettant à la fumée de s'échapper et à la lumière d'éclairer faiblement la pièce. On s'assied autour du foyer sur des petits bancs de bois ; le café bout dans la cafetière à long manche. Un gamin apporte une baguette de pain. Elle est brisée en quatre et nous devons la consommer avec le café. Pour ces gens habitués à la galette traditionnelle,

---

[*] *Drâa signifie rivière en berbère. Le village porte le nom de la rivière qui se jette dans l'oued Sébaou.*

[†] *Ikoufans : meubles d'argile construits et décorés par les femmes pour stocker les céréales récoltées.*

la baguette "française" représente le luxe réservé aux étrangers. C'est dur ! mais on mange... On reprend volontiers du café. Nos hôtes nous observent manger.

Je suis gêné ; la prochaine fois, on pensera à prendre des victuailles dans la 2CV, pour offrir...

On nous propose souvent des poteries traditionnelles fragiles car cuites dans la braise colorées et vernissées mais aussi de superbes colliers kabyles et des ceintures de mariage d'argent, à la vente. On achètera quelques colliers kabyles traditionnels faits de corail et pièces d'argent, pour le plus grand plaisir de ma copine. Plus tard, je comprendrai la terrible misère dans laquelle ces gens se trouvaient pour se séparer de bijoux de dot qu'ils se transmettaient de génération en génération. Je culpabiliserai mais un ami kabyle me consola : les démarcheurs d'Alger qui passent dans les villages l'auraient acheté à la moitié du prix que je l'avais payé... Maigre consolation...

La ferme était très étendue en polyculture et élevage. Céréales sur les arrières collines, vergers d'agrumes au pied des coteaux et légumes divers dans les zones basses irriguées. Une trentaine de vaches passaient leur vie en stabulation entravée.

On loge dans une grande pièce pour nous deux avec une cheminée, sans commodités ; tout est à l'extérieur avec eau froide mais ça nous va très bien. On achète au marché de Tizi une natte d'alfa sur laquelle on pose une mousse épaisse et le lit est fait. L'Alfa est une herbe drue que les nomades récoltent sur les hauts plateaux d'Algérie et du Maroc puis tissent en natte épaisse souple et très odorante. Quelques caisses feront office de table et chaises. On s'éclairera même à la bougie car les coupures d'électricité sont fréquentes.

Un étudiant algérien de l'école supérieure d'agriculture nous rejoint quelques jours plus tard en qualité de stagiaire. Il loge dans un autre bâtiment de la ferme, tous inutilisés. Les ouvriers rentrent chez eux le soir et l'ancien domaine pied-noir reste inoccupé, en dehors d'un gardien.

On décide de faire des réunions « pédagogiques ».

Elles auront lieu sur le temps de travail des ouvriers, en fin de journée. La révolution culturelle est dans tous les esprits des instances dirigeantes ; de grandes banderoles tendues dans les rues de Tizi incitent à l'appliquer partout.
« La terre à ceux qui la travaillent ! »
« Le village, base de la démocratie »
Alors le directeur acquiesce et nous encourage…

Tous les travaux nous sont confiés ; on participe à la vie de la ferme autogérée ; on donne notre avis qui est écouté.
Sous un soleil ardent, on binera les poivrons, on récoltera les énormes pastèques et l'on fera les moissons sur les collines.
Je retrouverai la batteuse de mon enfance, alimentée par une kirielle d'ouvriers, grimpés sur le toit de l'énorme machine sans moteur. Le mécanisme de battage est entrainé par un tracteur fixe qui transmet le mouvement par une immense courroie de cuir qui saute régulièrement. Tout ça dans une poussière éprouvante et assoiffante.

Je conduirai dans le lit du Draa Ben Khedda une antique chenillette tractant une énorme charrette de paille sur laquelle sont couchés une dizaine d'ouvriers. Etonnant ! un manche à balai avec une poignée de frein de vélo comme embrayage de chaque côté du siège et rien devant, ni volant, ni tableau de bord !
On s'arrêtera à une source qui sourd dans un ancien bidon en bouillonnant ; des dytiques et des gerris s'y baignent ou flottent à cœur joie ! je fais la remarque mais un ouvrier sort son mouchoir et me montre l'usage ; on se plaque le mouchoir sur le visage et on aspire l'eau à travers ; ainsi les bestioles ne passent pas ! il me tend le mouchoir que je refuse catégoriquement ! Voilà un excellent thème pédagogique !

L'étudiant algérien, Bachir, se fera prêter un microscope à la préfecture de Tizi-Ouzou.

On leur montre au microscope que même avec un mouchoir comme filtre, il y a des microbes invisibles (amibes, paramécies…) qui provoquent des maladies intestinales. Tous souffrent sporadiquement de douleurs cœliaques ; j'ai moi-même rapporté d'Iran une amibiase ; tout le monde est concerné et se montre attentif, surtout après avoir vu ces bêtes grouiller dans l'eau de la source !

Une goutte de javel et tous les microbes meurent instantanément sous le regard du microscope ; on expliqua le rôle de l'eau de javel dans les puits et surtout les doses à appliquer.

Ces gens n'ont pas de culture, de connaissances scientifiques. Des théories simplistes peuvent les convaincre, les séduire, n'ayant pas de bagage intellectuel ou d'esprit critique, que ce soient des témoins de Jehova, des salafistes, des complotistes, scientistes ou autres gourous. La connaissance et l'éducation sont le rempart à ces dérives.

Nous avons une certaine culture, un certain niveau de connaissances vis à vis de ces gens, mais qui s'effondre quand on me parle d'un réacteur nucléaire en construction près de Marseille (ITER) qui permettrait d'atteindre une température de 150 millions de degrés (?), grâce à la fusion (et non la fission) de l'atome. Tout environnement terrestre se volatilise à 3000 degrés, alors comment produire des millions de degrés ?

Eh bien dans une enveloppe de plasma maintenue par de puissants électroaimants… Et là, je suis totalement largué… Je manque de connaissances, comme ces ouvriers à un autre niveau…

A la fin de la première semaine, une vache se casse une jambe ; la seule solution est de la sacrifier ; ce rôle est dévolu au directeur qui l'abat avec son fusil. De retour en France, je me renseignai sur cette pratique qui me parut cruelle ; on me confirma que c'était la seule solution pour écourter les souffrances de l'animal…

Le conducteur du tracteur me propose de prendre sa place ; on accroche la vache morte derrière le tracteur et je la traine jusqu'à l'oued Sébaou, sur la route nationale. Là, on l'abandonne dans le lit presque à sec de la rivière. Pendant trois nuits, on entendit les hurlements des chacals tels des rires de bébés qui se disputaient la bête ; une semaine plus tard, il n'y avait plus qu'une partie du squelette et la tête ; j'eus bien envie de rapporter le crâne avec les cornes mais il puait encore terriblement !

On s'informe ; tous les six ou huit mois, une vache se casse une jambe et c'est une perte importante pour le domaine. Le sol en pente, bétonné de galets, est poli par les années de passage des sabots des animaux et le lisier le rend très glissant ; avec Bachir et ma copine, on part avec le tracteur, une remorque et des pelles vers le lit de l'oued ; on en rapporte du sable et du gravier que l'on demandera aux ouvriers d'étaler régulièrement sur le sol. Par ailleurs, les vaches ne marchent jamais, sauf pour se rendre à la traite deux fois par jour, à quelques mètres. On suggère ; on prend des initiatives ; on explique ; on forme une équipe du tonnerre ! J'aime bien ces projets fous qui font cogiter ! On abat plusieurs eucalyptus qui nous serviront de clôture et de barrière à un grand corral en haut de l'étable. Chaque jour, on enverra les vaches se balader dans le corral ; on y mettra du foin pour les attirer. Le directeur est enchanté de nos initiatives…

Coco
Un évènement va me faire respecter et admirer de tous les ouvriers ; l'étable possède un énorme taureau, Coco, de huit ou neuf cents kilos ; c'est la terreur des ouvriers car il en a envoyé deux à l'hôpital, les côtes broyées. Son box n'est pas très large et les parois sont en béton. Dès qu'un ouvrier vient le détacher, Coco cherche à le coincer contre le mur ! Ils en ont peur et sont donc violents avec lui, utilisant un aiguillon ; il leur rend cette violence !

Depuis mon arrivée, je lui porte des morceaux de pastèque dont il raffole. Au bout de quelques jours, il reconnait ma voix dès que j'entre dans l'étable et que je le hèle ; il redresse la tête, pointe les oreilles et se tourne vers moi. Quand je rentre dans son box, il se pousse contre le mur opposé pour me laisser passer et il se régale de ma pastèque. Du coup, c'est moi qu'on appelle quand on doit lui faire faire une saillie ! Je le tiens par l'anneau des naseaux et l'amène à la vache qui l'attend ; je lui parle à l'oreille ; "*vas-y Coco ! prends ton pied !* " (*oui, je sais ; ça passe mal aujourd'hui... mais j'lui ai dit, pauv' bête...*)

Un jour où je le mène à une nouvelle copine, je lâche l'anneau et lui parle ; les ouvriers affolés s'enfuient comme une volée de moineaux ! Coco me suit ! Ils n'en reviennent pas, cachés derrière des bottes de foin ou des barrières ; je deviens un héros malgré mes cinquante kilos !

Mais je ne serai pas toujours là ! Un gamin de seize ou dix-sept ans, Bouzid, (*zid ya bouzid, répétait-on, en référence à une courte bande dessinée du journal El Moudjahid*), pauvre gosse sans parents, gentil comme tout, subissait les railleries de tous les travailleurs, étant le plus jeune. Il s'était pris d'affection et d'admiration pour nous. Je le pris sous mon aile et lui appris à ne pas craindre Coco ; je lui expliquai que les animaux quels qu'ils soient, ressentent les appréhensions, les craintes, l'agressivité que l'on a envers eux ; c'est lui qui, dorénavant, donnera chaque jour des écorces de pastèque à Coco et lui parlera. Trois semaines plus tard, c'est Bouzid qui devint le maître de Coco. Il sera sacrément valorisé auprès des autres ouvriers et du directeur…

Rencontre avec Barbu

J'avais apporté ma caméra Pathé-Webo 16 millimètres réparée au retour d'Iran. Je filmais le travail de la ferme.

Puis il y eut une grande fête de la "révolution agraire" à Tizi-Ouzou.

Bien sûr, le couple mao était sur la brèche, le petit livre rouge à la main ! Je filmais l'activité des rues et les banderoles quand un petit homme jovial, ventre bedonnant m'aborda :

« Vous êtes cinéaste ? »

Je racontai que j'étais "*volontaire pour la révolution agraire*" et que je filmais pour mon plaisir mais que j'avais peu de pellicule, juste de quoi faire un très petit court métrage sur la révolution agraire.

Il travaillait en face du domaine agricole, dans le gigantesque complexe textile SONITEX (Société Nationale des industries textiles). Il y est directeur du comité d'entreprise ; il m'offre d'échanger ma participation comme caméraman à un film sur les activités sociales du comité d'entreprise contre de la pellicule ; pourquoi pas ? Il me propose également de visiter l'usine de 2500 salariés. Notre volontariat s'achève et nous comptons rester encore un mois à découvrir l'Algérie. Marché conclu.

Par ailleurs, je suis bientôt en fin de licence de géo et je dois trouver un sujet de mémoire de maitrise. J'en parle à mon nouvel ami, surnommé "*Barbu*". A l'époque, les barbus sont très rares ; ce n'est pas la mode, et il n'est pas salafiste…

J'appelle mon prof, Yves Lacoste, en lui exposant le projet. Il est enthousiaste ; une opportunité de pénétrer une institution nationale comme la SONITEX ne se refuse pas.

On va fêter ça avec Barbu au bar des intellos à la sortie de Tizi vers l'est. J'y passerai des heures, à la grande douleur de mon estomac et de ma vessie ! une tournée de « 33 » (prononcer « trrrent' trrois » en roulant les R) se matérialise par un casier complet car on est nombreux autour de la table ! Faute de houblon et de levure en Algérie, on me dit que c'est de la bile de bœuf qui permet la fermentation de cette bière…

Donc, l'été prochain, je reviendrai faire une grande enquête auprès des ouvriers du complexe textile ; je rapporterai bien sûr ma caméra et on ira faire un séjour en colo de vacances avec les enfants des ouvriers, à Ziama Mansouriah…

Peu à peu, je me rends compte que Barbu a un pouvoir bien supérieur à un simple directeur de comité d'entreprise ; il me présente au directeur de l'usine, on entre partout comme dans un moulin ; toutes les portes lui sont ouvertes. En fait, il est le représentant local du FLN, un peu l'équivalent d'un commissaire politique en URSS. Mais peu m'importe ; il est sympathique, jovial, on peut discuter de tout en toute liberté, il a l'esprit critique et il a adopté le lit à l'arrière de la fourgonnette pour aller trinquer au bars des intellos-alcolos de Tizi-Ozo...

Je retournerai une quinzaine de jours à Pâques de l'année suivante afin de préparer ma venue en juillet-aout.

Pour ces vacances de Pâques, il ne fait pas chaud ; on est logé au domaine Bou Aïd car le directeur nous a à la bonne et peut être que Barbu n'y est pas étranger. On se gave d'oranges que l'on va cueillir dans les vergers en effrayant les dizaines de cigognes qui se goinfrent d'insectes et de grenouilles ; on joue au foot avec d'énormes pamplemousses, invendables par leur taille et peu juteux...

A suivre... comment, deux semaines plus tard, je me retrouverai à deux heures du matin à chercher, pelle américaine à la main, les traces d'urines d'allemands, dans les dunes, en plein désert...

Touggourt

On part vers le sud faire "*la petite boucle*" comme on l'appelait ; Biskra, Touggourt, Ouargla, Ghardaïa, Laghouat, Djelfa, Médéa, Blida, Alger. Là, je rencontre mes premières « vraies » oasis, telles qu'on les imagine ; en Iran ou Iraq, les oasis n'étaient pas celles de Tintin ou des images d'Epinal ; entre Touggourt et El Oued, le mirage est là ! des dunes de sable, quelques palmiers, un chadouf et parfois une petite mare.
L'oued Rhir est une longue dépression qui s'étend du nord, au sud de Biskra, jusqu'au sud de Touggourt, de 200 kilomètres de long, sur une bande étroite d'une vingtaine de kilomètres ; on y trouve de grandes palmeraies (deglet nour, degla beida…) aux cultures étagées : les palmiers dattiers protégeant les arbres inférieurs du soleil (olivier, agrumes, figuier, jujubier, grenadier) qui eux-mêmes protègent une culture au sol irriguée (luzerne, orge, poivrons, gombos, tomates…). J'y ai vu, et j'ai mangé, des olives grosses comme des noix !

On était au café
C'était la fin d'après-midi sur la grand' place de Touggourt. La chaleur était encore intense en ce mois d'août mais l'ombre portée par le bâtiment du café avait fait lever un léger souffle bienfaiteur. Comme tout le monde, on avait pris un thé à la menthe, brûlant, la seule boisson rafraîchissante, après avoir testé tous les breuvages possibles et malgré un taux de sucre bien trop élevé !
Un grand type, déguisé en touareg, gandourah bleue, turban sur la tête (on dit "*trrent'-trrois tours*"), grand, musclé, noir, nous aborde :
« Vous êtes touristes de passage ? »
« Oui »
« Vous allez où ? »
« El Oued puis Tozeur et puis on ne sait pas… »
« Vous êtes à quel hôtel ? »
« Aucun ; on dort dans la voiture » dis-je en désignant la 2CV fourgonnette blanche garée près du café.

« Mais ce soir, où allez-vous ? »

« N'importe où dans la palmeraie ; dès qu'on trouve un endroit agréable, on s'y installe... »

« Vous pouvez venir dormir à l'hôtel bédouin ; je suis le gérant; c'est à une vingtaine de kilomètres d'ici, sur la route d'El Oued, en plein désert, au milieu des dunes »

« Désolé, on n'a pas les moyens ; on a juste ce qu'il faut pour rentrer en France par la Tunisie et l'Italie »

« Non, c'est juste pour le plaisir ; je vous offre un thé et vous dormez dans la voiture »

« OK pour l'invitation, c'est gentil ; on verra »

Il est bel homme dans sa gandourah bleu ciel et son chèche noir négligemment tourné sur la tête ; des bijoux Touaregs ornent son cou et ses poignets ; il porte des sandales de cuirs décorées comme en portent les bédouins. Ses traits sont fins ; il est fortement musclé et tout sourire. Sa présence est rassurante. Il inspire confiance.

Après son départ, on passa à l'office du tourisme, très rarement ouvert ; ah, il y avait quelqu'un ;

« Oui, l'hôtel bédouin ? C'est la fierté de la ville de Touggourt ; une très grande tente nomade qui sert de bar et salle de restaurant et des petites tentes bédouines qui servent de chambres. C'est "*Miguel*" le gestionnaire... »

On le décrit ; oui, c'est bien lui... ; célèbre car il a tourné dans plusieurs films comme figurant et notamment avec Lollobrigida qu'il aurait séduite, dit-on, à l'âge de 16 ans ! On apprend cependant qu'il n'est pas gérant, la ville de Touggourt et la SONATOUR étant propriétaires, mais animateur-gestionnaire...

On relève tous les lieux intéressants à proximité de Touggourt et on part dormir dans les ruines de Tigdidine, en pleine palmeraie, au nord de Touggourt : superbe !

Le lendemain matin, on se rend à un grand bassin de décantation repéré à l'office de tourisme. La palmeraie est irriguée par de nombreux puits, artésiens ou équipés de pompes bruyantes et fumantes. L'eau sortant de terre à 60 degrés et plus, elle est mise à refroidir dans un premier bassin puis cascade dans un second où sa température baisse autour

de 30 à 35 degrés° ; c'est là que tous les gens du coin et notamment les enfants viennent se baigner. Quel plaisir en plein désert de se baigner dans une eau qui parait fraiche !
Vers midi, on décide d'aller voir ce fameux hôtel bédouin.
La route serpente entre les dunes de sable et parfois disparait sous celui-ci ; la 2CV dérape, patine puis récupérant un peu de goudron, repart. Ce désert, le grand erg oriental du Sahara, n'est pas vraiment désert ; çà et là, on aperçoit de minuscules jardins verdoyants dans le creux d'une dune, autour d'un chadouf, le puits traditionnel à balancier.

L'endroit était effectivement idyllique, magique ; un silence absolu y régnait ; cinq ou six palmiers dans des creux de dunes indiquaient la présence d'une nappe aquifère toute proche ; une dizaine de petites tentes traditionnelles noires aux motifs ocres et beiges servaient de chambre pour les touristes ; une très grande tente étonnamment bien ventilée et fraîche jouait le rôle de salle de restaurant, de bar, de réception.
Des tables basses étaient disposées sur des tapis tout autour de la grande tente ; des poufs et des coussins répartis sur des banquettes rudimentaires de bois permettaient aux convives de s'asseoir autour des tables.

Dans un des creux proche de la grande tente, se tenait un jardin paradisiaque ; un chadouf, constitué d'un tronc de palmier lesté d'une lourde pierre à sa base, permettait de remonter de l'eau dans une outre de chèvre ; l'eau irriguait quelques palmiers et quatre carrés bien dessinés de poivrons, tomates, piments, courgettes, gombos et autres légumes inconnus. Tout autour, une haie de palmes sèches avait été plantée pour contenir le sable. Mais tel Sisyphe, les fellah devaient régulièrement extraire et remonter le sable qui avait fait fi de cette misérable clôture !

Le surnommé "Miguel", pseudo gérant de l'hôtel, nous présenta son « boy », Ahmed, un noir claudiquant, bossu, sautant d'un pied sur l'autre, à l'âge incertain, compris entre trente et cinquante ans ; on le surnommera Quasimodo. C'était l'homme à tout faire, le serviteur dévoué corps et âme à son maître.

Miguel déjeune accroupi sur un tapis face à un plateau de cuivre posé au sol ; il nous propose de partager son repas ; il lance quelques ordres en arabe à Quasimodo ; gombos au sable ; j'ai horreur du sable dans les aliments, qui crisse sous les dents ! là, je suis servi !

Miguel semble s'ennuyer, seul avec Quasimodo, à attendre le touriste…

Il nous fait visiter la région et nous entraine vers El Oued ; on n'en revient pas ! des murs entiers de maisons sont construits en roses de sable cimentées ; on en trouve des géantes, pas très belles mais leur taille en fait la seule pierre à construire du coin.

Tamacine est superbe ; le très vieux ksar, en partie ruiné, est une ville d'argile ocre, se confondant avec le désert ; on décide de gravir les interminables marches du minaret afin d'observer la ville d'en haut.

La vue du sommet du minaret est superbe ! Les coupoles du hammam, la palmeraie au loin et le lac ! Un lac en plein désert. De nombreux enfants jouent dans l'eau ; il y a aussi quelques hommes qui se baignent mais aucune femme ; elles restent pudiquement voilées, à l'écart.

Au retour, on s'arrête dans un petit restaurant des faubourgs de Touggourt ; on déjeune de brochettes de mouton et de chameau avec du riz et de la semoule ; il y a même du vin que Miguel apprécie en bon musulman, digne d'Omar Khayyām !

« *Parfois, ils ont de la gazelle ; c'est délicieux* ».

De retour plein les mirettes, Miguel nous propose de dormir sur le « parking » de l'hôtel dans notre voiture ; demain, c'est le marché à Touggourt ; il nous y emmènera. En fait, n'ayant pas de voiture, il est enchanté de notre présence.

Le soir, une quinzaine de "notables" de Touggourt viennent se détendre à l'hôtel ; on est hors la ville, loin des regards inquisiteurs ; on y boit de l'alcool en toute discrétion ; trois ou quatre femmes sont venues également ; elles ne sont pas voilées et portent des robes ou jupes courtes.

On écoute de la musique arabo-andalouse, musique du sud, égyptienne... au gré des cassettes laissées par des visiteurs ; c'est là que Miguel gagne sa vie... et c'est là qu'on fera la connaissance d'Ali, un mozabite en "biseness" à Touggourt qui deviendra l'ami indéfectible.

Quand Ali m'avait proposé de m'offrir une gandourah « sur mesure », nous étions allés chez son tailleur de Touggourt. Après m'avoir fait écarter les bras à l'horizontal, il avait pris les mesures entre mes coudes, mes poignets et de la nuque au milieu du mollet. L'après-midi, la gandourah était prête ; bleu pâle comme la majorité des gandourahs, elle était rehaussée au col de broderies d'inspiration touareg d'un bleu plus soutenu, échancrure terminée comme il se doit, par l'indispensable Croix du Sud.

Je l'enfilai aussitôt puis, en revenant à la maison, je fis une remarque :

« Il a oublié de coudre la poche gauche ! il n'y a pas de fond ! »

« Non, c'est normal... » me dit Ali en souriant ;

« ...cela permet d'uriner debout sans avoir à lever le bord comme une femme »

« Et de se tripoter quand on croise une jolie fille » ajoutai-je !

Cela était bien gênant car, étant gaucher, je devais faire très attention à la poche où je mettais mes clés ! A l'intérieur, près du cœur, une poche permettait de mettre son portefeuille à l'abri. Bien sûr, la gandourah se porte sans slip et je dois reconnaitre que c'est LE vêtement idéal pour ce genre de région.

Deux jours plus tard, un autocar d'allemands doit arriver dans la soirée pour une nuit. On aidera à la cuisine et au service.

Le matin, on partit en 2CV au marché de Touggourt.

On découvre un marché très sommaire où l'on négocie quelques chameaux, quelques moutons et chèvres, comme jamais on ne l'aurait vu par nous-même ; Miguel connait tout le monde, notamment les bédouins.

On y trouve des objets utilitaires de cuir pour le bât des animaux ; je m'offre une paire de "boots du désert" dont la semelle est faite dans la découpe d'un pneu : « Inusable ! - me dit le bédouin - ce sont des Michelin ! »

A l'ombre d'une masure, quelques femmes bédouines exposent de la quincaillerie sur un tissu déployé. Ce sont des colliers, bracelets, fibules, pendentifs, boucles en *argent* soutient une femme. Miguel informe les deux novices que ce sont des copies de bijoux Touaregs en maillechort ; il parlemente en arabe. Il explique que les bédouines croyaient qu'il amenait des touristes habituels à qui elles vendaient ces bijoux pour de l'argent massif ; c'est vrai que le maillechort peu prêter fortement à confusion. Miguel acheta des bijoux pour quelques dinars ! Françoise en prit un certain nombre, à un prix totalement déraisonnable ! Puis nous nous rendîmes dans une palmeraie quérir des gombos, poivrons, aubergines… et des fruits.

Je me souviens d'une cuisine épique ! Éplucher des gombos avec un minimum d'eau ! Et le sable partout, qui crissait sous les dents !

Vers seize heures, l'autocar arrive ; l'accompagnatrice parle français ; tout le monde s'extasie ; la bière coule à flot ; je dois me tenir prêt au cas où… il faudrait aller se ravitailler… On prépare le dîner : encore des gombos au sable… mais ça fait tellement exotique…

Les marmites sont sur le feu depuis une bonne heure ; le mouton qui mijote dégage une succulente odeur d'épices.

Quelques notables de Touggourt sont déjà au rendez-vous, au cas où une charmante blonde allemande se laisserait séduire… On ne sait jamais…

Après le repas, musique ; Miguel danse devant les allemandes qui se pâment !

Il attira une des plus jolie touriste qu'il avait repérée ; il l'entraina au bout du bar d'où il sortit un coffret en bois incrusté de nacres ; il l'ouvrit et ce fut comme une apparition magique ; du sable que contenait le coffret émergeaient trois ou quatre bracelets d'*argent*.

Le secret se répandit comme une traînée de poudre ; toutes les femmes se précipitèrent avec quelques hommes qui sortaient des liasses de billets ; il vendait ces bracelets achetés quelques dinars des centaines de dinars ! Quel magouilleur ce Miguel !

Il n'y en eut pas pour tout le monde ; il faut entretenir la rareté et la pénurie ; « *J'essaierai d'en avoir d'autres demain matin…* » lança-t-il…

Mais le clou vint vers 22 ou 23 heures ; les touristes étaient déjà bien éméchés ; Miguel apporta quelques superbes roses des sables.

« *Les roses des sables que l'on voit partout ici sont produites par une réaction chimique de l'urine de chameau avec la calcite ; on peut aussi en obtenir avec l'urine humaine, certes, plus petites, à la suite d'une forte consommation de bière !* »

Tandis que l'accompagnatrice traduit en allemand, un murmure envahit la tente ; quel filou ! c'est lui aussi qui empoche les bénéfices de la revente de la bière.

Le frigo fut quasiment vidé en une heure et tous nos amis partirent pisser un peu partout…

C'est comme cela que vers deux heures du matin, alors que tout le monde ronflait sous les tentes, Miguel m'entraîna avec Quasimodo, équipés tous trois d'une pelle américaine et d'un sac de roses des sables autour du cou. Le pisteur Miguel est infaillible et repère d'instinct les traces d'urine autour des tentes; « *là, creuse* » et hop, il balance une rose dans le trou qu'il rebouche ; à l'autre…

Epuisés ! le matin, il tambourine sur la voiture ; « *allez, au boulot !* » le petit déj à préparer et après, on file au marché…

Les allemands arrivent peu à peu, ébouriffés, la gueule enfarinée ; un peu d'eau pour se laver les dents mais

Quasimodo explique comment on se lave au sable ; c'est effectivement très décapant et desquamant !

Des hommes brandissent fièrement leur rose des sables découverte là où ils avaient pissé ; certains sont déçus ; ça n'a pas marché…

« *C'est que tu n'as pas bu assez de bière !* »

Miguel restera un ami incontournable quand on descendra à de nombreuses reprises dans le sud, en vacances ou pendant une enquête sur le terrain avec les étudiants…

On lui apporta un jour, ne sachant quoi lui offrir, une poupée gonflable ! Elle eut un succès inespéré ! Trois ans plus tard, elle était toujours là, sur la terrasse mais les rustines n'ayant pas tenu, elle avait été bourrée de paille d'alfa !

Un jour, aux vacances de Pâques, alors qu'on se trouvait à Touggourt, deux belles, jeunes et grandes canadiennes se pointèrent pour voir Miguel :

« Elles viennent se faire sauter à chaque petites vacances - nous dit-il - directement de Montréal ! » c'était mieux que la poupée gonflable !

Aller à El Oued posait parfois des problèmes ; la route était bloquée par des dunes et le chasse-neige pouvait mettre deux ou trois jours à dégager la route ; puis celle-ci se refermait derrière vous !

Picotin et les loups

(Une histoire vraie, pour mes petits-enfants, racontée par ma maman dans les années 50)

On est au début du vingtième siècle ; mon grand-père, Fernand Claveau, était boulanger à Romorantin.

Chaque semaine, il allait livrer son pain dans les fermes isolées de Sologne, au milieu des forêts de pins, bouleaux, aulnes, chênes, sorbiers, saules…

Il attelait son cabriolet, une petite charrette légère à deux roues, couverte d'une capote en tissus imperméable ; il fallait bien que les pains fussent à l'abris !

Il attelait Picotin, son vieux cheval. Il aurait pu l'appeler Pompon ou Bijou ou Rossinante mais il aimait bien ce nom, d'autant que le cheval adorait se régaler d'un picotin d'avoine !

Cet hiver-là, il faisait très froid ; il gelait presque toutes les nuits depuis près d'un mois.

Ce jour-là, il était parti en retard ; en effet, le ciel gris et bas, l'absence de vent, empêchait le four de bien tirer et le pain avait mis plus de temps à cuire qu'à l'habitude.

Après avoir livré quatre ou cinq fermes, la neige s'était mise à tomber ; le chemin de terre devenait glissant pour Picotin ; il fallait conduire prudemment car il ne fallait pas verser le cabriolet.

Il ne s'arrêtait plus pour discuter avec les paysans comme à l'accoutumée ; il devait absolument rentrer avant la nuit qui tombait très vite en cette saison.

Au moment de traverser la Rère, la petite rivière qui se jetait dans la Sauldre, il descendit de voiture pour guider le cheval ; il y avait peu d'eau mais une partie était gelée ; il ne fallait pas que Picotin se cassât une jambe !

Le cheval refusa obstinément de traverser ; après de multiples efforts, Fernand sortit de dessous son siège un petit sac d'avoine dont raffolait Picotin ; la gourmandise eut raison de l'obstination du cheval.

Il fallait remonter sur le plateau ; les bois devenaient plus épais ; la lumière diminuait et les flocons plus denses recouvraient maintenant tout le chemin et les bas-côtés ; Fernand pensa à allumer sa lanterne même s'il ne craignait rencontrer quiconque à cette heure mais cela donnait un peu de clarté autour d'eux.

Soudain, le cheval parut inquiet ; il tournait la tête de droite et de gauche ; le grand père s'inquiéta ; « qu'avait-il ? ».
Puis Picotin stoppa net ! Pas un bruit ; les gros flocons tourbillonnaient dans le ciel, étouffaient tous les sons. Tout à coup, il entendit un hurlement « *hoooouuu* ! » ; Picotin rua, hennit, devint nerveux ; malgré quelques coups de fouet, il refusait obstinément d'avancer. Les hurlements furent plus nombreux et plus proches ; ils appelaient la meute…
Le grand père connaissait la présence des loups dans cette forêt, mais personne ne les avait vus depuis bien longtemps ; on pensait même que c'était une légende. Mais le grand froid de cet hiver les avait fait sortir des bois profonds ; la faim les tiraillait.
D'un coup, le plus hardi des loups bondit sur le chemin, face au cheval ; celui-ci rua si fort que la charrette faillit se renverser ; c'était le plus téméraire, sans doute le chef de la meute ; il montrait les crocs, la tête baissée, les oreilles dressées, prêt à bondir…
Fernand ne perdit pas son sang-froid ; il savait que les animaux sauvages avaient peur du feu. Il sortit de sous son siège une bouteille de pétrole qui servait à alimenter la lanterne du cabriolet. Il en répandit par terre et y jeta une allumette enflammée ; le feu progressa lentement dans la neige mais le loup recula. Le grand père en profita pour ramasser une brassée de bois mort le long du chemin ; il en fit un tas auquel

il mit le feu grâce au pétrole. Le feu eut bien du mal à prendre mais au bout de quelques minutes, les flammes s'élevaient bien haut. Il empila des branches plus grosses et attendit qu'elle s'enflammât ; il s'en empara et les lança en direction des loups ; ceux-ci battirent en retraite dans le bois ; Fernand caressa Picotin pour le rassurer, lui donna quelques poignées d'avoine et le conduisit à pied, le tenant par les rennes. Au bout d'un moment, il remonta dans le cabriolet ; Picotin semblait totalement rassuré.

Ils arrivèrent enfin à la ferme où le paysan les attendait sur le pas de sa porte ; il s'inquiétait de l'heure tardive et avait entendu le hurlement des loups.

« Ah ! Fernand ! Bien content de te voir enfin ! » et Fernand raconta son aventure.

Le paysan expliqua qu'il avait trouvé trois jours plus tôt un de ses moutons éventré par les loups ; la faim les rendait plus téméraires et ils s'approchaient des fermes ; il fallait tout bien cadenasser le soir venu.

« Tu vas passer la nuit ici et tu repartiras demain matin ! Viens, allons mettre Picotin à l'étable, à côté de Pimprenelle, ma jument ».

On donna une grande botte de foin aux deux chevaux et l'on ferma la porte de l'étable à clé. Le paysan se souvenait de l'histoire de Monsieur Seguin et de sa chèvre que lui avait racontée sa maman quand il était petit.

Fernand mangea une bonne soupe bien chaude en compagnie du fermier et de sa femme puis alla se coucher, bien au chaud.

La nuit, on entendit plusieurs fois les hurlements des loups qui criaient famine !

"Ma nuit chez Ma…"

Dans le quartier de la pâtisserie, à Romorantin, j'avais deux copains de mon âge ; Lionel, le fils de l'épicier que je haïssais car il était toujours premier à tous les trimestres, depuis le CP jusqu'au CM2, et je me retrouvais toujours second ou parfois troisième !

Sauf une fois où, ayant subi l'opération de l'appendicite, il n'avait pas pu participer à la composition trimestrielle ! Je me suis donc retrouvé premier ! L'autre copain était le fils du docteur, Thierry, qui allait à l'école chez les curés, on disait les frères ; l'un est devenu homosexuel, l'autre non.

Thierry habitait à une centaine de mètres dans une très grande maison bourgeoise, sans doute de la fin du 19ème siècle. Une cour avec perron et grand cèdre du Liban donnait sur l'avenue de la gare bordée de tilleuls où mon père m'emmenait chaque année avec l'échelle double pour cueillir le tilleul qui était mis à sécher dans le grenier ; j'avais un peu honte ! Le docteur n'aurait jamais fait ça !

L'entrée donnait sur un large vestibule qui distribuait sur des salon, boudoir, fumoir, salle à manger ; la grande cuisine était flanquée d'un cellier, d'une réserve, d'une arrière cuisine et donnait accès à une cave gorgée de bouteilles… Sur le flanc droit de la maison se trouvait le garage où se tenaient trois voitures ; une 2CV que le docteur utilisait pour ses visites à domicile, une Vedette, la voiture des sorties et du dimanche, et une vieille voiture hors service. Le garage contenait encore les restes d'équipements de fiacres ou de calèches.

L'écurie, reconnaissable aux râteliers qui s'y trouvaient encore, jouxtait le garage ; puis on trouvait une vaste buanderie et de nombreuses pièces laissées à l'abandon qui devaient héberger autrefois le nombreux personnel. Tout au bout d'une allée se trouvait un gigantesque portail en bois, condamné depuis bien longtemps. L'arrière de la maison d'une dizaine de pièces donnait sur un jardin d'agrément qui se prolongeait en contrebas par un long potager qui descendait jusqu'à la rivière, la Sauldre. A gauche de la bâtisse s'en trouvait une jumelle, un peu plus petite que la maison principale et qui servait de cabinet médical au docteur, avec ses huit pièces. Les mauvaises langues disaient que le docteur y recevait ses patientes…

La mère, au cours de scènes de ménage, accusait son mari de coucher avec des "poules" ; les deux frères, de douze à quinze ans cadets de Thierry, se vantaient ou s'accusaient de coucher aussi avec des "poules"…

Ces histoires turlupinaient le pauvre Thierry…

À quelque cinquante mètres de la pâtisserie se trouvait la «remise » ; on y entreposait des produits pour la pâtisserie ; des poules qui avaient depuis longtemps abandonné le poulailler percé s'y baladaient en liberté.

Un jour, alors qu'on avait quatre ou cinq ans, Thierry me proposa de faire une expérience de "grands" :

« *Trouve un grand sac de farine vide, attrape une poule et mets là-dedans* »

Une fois fait, on se mit tout nus et nous nous enfermâmes dans le sac ; quel supplice ! la poule se débattait bec et ongles !

Et bien sûr, mon père arriva sur ces entrefaites… et l'histoire fit le tour du quartier et même de la ville !

C'est ainsi que vers cinq ans, n'étant pas Trintignant, je fus terriblement déçu de "*ma nuit chez ma…*" première poule !

Et je mis de nombreuses années à m'en remettre…

On se demanda, Thierry et moi, pendant quelque temps, quel plaisir pouvaient trouver les grands à coucher avec des poules !

On a tous été premier, au moins une fois

Je possédais un crâne humain depuis des dizaines d'années ; je l'avais "acheté" à Lafleur, alors qu'il était "préparateur" à l'école de médecine de Paris de la rue des Saints-Pères, au début des années 60. C'était un crâne de femme.

Je le mis en vente sur "*Leboncoin*" à cent euros. En quelques minutes, j'eus des dizaines de propositions d'achat ; certaines mêmes enchérissaient au double du prix pour être sûr de l'obtenir. Au bout de dix minutes, je supprimai l'annonce.

Je contactai, par honnêteté ou stupidité, la première personne qui avait répondu à l'annonce. On se téléphone :

« Merci ! c'est super ! Merci à vous ! C'est la première fois que j'arrive en premier ; je n'ai jamais eu de chance dans la vie ! »

C'était une voix de jeune ; il habitait un petit village d'Auvergne ; j'essayai de le réconforter :

« Non, ne te dévalorise pas ! c'est au moins la deuxième fois : quand tu as été conçu, tu étais déjà le premier, et parmi des millions ! »

Cérémonie d'ouverture des JO

On m'a rapporté que des gens, c'est-à-dire des êtres humains dotés d'intelligence, auraient payé des milliers d'euros pour être assis sur un banc en bois, sous la pluie, pendant des heures, pour voir passer sur des périssoires trois pelés et un tondu agitant des petits drapeaux multicolores !
J'ai du mal à le croire ! On me dit que c'est vrai !
Et d'aucuns espèrent encore sauver la planète…

Rappelons la remarque d'Einstein :
« L'univers et la bêtise humaine sont infinis. Pour le premier, je n'en ai pas la certitude absolue »

Le bouzelouf

On était allé en Algérie à Pâques, en vacances ; on avait laissé la 2CV à Marseille et les copains kabyles et mozabites nous attendaient à Alger. Au retour, chargés comme des bourricots (j'avais rapporté une natte d'alfa d'un poids impressionnant et le frère de ma copine s'était payé en souvenir une selle de bourricot en cuir !), nous montons à bord. Dans le port d'Alger, à quai, le bateau bougeait déjà beaucoup. Peu de temps avant de larguer les amarres, le personnel navigant était passé distribuer des sacs en papier. Quelques téméraires inconséquents s'en étaient moqué et l'avaient fait éclater en soufflant dedans...

Nous avions réussi à avoir trois sièges côte à côte assez difficilement, en jouant des coudes, des sacs, de la selle et de la natte d'un mètre soixante-dix ! Peine perdue...A peine le bateau sorti du port, une bonne partie des sièges était vide !

Imitant tout le monde, je me précipite, si l'on peut dire, aux toilettes ; il y avait une dizaine de marches à descendre ; un homme pressé me bouscule et passe devant avec sa valise ; tellement pressé qu'il ne fit qu'un pas pour descendre les dix marches : il s'écrasa au pied de l'escalier, cramponné à la poignée de sa valise qui explosa en touchant le sol ; il n'avait plus qu'à récupérer le contenu éparpillé un peu partout, sans aucune aide de quiconque, trop préoccupé d'une unique et terrible obsession : rejoindre les toilettes le plus rapidement possible !

J'y entrai ; spectacle hallucinant à vous faire ravaler toutes vos envies ! les WC grands ouverts étaient inaccessibles tant la vue et l'odeur du vomi vous suffoquait ; les lavabos étaient eux aussi bouchés et débordaient déjà ! Je retournai tant bien que mal à mon siège et imposai mon ultimatum :

« Vite, sur le pont, tout en haut, tout de suite... ». Les deux premiers ponts étaient condamnés ; des paquets de mer (*d'où le nom "packet boat" devenu "paquebot"*) s'y déversaient presque à chaque creux. On monta au niveau des cheminées ; ah que l'air frais faisait du bien ! Même à ce niveau, le plus haut du navire, on recevait des embruns ; on se cala contre le bastingage fermé, légèrement incliné ; là, on était bien à l'abri. Mon envie de vomir s'était (un peu) estompée. Ouf ! on respirait. Dix minute plus tard, deux hommes vinrent s'installer au sol, face à nous ; ils recevraient bientôt un paquet de mer et disparaitraient aussi vite qu'ils étaient arrivés.

Malheureusement pour moi, ils sortirent d'un couffin une boule de papier journal qu'ils ouvrirent ! NOOON !! un bouzelouf ! une tête de mouton grillée qu'on aime à sucer sous toutes les coutures…

Quand l'un d'eux se mit à aspirer les yeux, je me levai et courus au bastingage de gauche où je vomis tripes et boyaux… Au retour, les deux compères, aspergés, avaient plié bagages. On passa dix-huit heures horribles.

Je jurai de ne plus jamais prendre le bateau…

Les oiseaux attaquent

Au début des années 2000, je me balade avec ma fille sur une plage de galets au bord d'un fjord de Norvège, au nord du cercle polaire ; des oiseaux blancs et noirs en grand nombre, tournoient au-dessus de nous dans un ciel d'un bleu profond avec des cris assourdissants ; l'un d'eux pique le crâne de ma gamine ; je la protège et m'inquiète ; on est vraiment dans le film d'Hitchcock ! Incroyable ! Ils foncent en piqué sur nous ! Un homme sur la grève nous observe ; je vais vers lui ; il m'explique que ces oiseaux pondent sur la plage entre les galets et qu'on perturbe leur nidification. J'apprendrai plus tard que ce sont des sternes arctiques qui nidifient au sol, faute d'arbres dans ces contrées. On discute ; il est « fermier » ; sa ferme est toute proche mais il élève des saumons dont on aperçoit les bassins flottants dans le fjord. Je lui demande s'il en mange beaucoup. « *Jamais !* » s'exclame-t-il. Il m'explique l'alimentation, la densité, les maladies, les produits chimiques qu'il leur distribue en grande quantité… et c'est bon pour les étrangers…
« Mais, vous mangez les saumons sauvages du fjord ? »
C'est pire ! ils vivent sous les filets, se nourrissent des aliments qui ont échappé aux saumons d'élevage mais mangent et vivent dans leurs excréments ! Le fond des fjords est un désert total dû à l'acidité des déjections qui tue toute vie.
Depuis ce temps, je ne mange que du saumon d'Ecosse ou d'Irlande… Il y a quand même des norvégiens sympas…

La voleuse de crêpe
Les oiseaux me rappellent une autre aventure, à Helsinki. Sur le port se trouvent des animaux en bronze, dont une grosse tortue ; tous les enfants s'y mettent à califourchon et les parents prennent la photo ! A proximité se trouve, bien sûr, un camion proposant des gaufres et des crêpes au Nutella ! c'est ce qu'on peut appeler un « Incontournable ! ».

Ma gamine d'une douzaine d'années s'y rend. On veut qu'elle sache se dépatouiller toute seule, et là, la motivation y est. Elle revient toute fière brandissant sa crêpe au chocolat quand soudain un énorme goéland fond sur elle et lui arrache la crêpe des mains ! Une forte rumeur s'élève, les appareils photos crépitent ! une vingtaine de quidams qu'on n'avait pas remarqué sont aux anges ; ils attendaient l'instant.

Ma gamine, prête à exploser en sanglots, retourne sous bonne escorte vers le marchand que j'accuse de dresser ces oiseaux après le boulot (facile, vous dites "cigale" avec l'accent anglais... pour seagull) ; je le soupçonnerais presque d'avoir fait signer une pétition pour que la municipalité installe ces animaux de bronze à cet endroit ! J'ouvre le parapluie comme bouclier aérien. On s'installe en retrait, en attente de la prochaine victime !

Territoire défendu
On roule depuis un bon moment sans trouver de stationnement pour déjeuner en paix ; les routes de Norvège sont étroites et sinueuses. Enfin, face à nous, se présente l'entrée d'une vaste carrière désaffectée ; la route la contourne ; une haute falaise la délimite sur un côté ; le sol y est plan et ferme, propre, sans flaques ni ornières. On y est seuls, un panneau interdisant l'accès. Beau soleil, même chaud ; par flemme de sortir table et chaises, on déjeune à l'intérieur du camping-car quand un bruit retentit sur le toit du camion ; je sors ; rien.
Quelques instants plus tard, même bruit ; un rapace tournoie au-dessus de nous, fond en piqué, nous rase puis remonte et tourne ; j'ai vu une petite pomme de pin tomber. Il va se reposer sur son perchoir sur un pin au sommet de la falaise d'où il nous observe ; il crie ; puis piqué, et à nouveau le bruit sur le toit du camion ! il a lâché une autre pomme de pin ! On s'est arrêté là où personne ne vient déranger sa nidification !
On accélère le repas et on plie bagage... Désolé, collègue...

Quand on est vieux, on sort avec des vieux* !
Mais faut pas croire, c'est pas toujours triste !

On est allé passer une journée avec "*Les amis du muséum d'histoire naturelle*" visiter la baie de Seine : marais, vasières et roselières.

Partis à six heures quarante-cinq et sept degrés du jardin des plantes, on arrive vers dix heures et quatorze degrés sur le premier lieu d'expédition.

Le groupe de 55 personnes environ est constitué de trois ou quatre "jeunes" (moins de quarante-cinq ans), quelques nouveaux retraités (60-65 ans) et une grande majorité de vieux entre 75 et 85 ans, dont les trois quarts de femmes.

Arrivés sur place, on nous suggère d'enfiler nos bottes, fortement préconisées ; une dame vient nous entretenir à propos des siennes, avec un accent "*à la Giscard*" :

« Ah ! j'ai fouillé tous mes placards et je suis tombée sur mes bottes de cheval de ma jeunesse ! Ma fille passe me voir le lendemain *"Mais maman, ce ne sont pas tes bottes, ce sont les miennes !"* Je les trouvais bien un peu justes. »

J'interviens :

« Et elles devaient être devenues très rigides, avec le temps… et sans doute pas du tout imperméables pour marcher dans la vase… »

« Détrompez-vous ! c'est de la très bonne qualité… Alors je suis allée acheter ces bottes à vingt euros chez Decathlon, un peu grandes, mais c'est plus facile à enfiler »

Je théorise sur la taille des bottes : trop grandes, elles ne tiennent pas aux pieds, trop serrées, on ne peut plus s'extirper de la vase… Elle s'en fout ; elle est déjà partie entretenir quelqu'un d'autre à propos de ses bottes de cheval…

On dispose de deux guides : le chef, un garde national, et un bénévole, qui s'avérera "un peu simplet" au fil du temps…

On forme deux groupes : ceux avec bottes (30 à 35) et les dilettantes, les touristes, sans bottes (20 à 25).

Les bottés héritent du bénévole.

Il s'apprête à ouvrir le haillon de la fourgonnette des gardes ; tout près de lui, une vieille dame est penchée en avant pour enfiler ses bottes ; il la voit ;

Je me dis « *Non, il ne va pas ouvrir le haillon ! il voit bien que ça ne passe pas !* »
SI ! et vlan, en pleine tête le haillon, et il ne s'excuse même pas... il rit !

« Avez-vous vos jumelles ? »
« Oui, monsieur, regardez... » lance une femme arborant des jumelles de théâtre.
« Oh non, elles doivent être assez faibles »
« Comment le sait-on ? »
Et le voilà parti dans une explication des chiffres qui figurent sur les jumelles...
D'autres femmes accourent, exhibant les leurs :
« Et les miennes, monsieur, ça va ? »
« Et où peut-on acheter de bonnes jumelles ? »
« Moi, j'ai une longue vue ; c'est mieux ! » - Le bénévole :
« Vous avez un pied ? »
« Non, pourquoi faire ? »
Bref, ça s'éternise ; certains, dont nous, commencent à s'interroger...
Une femme, assez jeune (60-65 ans), arbore fièrement sa longue vue au bout d'un trépied très long ; quelqu'un l'interpelle ; elle se retourne... et assomme un grand monsieur à la tête de lapin ; il a un bonnet cylindrique bizarre et deux grandes incisives totalement isolées sur la mâchoire supérieure. Et vlan, la lunette se détache et tombe...

On part enfin ; on marche en file indienne sur des palettes en état de pourrissement pour nous isoler de la vase et de l'eau ; devant nous, des gabions ;
« C'est quoi, ces mares rondes ? »
« C'est des gabions »
(plus fort) : « C'est quoi ? »
(plus fort) : « Des gabions »
(fort) : « Oui mais c'est quoi des gabions ? » ...
« Des mares... »
Et comme on est en file indienne, l'écho se répand infiniment derrière nous...
« qu'est-ce qu'il a dit ? » ...

Sur ces gabions nagent des cygnes blancs ;
« Et les cygnes noirs, c'est quoi ? »
« C'est pas des cygnes, c'est des canards en plastique »
répond le guide…
« Des quoi ? »
« Pourquoi il se moque de nous ? » intervient quelqu'un.
Je reprends :
« ce sont des leurres, des canards en plastique pour attirer les
vrais canards »
« Ah bon ? pour quoi faire… »
« La chasse ? Pourquoi, on chasse dans une réserve… »

Une dame interpelle le guide :
« C'est quoi ce cri »
« la chafouinette grise » …
Pourquoi veut-elle savoir ? Dans moins de cinq minutes, elle
aura oublié le nom et de plus, elle n'entendra plus jamais de sa
vie le cri de la chafouinette grise.
« Et elle migre cette espèce ? »
« Oui, mais certaines passent l'hiver ici, depuis quatre ou cinq
ans… »

On est maintenant en rase campagne ; pas un buisson ; que
des herbes de marais et de la vase, beaucoup de vase. Une
dame s'arrête pour écouter le chant d'un oiseau au loin :
« C'est quoi cet oiseau ? »
« un gipourette des marais » répond le guide
« un quoi… ? »
Je crie :
« Ne restez pas à l'arrêt dans la vase ; vos bottes
s'enfoncent… »
C'est comme si je flûtais…
Evidemment, elle fait un pas en avant, la botte reste et elle
plonge le pied dans la vase ! Elle renfile sa botte, le pied
vaseux !

Un peu plus loin, une dame (85 ans ?) tombe dans la vase de
tout son poids ; ses deux bottes sont scellées à la glaise et elle,

est collée à ses bottes ; on la remet difficilement debout à trois mais elle replie les jambes… et retombe dans la vase…

« Raidissez vos jambes quand on vous relève ! »

« Mais je fais ce que je peux ! je ne comprends pas ce qui m'arrive… »

Un humoriste intervient :

« C'est rien, avec un peu de soleil, ça va sécher… »

Ni merci, ni merde…

Le guide est devant ; il ne s'occupe absolument pas des gens qui le suivent péniblement et qui tombent, s'enlisent, qui veulent repartir, faire demi-tour…

Un peu plus loin le guide raconte, histoire de remonter le moral de la troupe qui n'en peut plus :

« Heureusement qu'il n'a pas plu car on aurait eu du mal ; on a un jeune stagiaire qui faisait deux mètres et cent-vingt kilos ; il était parti seul faire des relevés ; une heure et demie plus tard, ne le voyant pas revenir, on est parti à sa recherche ! Il était enlisé à mi jambes et ne pouvait bouger ; il a fallu qu'on aille chercher des planches et des cordes pour le sortir… et la marée qui remontait… »

Il s'arrête au bord d'un gabion ; il prend une épuisette et après trois ou quatre essais, ramène deux crevettes translucides d'un centimètre et un gobie de douze millimètres ; quelques personnes s'extasient et veulent voir de près… On dirait des gamins de huit ans ! « J'veux voir ! – Faites voir ! – C'est quoi ? »

Trois personnes tombent à plat ventre dans la boue et cinq ou six s'y plongent les pieds nus, les bottes aspirées par la vase…

Le chauffeur du car va adorer notre retour !

Celle de 85 ans de tout à l'heure s'enlise à nouveau sur la grève de la Seine et retombe à plat ventre :

« Je ne comprends pas ce qui m'arrive… pourtant quand j'étais jeune, je gambadais dans la montagne ; j'étais toujours en tête ; on m'appelait la chèvre… »

Une femme essaie de la relever :

« Il n'y a même pas un homme pour m'aider ? »

Je me sens obligé, alors que je l'enfoncerais bien ; on doit intervenir à trois pour la remettre sur ses pattes ; ingratitude totale !

On passe un temps fou devant "l'ache des marais" (céleri sauvage perpétuel) ; plusieurs personnes en prennent des graines, en arrachent des pieds… et les questions fusent… comment ça se mange ? comment ça se cultive ? et si c'est bon? … puis c'est le tour de la "guimauve*" et pourquoi ce nom ? mais c'est pas sucré ? comment on s'en sert ? …

On passe à côté des "oreilles de cochon" (l'aster maritime) emblème des plantes halophiles s'il en est (mot qui ne sera JAMAIS prononcé par le guide ?) mais je me garde bien de le faire remarquer… Voilà près de deux heures qu'on tourne dans ce bourbier.

Une horde de chevaux avec leurs petits passe devant nous ; On se dirait en Camargue.

On approche d'une roselière ; une femme s'approche de moi et me demande :

« Monsieur, êtes-vous un peu bricoleur ? »

Stupidement, je réponds :

« Oui, un peu… »

Elle me tend sa canne de marche qu'elle a dévissé (?) et qu'elle ne peut plus revisser. Je vois, au pas de vis, qu'elle a été forcée de travers. Je lui dis qu'il faudrait une pince bécro :

« Désolée, je suis dyslexique ; j'ai dû la visser à l'envers ! »

« Ah ! je suis aussi dyslexique ; j'ai été recalé à mon permis de conduire à deux reprises car, quand le moniteur m'a demandé de tourner à droite, j'ai tourné à gauche ! »

« Exactement comme moi ; j'ai été recalée pour la même raison ! J'aurais jamais dû m'adresser à vous ; je vais chercher quelqu'un d'autre ! »

« Les grands esprits se rencontrent, mais tardivement… »

« C'est beaucoup dire ! » termine-t-elle.

Soyez sympa avec les gens, ils vous le rendent au quintuple ! J'aurais dû lui casser son bâton sur la tronche !

---

* *Ou mauve blanche, herbacée des milieux humides.*

Bref, on s'est bien amusé, on a bien ri (je vous passe les détails du pique-nique et de l'après-midi…).

A dix-neuf heures trente, sur le boulevard de l'Hôpital, je vois la chèvre qui attendait le feu rouge pour traverser ; elle est couverte de boue séchée ; au passage d'un bus, je l'ai poussée…

Rien de péjoratif dans le mot « vieux » ; je suis vieux, nous sommes vieux et je le revendique ; je ne supporte pas ces vieux bêcheurs qui se dénomment « séniors » ! Mon cul, oui ! T'es vieux ! tu peux même plus enfiler tes chaussettes le matin sans t'asseoir et mettre au moins cinq minutes…

De l'écologie

Je ne prends jamais l'avion,
Je n'ai pas de voiture,
Je ne regarde pas la télévision, car je n'ai pas l'électricité,
Je fais peu de feu car j'ai peu de nourriture à faire cuire,
Je suis Bengali,
Nous sommes 2 milliards comme moi sur terre à **agir pour sauver la planète** !

Je n'ai plus de voiture, les banques me l'ont saisie,
Je me chauffe peu car l'énergie est chère,
Je ne vais pas en vacances car je n'ai pas les moyens,
Nous sommes 6 millions de RMIstes comme moi en France qui **œuvrons pour protéger la planète** !

Je n'ai pas de voiture,
Je n'ai pas de maison,
Je me chauffe l'hiver en m'enfermant dans des plastiques et des cartons recyclés,
Nous sommes plus de 200 000 SDF comme moi en France à **lutter contre le réchauffement climatique** !

Je prends l'avion dès que je peux pour aller au soleil, oublier la grisaille et voir les pauvres,
Mais je paye mon écotaxe,
J'ai acheté un vélo électrique "*made in China*",
Je recycle l'eau de pluie,
J'ai installé des panneaux solaires qu'on ne saura pas recycler dans trente ans,
Nous aimons donner des conseils aux autres, surtout aux pauvres,
Nous sommes 3 milliards sur terre comme moi à foutre la merde sur la planète **mais avec bonne conscience** !

J'ai un SUV 4x4 avec un pare buffle,
Je roule dans les couloirs de bus à Paris,
Mais je ne crains rien car j'ai un brouilleur de radars et des amis hauts placés,

Je chasse le cerf et le chamois l'été,
J'écrase des cyclistes qui font chier les bagnoles,
Nous sommes 5 millions de gros cons comme moi en France
et **on vous emmerde car c'est nous qu'on a l'pognon** !

J'entends ou je lis un jour que les quinze plus gros navires au monde polluent plus que les 760 millions de véhicules thermiques qui circulent sur la planète ; cela m'interpelle ; des questions m'assaillent (*sont-ce des Peuls* ?)
Qui énonce cet aphorisme ? Des écologistes ? Un lobby du fret aérien ? Des constructeurs automobiles ?
Quelle genre de pollution ? Les particules fines, la production de CO_2 ?
Comment sait-on qu'il y a 760 millions de véhicules ? Le recensement des cartes grises de tous les pays par l'ONU ? Une ONG haddock spécialisée dans l'inventaire des véhicules ?
Bref, toutes ces questions n'ayant pas de réponse, je prends l'information avec discernement…

Le père fouettard

C'était un soir d'automne, alors que le jour déclinait, je passe dans la boutique et annonce à ma mère que j'allais jouer avec Thierry, le fils du docteur. Elle me fait remarquer que la nuit va tomber et que le père fouettard va commencer ses rondes.
Bof, même pas peur ! Je le connais ; je fais demi-tour et sors discrètement par la minuscule ruelle qui menait du laboratoire de la pâtisserie directement à la rue.
Je cours puis tourne à droite dans la ruelle qui mène à la maison du docteur ; un coude à gauche et là, je tombe, pétrifié ! A quelques mètres devant moi, le vélo du père fouettard, appuyé contre le mur ! Des peaux de lapin sont ficelées sur le porte bagage ; en une fraction de seconde, je me vois, ficelé parmi ces peaux, car c'est comme cela qu'il procède ! Il est de dos et ne m'a pas encore aperçu ! Je stoppe net et fais discrètement demi-tour sur la pointe des pieds ; ouf ! Je me mets à courir à toutes jambes, dès l'angle de la ruelle passé, et rentre me réfugier au fond du laboratoire, près de mon père.
On disait qu'il emmenait les enfants pas sages sur son vélo vers une forêt d'où ils ne revenaient jamais ; il les mangeait tout cru; il me sembla même après coup, avoir aperçu dans la pénombre la silhouette d'un enfant attaché sur le porte bagages !
Le père fouettard, je le connaissais bien ; mais c'était dans la journée et j'étais protégé par mes parents ; c'était un clochard, qui habitait on ne sait trop où ; on disait de lui que sa grande barbe était pleine de puces et de poux, qu'il ne se lavait jamais; il sillonnait les rues sur son vélo en criant à tue-tête « *peau d'lapin, peeeaaauuu !* » et de temps en temps, on voyait une femme sortir lui porter une peau de lapin qu'il ficelait sur le porte bagage. Et ce clochard assurait parfaitement bien le rôle de père fouettard ou de croquemitaine pour les enfants désobéissants qui n'écoutaient pas leurs parents.

L'être humain a des souvenirs plus ou moins vagues du passé ; des lieux reviennent par des images, des couleurs mais aussi par des odeurs ; j'ai retrouvé des odeurs de pâtisserie, d'herbes sèches, de champignons, de mousses, d'automne, d'herbes odorantes de juin, du séneçon à petites feuilles et boules jaunes.

L'odeur du feu de charbon en hiver ; c'est une odeur que j'avais totalement oubliée mais au cours d'un voyage en Ecosse en 2006, j'ai subitement retrouvé cette odeur sans savoir ou reconnaître aussitôt ce que c'était mais c'était une odeur bien connue au fond de mon inconscient puis m'est revenue l'odeur du charbon, celle que l'on sent, lourde, les jours d'hiver où il n'y a pas de vent, une odeur âcre ; cette odeur, je l'avais oubliée pendant cinquante ans ! C'est aussi l'odeur que l'on avait près des locomotives à vapeur.

Dans les années 70, un « grand patron » gagnait 40 fois le salaire d'un ouvrier.

En 2018, Carlos Ghosn gagnait 400 fois le salaire d'un ouvrier !

"On vit une époque formidable"
Ou "les tribulations d'un slip en Chine"
(autopsie d'un achat sur Internet…)

C'est bientôt l'anniversaire de ma femme ; je cherche un cadeau.

Sur Aliexpress (Alibaba), je trouve un slip pour femme en dentelle à 0,56$, soit 50 cts d'euro ! Pas cher ! De plus, c'est le comble, la livraison est gratuite (de la Chine vers la France) !

J'en ai commandé un le 17/05/2019 (pour voir, car j'ai des doutes !) ; j'ai payé 0,73$; je le reçois le 05/06 ; j'en ai parlé à des amis qui trouvent tout cela normal ! Pas moi !

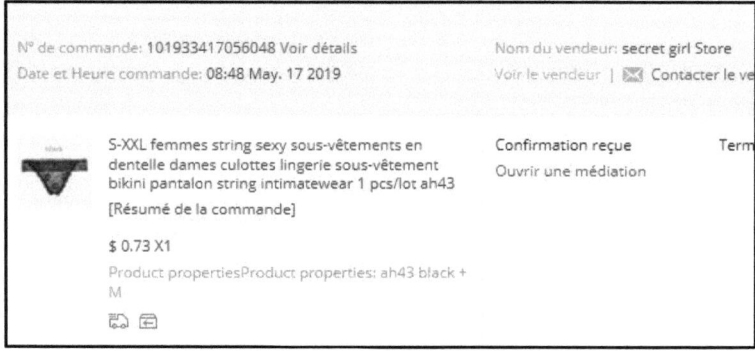

A l'époque, le suivi d'un colis (*tracking*) était très détaillé, avec précision des ordres passés au fournisseur. Aidé par Google Earth, j'ai pu localiser toutes les étapes.

Plusieurs ordinateurs traitent cette commande : transfert de Paris au serveur d'Alibaba ; transfert de la commande au fournisseur (« *Secret girl Store* » dans la province de Zhejiang, près de Shanghai.)

A Londres, des ordinateurs reçoivent un ordre de ma Banque Populaire pour créditer le compte d'Alibaba de 73 cts de $.

Mon compte est débité de 66 cts d'euro dont un centime de frais de change des euros en $. L'ordinateur d'Alibaba, l'un des plus puissant au monde, redistribuera une partie au fournisseur (en yuans ?) (magasin N° 809045 ouvert en 2011 dont on ignore l'adresse). Remarquons sur le bordereau « informations d'affaires » que la TVA est appliquée…

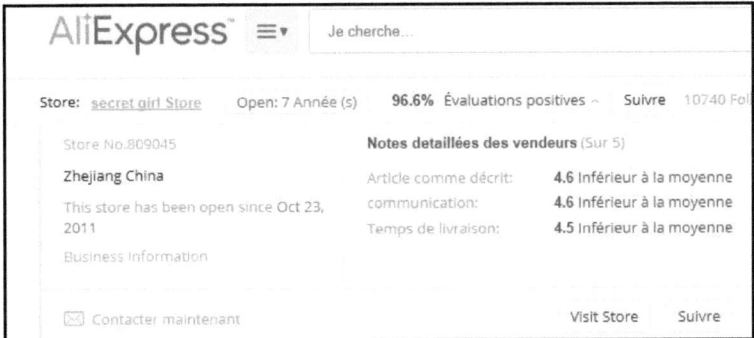

Fournisseur du slip au sud de Shanghai.

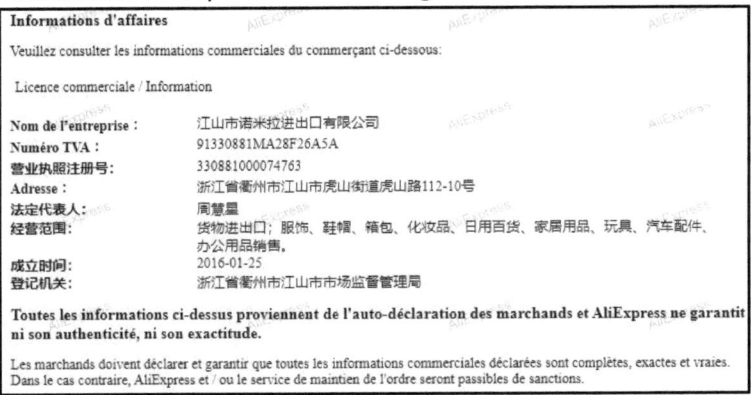

Mais ce fournisseur ne fabrique pas et ne l'a pas en stock ; il sous-traite ; il passe donc la commande à l'usine de Bichkek au Kirghizstan. Il faudra convertir les dollars (ou les yuans) en « Som », monnaie du Kirghizstan (1 som = 0,013€).

Cette usine possède une infrastructure, un réseau d'énergie, de fournisseurs de matières premières ou transformées, des machines, des ouvriers, un service de transport et de livraison. Le slip est fabriqué puis empaqueté dans cette usine, étiqueté et part vers l'aéroport de Bichkek à 30 km à vol d'oiseau (opérateur : *Kyrgyz Express Post*). Passage en douane.

De cet aéroport, il part vers Pékin à 3550 km. Là, il est placé en conteneur propriété d'Alibaba et chargé à bord de la flotte du même Alibaba (via *AliExpress Standard Shipping*). Passage en douane.

Il décolle de nuit en avion-cargo pour arriver à l'aéroport de Luxembourg (?) à 8000 km.

De là, il repart en avion vers Roissy. (280 km).

Passage en douane (c'est là qu'il reste le plus longtemps !).

De Roissy, il est envoyé par camion Colissimo vers le centre de tri de Créteil ; (25 km) ; à Créteil, mon facteur Colissimo, un malgache fort gentil et souriant le prend en charge et me le dépose dans ma boite aux lettres. (5 km).

Ce slip, de quelques grammes (11 avec l'emballage) a parcouru plus de 11890 km, a été manipulé par des dizaines de personnes pour une valeur inconnue (66 cts d'euro avec le transport !) ; combien touchent les malheureux salariés de l'usine de Bichkek au Kirghizstan ? et Jack Ma (patron d'Alibaba) part à la retraite anticipée avec 40 milliards de dollars (mais il n'est que la 19ème fortune mondiale, bien loin derrière Jeff Bezos (Amazon) à 131 milliards et Warren Buffett (84 milliards) et Mark Zuckerberg (80 milliards)…).[*]

Attention : sur les 20 plus grandes fortunes au monde, 14 sont américaines, 1 seule est chinoise… L'impérialisme est bien toujours là où on ne le croit plus…

De plus, j'avais un coupon de bienvenue de 3$! Malheureusement, il n'a pas été accepté car Aliexpress m'aurait dû 3,27$; c'est dommage, j'aurais pu devenir riche…

Un comble (encore) ! J'envoie un faire-part de naissance à mon voisin ; je paie 1€05 de timbre et j'oublie de mettre le faire-part dans l'enveloppe ; j'aurais mieux fait de lui offrir un slip…

(Reiser doit se retourner dans sa tombe ou être mort de rire…)

---

[*] *Chiffres de 2019*

Comment fabrique-t-on des bisounours ?

Comme le disait Dolto, les enfants sont des personnes, compétentes, capables de réflexion et pleines de curiosité et d'imagination. Est-ce dans le but inavouable de Patrick Lelay* qu'on leur impose des mièvreries sans sens (pas Camille), sans histoire et sans morale ? A voir...

J'étais dans une bibliothèque au rayon « tout petits » ; je suis tombé sur des réécritures des classiques ! Même plus peur ! le loup est un animal ridicule, on lui tend des pièges stupides et il tombe dedans... Et ce n'est pas le seul ! "Le petit chaperon rouge" devenu "le petit capuchon" ou "le petit chapeau", "La chèvre de monsieur Seguin", "Le petit poucet"... récrits par des bobos, fins psychiatres...

D'aucuns y voient l'apologie de l'infanticide, du cannibalisme, de l'abandon, du harcèlement...

Je soupçonne Cyrulnik d'avoir écrit un bouquin sur ce sujet ! il ne faut pas traumatiser nos bambins... (que ceux qui ont été traumatisés à vie par les contes de Perrault, Andersen ou Grimm se manifestent !)

« Les histoires de grands méchants loups, d'ogres cruels, de sorcières et de monstres terrifiants plaisent – beaucoup – aux enfants, qui demandent qu'on les leur lise et relise. Mais ne risquent-elles pas d'être trop effrayantes et de les angoisser ? Bien au contraire ! » Explications dans le supplément pour les parents du magazine **Pomme d'Api de novembre 2018**.
« Les enfants adorent les contes qui font peur » (**pediatre-online.fr**)
« Top 10 des histoires effrayantes à raconter aux enfants » **GottaMentor**
« Il faut lire des histoires qui font peur aux enfants ! » (**ecoledesloisirs.fr**)

---

* Cf. page 38 sur la réclame.

Conversations privées

A partir de 2 ans et demi – trois ans, je me suis aperçu que ma petite fille était réceptive à beaucoup plus de choses qu'on ne pût l'imaginer.

Je découvre par exemple un opéra de Mondonville (Jean-Joseph Cassanéa pour les intimes), totalement inconnu de moi, diffusé sur Mezzo et dirigé par William Christie à l'Opéra-Comique. C'est "*Titon et l'Aurore*" avec des décors somptueux ne pouvant que plaire aux enfants : des vents représentés par de grandes tentures agitées par Eole, des moutons adorables animés par des marionnettistes… Titon est un berger, avec son bâton et son grand chapeau, amoureux d'une déesse, l'Aurore, superbe dans sa robe d'or et entourée du halo du soleil. Mais des dieux (Paliés et Eole) sont jaloux et s'en mêlent… Mais tout finira bien…

De là nait une discussion : pourquoi le berger aime-t-il l'aurore ? Eh bien, on peut imaginer que l'aurore, c'est le moment où le soleil se lève et où les loups qui pouvaient dévorer des moutons la nuit vont se retirer dans leur tanière ; le berger respire, se détend, devient plus serein.

Dès que ma petite fille arrivait à la maison, c'était « *Pépé, pépé, montre-moi "Titon et l'horreur*" ! » et on regardait ensemble quelques passages, car trois heures d'opéra, c'est un peu long !!

Le Louvre est incontournable ; on y est allé à plusieurs reprises. Une statue a arrêté son attention. C'est Milon de Crotone, statue de marbre plus grande que nature, représentant un athlète grec dont les mains sont coincées dans un tronc d'arbre mort tandis qu'un lion lui dévore une fesse ! troublant comme scène et ça interpelle… et appelle de nombreuses questions !

Pourquoi cet athlète d'Olympie a-t-il les mains coincées ?

On élabore des hypothèses ; on réfléchit ; que peut-on trouver dans un tronc d'arbre mort ? Du miel ! et un athlète a besoin de beaucoup d'énergie à une époque où les bonbons ou les barres vitaminées n'existent pas ! Mais, s'il a pu rentrer ses mains dans le tronc, pourquoi ne les retire-t-il pas pour se défendre du lion ?

Elaborons une autre hypothèse : les abeilles lui ont piqué les mains pour défendre leur nid mais c'est un athlète, alors il n'a pas mal mais avec le venin, les mains ont gonflé et c'est pour cette raison qu'il ne peut plus les retirer... C'est une hypothèse plausible qui satisfait la curiosité !

De retour à la maison, on regarde sur Internet cette histoire de Milon de Crotone. C'était un lutteur grec, de nombreuses fois vainqueur aux jeux olympiques, à tel point que certaines années il était vainqueur par défaut, ne trouvant aucun adversaire osant l'affronter. Il était un peu prétentieux, assez mal vu, et d'intelligence limitée. En fait, il n'y avait pas de lion en Italie (région de Crotone) où vivait Milon ; on raconta qu'il avait été dévoré par des loups ; mais ce n'est pas une fin très héroïque pour un athlète ! La réalité serait qu'il fut brulé vif dans l'incendie de sa maison... Quelle fin déshonorante pour un si grand champion ! Cette histoire permet de douter ou de contester les idoles...

Autre histoire que celle de la chèvre de Monsieur Seguin ; dès l'âge de 2 ans et demi, elle me réclamait régulièrement cette histoire ; mais dès qu'arrivait la phrase « *le vent fraichit ; la montagne devint violette...* » il fallait impérativement interrompre l'histoire. La fin était trop douloureuse à supporter. Puis, vers 5 ans, elle me réclama la fin de l'histoire et souvent je lui demandai de la terminer elle-même ; Blanchette se bat vaillamment contre la nuit et le loup, puis à l'aube, que ce passe-t-il ? Et selon ses humeurs, la chèvre était victorieuse, d'un coup de cornes dans le ventre, ou alors, même plus peur disait-elle, le loup la dévorait !

Tout au début, je lui racontais l'histoire avec l'accent du midi, comme la racontait autrefois Henri Tisot. Alors elle se mit à énoncer des mots avec cet accent « *la chèvra de mon'sieuye segaigne* »...

Puis elle découvrit la mythologie, Ulysse, Achille, Héraclès, la guerre et Troie dont Zeus veut la destruction… Là, c'est une passion, elle devint incollable ; à l'improviste, elle me sort les noms des enfants de Priam, qui sont les Titans, comment s'appelle le cyclope… et attention ! j'ai intérêt à réviser avant de me faire rembarrer par une erreur de casting…

Je découvre un samedi matin une émission sur France Inter dénommée « *Quand les dieux rôdaient sur la terre* » ; ça me parait un peu ardu par moments car des historiens interviennent ; voilà du grain à moudre ! Eh bien, elle adore et en réclame régulièrement ! il y a 96 épisodes de 55 minutes, de quoi durer… Pas de dessin animé ; on écoute en faisant autre chose…

Une histoire que j'avais inventée pour mes enfants il y a plus de 35 ans a toujours du succès ; ma petite fille me l'a réclamée de nombreuses fois entre 3 et 5 ans. Et si je l'écourtais pour m'en débarrasser, je me faisais rappeler à l'ordre !
Il y a une morale : "il faut écouter ses parents" et l'histoire se termine bien…
(Pour ceux qui ont de jeunes enfants ou petits-enfants ; les autres, vous pouvez passer…)

BOB et la sorcière - Chicago, 1958
Il était une fois (*once upon a time*) l'histoire d'un petit garçon, nommé Bob, qui habitait Chicago, en Amérique. C'était à l'époque une ville bouillonnante de monde. Il aimait aller au *park*, avec sa mère ; il courait comme un fou parmi la foule des passants sur le trottoir ; sa mère avait beau crier, il n'en faisait qu'à sa tête.
On lui avait pourtant souvent répété :
« Si tu n'écoutes pas les adultes, un jour, il va t'arriver un grand malheur ! »
« Lequel ? » demandait-il…

« Le père fouettard à la longue barbe grise va t'emporter chez lui et te cuire dans sa marmite ! »

Ce jour-là, il faisait un beau soleil mais il faisait froid, comme toujours à cette période ; dans la rue, les voitures Ford, surtout les pickups F1 avec leur gros nez, n'arrêtaient pas de klaxonner; les trottoirs étaient noirs de monde ; il se mit à courir pour se réchauffer. Il entendit sa mère crier et il s'arrêta ; puis, quand sa mère arriva à sa hauteur, il se remit à courir. Au bout de 4 ou 5 fois, il courut encore plus longtemps, jusqu'à plus souffle ; il se retourna et chercha sa mère au milieu de la foule qui déambulait ; elle en mettait un temps à venir ! Il revint en arrière, scrutant toutes les mamans qui passaient. Avait-il tourné à la bonne rue ? Il ne savait plus trop, dans sa précipitation. L'inquiétude le gagna ; il cria bien plusieurs fois «maman, maman !» mais les gens le regardaient sans intérêt.

Il courut mais il ne lui semblait pas reconnaitre les immeubles qu'il croisait habituellement ; il s'était perdu, il fallait bien se rendre à l'évidence ! Alors, il se mit à pleurer…

Une jeune et jolie maman s'arrêta et s'approcha de lui :

« Eh bien ! Qu'as-tu donc ? Je suppose que tu t'es perdu ? »

« Oui madame… » les sanglots cessèrent.

« Viens, on va retrouver ta maman ; suis-moi »

On lui avait bien dit de ne pas suivre les messieurs, mais là, c'était une dame, belle et gentille, et elle ne proposait pas des bonbons…

Ils marchèrent longtemps et arrivèrent au bord du lac Michigan; Bob eut l'impression que la jeune maman devenait plus vieille et laide en marchant… Et ce n'était pas le chemin qu'il connaissait…

« Non, je veux plus aller avec toi… je veux ma maman ! »

« Bien sûr, mon petit, mais je dois passer d'abord à ma maison prendre mon sac et mon argent et ensuite je te ramènerai chez toi »

Ils marchèrent encore longtemps ; c'était la campagne ; il n'y avait plus grand monde, puis ils entrèrent dans la forêt ; là, il n'y avait plus personne et il faisait sombre.

Bob était épuisé ; jamais il n'avait autant marché ; le ciel s'assombrissait ; il avait du mal à distinguer le visage de la dame qui l'emmenait mais il était persuadé qu'il changeait, devenait vieux et laid, tout doucement... Il prit peur...

« N'aie pas peur, mon petit ; nous arrivons bientôt » dit la femme d'une voix grave et nasillarde.

Bob pensa un instant s'enfuir en courant ; mais où aller ? Cela lui semblait pire que de rester avec cette vieille femme, toute ridée maintenant.

Il lui sembla même que le nez était devenu crochu !

« Voilà nous y sommes ! » lança la vieille femme à l'entrée d'une clairière. A l'autre bout, une vieille cabane en bois semblait prête à s'écrouler.

« Viens, je vais te donner un bonbon car tu as été sage »

On lui avait toujours dit de ne pas accepter un bonbon d'un inconnu, mais là, il en avait bien besoin pour reprendre des forces.

La vieille femme mit de l'eau dans la marmite qui pendait dans la cheminée ; elle y mit quelques carottes, oignons, céleri, feuilles de laurier, et beaucoup de poivre.

« Je vais faire une soupe pour nous donner des forces avant de retourner voir ta maman ; mais il n'y a presque plus de bois ; reste sage ; je vais aller en chercher »

La femme sortit et ferma la porte à clé derrière elle ; Bob qui avait repéré le paquet de bonbons, grimpa sur une chaise et s'en saisit. Puis il pensa à la soupe, aux histoires du père fouettard qui cuisait les enfants dans sa marmite ; mais oui ! cette femme qui devenait vieille et laide, à mesure que le jour tombait, c'était une sorcière ! Et sans doute, elle mangeait les enfants comme le père fouettard ! Il fallait vite s'enfuir... mais il faisait nuit ! Qu'importe ! il fallait vite s'échapper.

Il essaya en vain d'ouvrir la porte, puis une fenêtre, un volet ; tout était bien verrouillé ! Alors il appela au secours mais il n'y avait personne au fond de ces bois quand soudain, une fée entendit les cris ; elle s'approcha de la cabane :

« Qui es-tu ? » demanda-t-elle

99

« Je suis Bob et la sorcière m'a enfermé dans sa cabane pour me cuire dans sa marmite et me manger. »

« C'est vrai ce que tu dis là ? »

« Oui madame »

« Et ton nez ne s'allonge pas en ce moment ? »

« Ben non madame, pourquoi il s'allongerait ? »

« Bien, alors pousse toi ; je vais sortir ma baguette magique ! »

Il y eut un gros bruit et la porte tomba au sol ; Bob était libre !

« Vite, enfuyons-nous avant que la maudite sorcière ne revienne ! » cria la jeune et jolie fée. Et si cette fée n'était qu'une sorcière déguisée, comme l'autre ? Et qu'elle l'avait libéré pour l'entrainer chez elle et le manger ?

Tant pis, il fallait y aller quand même.

Puis Bob reconnut des immeubles qui lui semblèrent familiers et la fée s'arrêta devant sa maison :

« Vite, cours embrasser ta maman qui pleure pensant qu'elle t'avait perdu ; et surtout, ne désobéis plus jamais, c'est promis?»

« Oui, Madame ! »

Bob se dirigea vers l'escalier et se retourna pour admirer une dernière fois la gentille fée mais celle-ci avait déjà disparu !

Sa maman se demanda comment Bob avait pu inventer toute cette histoire abracadabrantesque de sorcière, car elle ne le crut pas du tout.

Chissay ou l'ordre des choses

C'était une petite maison toute blanche au toit d'ardoises, éblouissante au soleil, en pierres de Bourré. Elle était surélevée de trois marches, pour échapper aux crues annuelles ou bisannuelles du Cher. C'était la dernière maison du village, la plus proche du Cher, en dehors de l'église. Sa position avait défini sa fonction à moins que ce fût l'inverse. Depuis toujours, c'était la maison du maraîcher. Dans ce sol alluvial sablonneux, la crue ne pouvait être que bénéfique avec ses apports de limon.

Mon père y est né en 1901, son père, Henri, y était né en 1863 ; sa grand-mère, Julienne, en 1836, son grand père, Victor, était né à Chisseaux, à quatre kilomètres, au lieudit le "*Parpassé*" en 1845.

C'est une région ni pauvre, ni riche, au sol sableux, léger, au climat doux mais humide et brumeux l'hiver. Son père était maraîcher, son grand père aussi ; un ancêtre était laboureur au début du 19ème siècle ; il louait sa force de travail et son « capital », un cheval, aux fermiers et métayers de la région.

Bien qu'étant "propriétaire" d'une partie des *moyens de production* selon l'analyse marxiste (son cheval), il ne put jamais enclencher une accumulation préalable du capital au grand dam de ses descendants !

Mon père est né avec la bougie et la lampe à pétrole ; il est mort avec Internet ; il a vu la première bicyclette en bois du village, celle qui n'avait pas de pédalier ni de frein, que l'on poussait avec les jambes. Il a connu aussi les chiens attelés aux petites carrioles, les chiens porteurs, flanqués de deux sacoches sur les côtés. Il a connu les colporteurs, qui vendaient de tout, de ferme en ferme.

La maison de plain-pied possédait trois pièces au sud et une pièce orientée ouest servant de "boutique". La maison était protégée du nord par le cellier au toit très long arrivant à un mètre du sol, et par la grange. L'écurie était au fond du jardin ; une petite maison de poupée en craie blanche de Bourré et au toit d'ardoises, une porte à deux vantaux et un petit grenier, modèle réduit de la maison principale.

On y vivait en auto subsistance et autosuffisance, pas vraiment différemment que trois ou quatre siècles auparavant. La richesse se limitait à quelques outils commandés chez le forgeron qui duraient plusieurs générations, un cheval ou un mulet pour porter les récoltes au marché de la ville voisine, quelques meubles rustiques qui faisaient partie des trousseaux avec le linge et des ustensiles de cuisine, de conservation, de stockage, vendus par les colporteurs. Ceux de La Borne étaient nombreux car ils descendaient la vallée de la Loire et celle du Cher et les poteries de grès étaient nombreuses dans la maison. A l'époque, les barges étaient tirées par les femmes et les enfants sur le chemin de halage ; les plus fortunés avaient une mule ou un cheval ; c'est ainsi que les colporteurs inondaient les régions proches des cours d'eau navigables de leur plus ou moins précieuse cargaison ; il était donc plus intéressant de vivre près des cours d'eau navigables qui restaient les axes les plus importants de communication. Pour aller de Paris à Nantes, Madame de Sévigné descendait à Orléans puis son fiacre était chargé sur un coche d'eau ou une gabare qui descendait la Loire.

Cinquante ans plus tard, dans les années 50-60, ma grand-mère continuait à allumer le feu tous les midis pour le repas ; entre temps, il y avait eu trois gros progrès dans la maison : l'électricité avec le poste de radio, l'eau courante et la cuisinière en fonte ; l'électricité ne servait à alimenter que quelques ampoules de 30 ou 40 bougies comme on disait, mais aucun réfrigérateur ou autre appareil électrique en dehors du poste de TSF et surtout la motopompe.
L'eau courante est arrivée vers le milieu des années 50 et il n'y eut que deux robinets : un extérieur pour rincer les légumes, donner à boire aux poules et aux lapins, et l'autre au-dessus d'un vieil évier dans la cuisine à côté de la cheminée condamnée ; l'eau s'écoulait au ras du mur extérieur dans une flaque de boue ; j'aimais à drainer cette eau dans de petits caniveaux.
En moins de 50 ans, mes parents ont donc vécu plus de « révolution technologique » que leurs ancêtres n'en avaient vu en 300 ans.
L'électricité arrivée dans les années 20 dans cette maison avait permis l'installation d'une grosse pompe électrique qui puisait

l'eau du ruisseau du fond du jardin pour la refouler par de gros robinets de cuivre dans deux grands bassins ; une fois réchauffée, elle servait à remplir les arrosoirs car on ne pouvait que rarement arroser directement au jet : l'eau froide brûlait les feuilles !

Lorsque je mettais le courant sur l'ordre de mon oncle pour allumer la pompe qui se trouvait à l'autre bout du jardin, le contact faisait de larges étincelles qui me faisaient frémir ; c'était une manette en porcelaine qu'il fallait lever ou baisser, en plein air le long du mur, à peine protégée de la pluie.

Mon grand père est mort à 95 ans en pleine santé ; il s'est couché un soir comme à l'habitude après s'être lavé les mains dans le bassin, dont le niveau d'eau se situait plus bas que terre. Tout le monde s'inquiétait de le voir piquer la tête la première.

Au petit matin, ma grand-mère l'a secoué « T'as vu l'heure ! » ; il était mort.

Ma grand-mère est morte dans les mêmes conditions à 93 ans mais elle avait un peu « perdu la tête » comme on dit ; elle vidait son pot de chambre plusieurs fois par jour car après être allée le vider sur le fumier au fond du jardin, elle le rinçait au bassin et laissait un peu d'eau au fond ; quelques heures plus tard, en soulevant le couvercle elle s'apercevait qu'il contenait, croyait elle, un peu d'urine et elle retournait le vider ; elle allumait le feu dans la cuisinière à midi pour faire cuire la soupe pensant qu'on était le soir.

Mon grand-père devait boire deux verres de vin à chaque repas, du vin « naturel », aigrelet, de Touraine comme il se doit ; il savait que l'eau du puits était polluée par le fumier du fond du jardin. Ce fumier était constitué des déchets du jardin (fanes, racines, feuilles, herbes…) mélangés au fumier de la mule et aux excréments humains ; les cabinets étaient en effet tout proches, au fond du jardin. C'était un trou entre deux planches sous lesquelles se trouvait un baquet de bois muni de deux anses en fer, baquet appelé très officiellement une tinette ; une fois plein, on le tirait avec un crochet pour le vider sur le fumier ; les planches étaient polies par les innombrables fesses qui avaient dû se frotter dessus. Je me coinçais douloureusement les cuisses entre ces deux planches, aussi, une fois installé, mieux valait ne pas bouger. Le papier était bien sûr du journal, bien noir qui devait laisser de copieux dépôts d'encre sur les fesses ; le pire était lorsqu'il ne restait plus que le papier glacé de revues "de luxe" ! Un calvaire pour s'essuyer correctement. L'été, l'odeur était pestilentielle et les mouches formaient un rideau naturel en produisant un bruissement infernal.

Je volais parfois une feuille de papier JOB à mon grand-père qui me servait à confectionner des flûtiaux -ou affutiaux- avec une courte branche de sureau que j'évidais de sa moelle spongieuse.

Le puits du jardin ne servait plus à boire ; il servait l'été pour y mettre les bouteilles de vin blanc au frais, que je descendais dans un panier de fil de fer accroché à une ficelle mais aussi pour dessaler la morue, accrochée à la queue par une cordelette, que l'on laissait tremper vingt-quatre heures dans cette eau claire.

Quand la micheline rapide LYON-NANTES passait à neuf heures trois, mon oncle criait « *le lézard vert* !» et je courais grimper quelques échelons de l'échelle du grenier ; c'était bien souvent trop tard ; c'était une micheline verte, formée de deux wagons, qui filait, bien plus vite que les autres michelines rouges et jaunes.

La gare était toute proche et chaque jour à 10 heures 20 le train de marchandises tiré par une locomotive à vapeur s'arrêtait en gare pour décharger ou charger des colis ; je courais au pied du remblai haut de trois mètres pour m'effrayer un peu ; le monstre d'acier crachant vapeur, fumée et eau se trouvait à quelques mètres au-dessus de moi ; la frayeur était à son apogée quand la locomotive démarrait ; elle crachait, soufflait, toussait et le sol vibrait ; les roues patinaient sur les rails ; c'était une bête vivante et effrayante.

Quand le mécanicien m'apercevait, il faisait siffler le monstre et je me bouchais les oreilles en fixant le jet de vapeur.

C'était par ce chemin qui longeait le ruisseau, toujours à l'ombre sous les énormes platanes plusieurs fois centenaires, bordé de noisetiers sauvages, que j'allais chercher de l'eau à la source au pied du château dans une laitière d'aluminium. J'appris bien plus tard que l'eau du robinet venait de la captation de cette fontaine.

C'était pendant les vacances, et les après-midis trop chauds, j'avais interdiction absolue de sortir de peur d'être foudroyé par une insolation ; je regardais le jardin et la campagne et le Cher par le battant haut de la porte resté ouvert ; à quatre heures, ma grand'mère me donnait une "miettée", de l'eau fraîche avec un peu de vin rouge, du sucre et des morceaux de pain sec qui détrempaient dans le bol.

La porte était à deux battants, le haut vitré en croix à quatre carreaux, l'autre en bois plein en bas. Beaucoup de maisons possédaient ce système pour empêcher les animaux domestiques de rentrer dans la maison et aérer la pièce par beau temps. Il fallait appuyer sur une targette bien difficile pour un enfant pour libérer le loquet et ouvrir la porte.

A droite, dans un renfoncement sombre, l'évier blanc, rectangulaire équipé d'un seul robinet d'eau froide.

Puis la cheminée condamnée depuis des années. Une étagère supportait quelques ustensiles dont le grugeoir avec son pilon et une boîte à gros sel. Suivait la cuisinière à bois, allumée d'un bout de l'année à l'autre sur le coin de laquelle trônait bien sûr, la bouilloire ; puis une fenêtre qui paraissait si fragile que les trains faisaient vibrer ; le mastic ayant depuis longtemps disparu et on voyait les maigres clous qui retenaient les vitres fines, dont la mauvaise qualité déformait le paysage ; exposée à l'est et aux vents froids d'hiver, elle n'était jamais ouverte; sans doute serait-elle tombée si quelqu'un s'était aventuré à essayer ; pas de volets non plus ; puis un fauteuil d'osier grinçant muni d'un coussin qui devait sentir les pets et la sueur ; derrière lui, coincé dans l'angle, trônait la machine à coudre, bien enfermée dans sa caisse en bois joliment décorée, enfouie sous une pile de journaux qui procureraient plus tard de la lecture aux tinettes du fond du jardin : le "Chasseur Français", "La Nouvelle République" et "La Terre". A gauche du fauteuil où trônait mon grand-père se trouvait le poste de TSF qui grésillait à n'en plus finir ; parfois, il fallait faire silence total pour écouter un baragouinage incompréhensible pour moi. Un immense ressort en partait et faisait le tour de la pièce dans l'angle du plafond.

Face à l'entrée une armoire en fruitier prenait la moitié du mur ; en bois plein, sans décor ni sculpture, cette armoire enfermait les trésors de la maison auxquels je n'avais pas accès ; une cruche en forme de lapin tenant une carotte dans ses pattes, dans laquelle j'avais le droit de mettre de l'eau une ou deux fois par an ; à cette occasion, mon oncle se mettait à chanter :
« En rev'nant de r'morantin, j'ai rencontré un p'tit lapin, je l'ai mis dans ma casquette, il avait trop frette, je l'ai mis dans mon sabiot, il avait trop chaud, je l'ai mis dans ma culotte, il a mangé ma p'tite carotte »

Il y avait aussi quelques objets interdits comme cette petite marionnette de moine en bois muni d'une ficelle qui montrait un énorme zizi sortant de dessous la bure quand on la tirait…
Puis, juste avant la porte basse du cellier, la huche à pain en bois, doublée d'un tissu à l'intérieur, si profonde que je n'arrivais pas à attraper le pain quand il n'en restait qu'un tiers. Elle dégageait une odeur aigre de levure de boulangerie.
Quand le pain frais de « *quat' lives* » arrivait, il était interdit d'en manger ! il fallait que le pain rassît au moins deux jours !
Quand l'instituteur racontait la fable du renard et la cigogne, il prenait l'exemple de la huche à pain pour les enfants qui n'avaient pas le bras assez long !

Sur le mur gauche, la porte vitrée de la chambre, quatre chaises alignées contre le mur puis la comtoise, dont j'aimais compter les tic-tacs les jours de forte chaleur, où je n'avais pas le droit de sortir.
Au centre, la table couverte de sa toile cirée usée, aux motifs alimentaires, pain, cruche, bouteille de vin, oignons que je passais des heures à observer… je me demandais toujours qui pouvait avoir peint ça sur toutes les toiles cirées de toutes les maisons où j'allais.
Et les mouches ! Qui couraient sur la toile, qui sautaient l'une sur l'autre, qui sortaient leur trompe pour sucer un hypothétique grain de sucre que je ne voyais pas, puis qui bondissaient sur l'abat-jour au-dessus de la table ; le contrepoids de porcelaine était couvert de chiures. Je rêvais de réussir ce que m'avait raconté mon cousin : faire exécuter des altères à une mouche !

On lui arrachait les deux ailes, on lui enfilait une aiguille dans le derrière, on la mettait sur le dos et avec une autre aiguille où l'on avait planté à chaque extrémité deux tout petits morceaux de liège on essayait de la placer en équilibre sur ses pattes ; j'ai bien essayé à maintes reprises sans jamais réussir à la faire jongler.

La porte de la chambre était toujours fermée ; lorsqu'on la passait, une odeur de moisi vous envahissait, de fraîcheur certes et d'humidité ! Une armoire grinçante contre le mur droit pleine de draps blancs, le lit en face tellement haut sur pattes que je ne pouvais m'y asseoir sans m'y hisser difficilement ; et la poire électrique qui pendait à la tête du lit, dont le choc sur le bois du lit signifiait le noir ; là aussi, une cheminée condamnée, sans doute faute d'argent pour acheter le bois ; l'hiver, la porte vitrée restait ouverte pendant la nuit et parfois la journée. Contre le mur sud, une table de toilette avec la vasque en porcelaine et la cruche qui n'avait sans doute pas vu d'eau depuis bien longtemps ! Le seau qui n'avait d'hygiénique que le nom se trouvait à la tête du lit sur la descente de lit humide comme une éponge ; au printemps, dès les premiers rayons de soleil, le carrelage rouge de la chambre se mettait à suinter ! Les volets étaient fermés en permanence sauf à la mi-saison pour « aérer » ; en été, il fallait préserver la fraîcheur, en hiver, la chaleur !
Au milieu du mur d'en face, la porte vitrée donnait sur la troisième et dernière pièce habitable de la maison. Cette pièce avait une fenêtre plein sud dont les volets restaient aussi toujours fermés par habitude, et une porte de bois qui avait gonflé par la pluie, que l'on ouvrait péniblement et exceptionnellement pour faire entrer le soleil quand je venais passer quelques jours de vacances ; au-dessus, une imposte munie d'un rideau rouge sang qui me faisait régulièrement penser aux taureaux. Côté ouest, le mur longeait la route ; les voitures résonnaient dans la pièce à leur passage ; mais elles étaient rares. Un placard encastré aux portes de bois gonflé lui aussi par l'humidité, une cheminée condamnée et un poêle qui n'était allumé qu'exceptionnellement quand les moins cinq s'affichaient au thermomètre.

A gauche du lit, une porte condamnée, derrière un rideau, donnait dans la « boutique ».

Heureusement, toute la façade de la maison était orientée plein sud et le mur nord était protégé par le cellier sans fenêtre dont le toit tombait jusqu'à un mètre du sol, puis par la grange qui sentait bon le bois, la sciure et les copeaux.

J'aimais rester au lit le matin quand mon oncle, levé aux aurores, s'agitait dans le jardin.

Je l'entendais siffloter en passant devant la chambre, ses sabots faisant crisser les gravillons puis le bruit s'éloignait... je guettais au son le moment où il revenait sans doute chargé d'une grosse botte de poireaux ou d'un cageot de plants de salade.

Des rais de soleil, filtrants par de minuscules trous du volet, traversaient la chambre et venaient s'écraser sur le mur au-dessus de ma tête ; je suivais leur course lente, attendant que le rayon vienne toucher une fleur du papier peint en plein centre.

Parfois des ombres inversées du jardin apparaissaient ; j'étais en plein cœur d'une camera obscura.

Les bruits étaient associés à des tâches régulières, répétitives, infinies; j'aimais aller dans cette maison; je m'y sentais sans doute en sécurité par les rites et les rythmes immuables de la journée, de la vie; le bruit des sabots sur le gravier, de la roue métallique de la brouette, puis les ronds de la cuisinière en fonte que l'on ouvrait pour recharger en bois, puis le bruit du balai, toujours au même rythme, puis le grincement de la porte de la boutique, et au loin, le lézard vert, le sifflet du train dans le lointain; en automne, les bruits changeaient, étaient étouffés par le brouillard.

Le cellier était adossé à la cuisine, en contre bas, accessible par trois marches en bois inégales, que l'on ne distinguait pas dans l'obscurité ; comment ma grand-mère n'est-elle pas tombée cent fois dans cet escalier instable, vermoulu et glissant? Le sol était de terre battue ; il y régnait une humidité acre. Le bouton électrique en porcelaine était bien difficile à tourner pour le gamin que j'étais ; une ampoule de quelques bougies pendait au bout d'un fil qu'il n'aurait sans doute pas fallu toucher ! Sous le garde-manger, se trouvait le tonneau de cendres de la cuisinière qui iraient enrichir le sol à l'hiver prochain, au moment du labour. En face, quelques bouteilles sombres, vides en grande majorité, et le tonneau en perce avec sa cannelle qui gouttait dans une bassine ou sur le sol.

Le tonneau de cendres donna l'idée à mon oncle d'une blague bien des années plus tard ; on était en vacances chez mon oncle avec Riton ; le poète de Belleville ; il s'intrigua de voir ce tonneau de cendres dans le cellier ; mon oncle lui expliqua que c'était pour faire des pommes de terre à la cendre et qu'il la gardait pour vendre aux parisiens ; comme il lui paraissait sympathique, il lui en donnerait un grand sac pour ramener à Paris ; Riton emporta donc un sac de cendres à Paris ; quelques semaines plus tard, on faillit avoir un incendie dans l'appartement de Belleville ; Riton avait mis des pommes de terre dans une casserole remplie de cendres et avait allumé le gaz !

Du cellier, on sortait dehors vers la grange, seule pièce volontairement et fortement aérée par les fentes de la grande porte et par les ouvertures sous la charpente du toit. C'était la seule pièce où on ne sentait pas une odeur de moisi ou de cuisine mais une odeur saine et sèche de copeaux et de sciure; j'aimais monter sur le tas de bois, planter le gouet au bord du billot et faire du petit bois avec la serpette pour allumer le feu.

A cette grange était adossé un reine-claude au goût succulent et inimitable telle une madeleine de Proust, mais qui attirait des monceaux de guêpes.

Le fond nord-est du jardin semblait un peu délaissé ; il était au nord et à l'ombre des grands platanes une bonne partie de la matinée. Le ruisseau qui le bordait se séparait en deux au niveau du barrage qui retenait l'eau pour la motopompe et entourait une petite île envahie d'orties, de noisetiers et de sureaux.

C'était un lieu sauvage secret et mystérieux qui m'attirait. Il y avait le lavoir où la grand-mère lavait le linge dans une énorme marmite de fonte posée sur un foyer de briques. On y était abrité de la pluie et l'on pouvait rincer le linge directement dans le ruisseau. Un jour, poursuivant une grenouille, je m'étais penché un peu trop en avant m'agrippant à une planche pourrie et je m'étais retrouvé dans la vase ! Quelle dispute ! Qu'allaient dire mes parents à mon oncle s'ils l'apprenaient ?

Je me souviens de la cuisson d'escargots dans cette grande lessiveuse en fonte et de la présence de beaucoup de monde, de la famille, des rires, des exclamations ; tout le monde parlait fort dans la famille ! Et on s'interpellait ! Robert ! Paul ! Gaston ! Louis ! Maurice ! Henri ! Fernande ! Angèle ! Simone !...
Et la corvée des rosés des prés qu'il fallait aller ramasser dans les champs d'à côté, des grands prés, pas des champs, où paissaient de paisibles vaches ; on en revenait les pieds trempés par la rosée ; puis le repas sur l'herbe, sur un plaid, avec les œufs durs, et la bouteille de vin qui se renversait à chaque fois !

Le soir, avant d'aller au lit, il y avait une cérémonie incontournable : pisser dans le jardin, côte à côte avec mon oncle, devant la maison, près du poulailler, tournés tous les deux vers l'est ! On avait les yeux dans les étoiles ; mon oncle avait toujours une affirmation qui m'épatait :
« il va faire froid cette nuit » ou « il y aura du brouillard demain matin »…
Près de l'écurie, au fond du jardin, il y avait le hangar aux murs de pierres de tuffeau et au toit de tôle ; on y cuisait l'été ; odeur prégnante d'ail séché, d'oignons, de semis de pommes de terre, d'engrais ; il abritait toute la richesse du maraîcher : les outils de jardinage.

Mon père est donc né dans cette maison ; l'église était si proche qu'il fut enfant de cœur ; sa sœur, née quelques années plus tard fut écrasée à onze ans par un train qui passait derrière un autre à l'arrêt ; je regardais toujours ce panneau émaillé avec angoisse où l'on voit une locomotive à vapeur renverser un individu qui passait derrière un wagon. "*Attention ! Un train peut en cacher un autre*".

Puis il eut un frère un peu plus tard, mon oncle, dont la femme mourut très tôt d'un cancer. Aussi n'ai-je connu mon oncle que vivant seul avec mes deux grands-parents paternels.

Le centre du village était appelé par tout le monde le bourg ; "*je vais au bourg*" disait-on ; "*Si tu vas au bourg, ramène-moi le journal*" ; je me suis toujours demandé la signification de ce mot, non pas son sens mais l'usage qu'en avaient les gens, d'autant que le centre était à deux ou trois cents mètres de la maison. Au centre, il y avait le croisement, le terrible croisement, lieu de nombreux accidents, notamment de véhicules qui venaient du haut du bourg dans une descente très raide et qui croisait la route principale qui longeait la vallée du Cher.
Un peu plus haut à droite se trouvait l'épicerie de la mère Bongard ; une vraie épicerie avec des odeurs d'épices et des bocaux de bonbons. J'y ai pratiqué mon premier larcin ! L'ouverture de la porte vitrée agitait une clochette ; mais la mère Bongard mettait un temps fou à sortir de sa cuisine pour venir dans la boutique ; un jour, n'y tenant plus, je plongeai la main dans le bocal sur le comptoir qui contenait des caramels à UN FRANC et en enfournai une poignée dans la poche ! C'étaient de petits caramels mous rectangulaires, très plats, enveloppés de papier paraffiné ; selon l'ancienneté du caramel, celui-ci restait collé à son enveloppe, mais qu'importait, on avalait le papier ! Les "nouveaux francs" n'eurent cours qu'en 1960, et ce fut une sacrée panique ! Les vieux ne s'y retrouvaient plus et il y eut quelques belles arnaques !

Quand mon oncle apprenait un évènement incroyable, il avait une expression d'incrédulité : « *c'est plus fort que d'jouer au bouchon !* ». Le bouchon était un jeu tourangeau d'argent ; il consistait à faire tomber les pièces de monnaie que chaque joueur avait misé sur le bouchon de vin situé à une dizaine de mètres du lanceur ; toutes les pièces les plus proches du palet étaient pour le joueur, celles plus près du bouchon étaient remises en jeu sur le bouchon ; puis on remisait, une pièce de quelques 10 ou 20 anciens francs et l'on visait avec le palet de métal de six centimètres de diamètre ; on y jouait devant la maison sur un terreplein de terre battue et les exclamations et jurons émaillaient la partie !

Il y avait un autre rite, immuable, incontournable : la pêche ! Une vieille cocotte de fonte rouge, sur un feu en plein air au fond du jardin, cuisait le blé ou le chènevis ; je devais aller appâter dans les coins secrets entre les aulnes et les frênes du bord du Cher ; une boulette bien placée, la veille au soir ou quelques heures avant. Qu'il faisait doux et bon, à l'ombre des arbustes, à guetter le bouchon !
Le bateau était amarré parfois en amont, parfois en aval de l'écluse ; de là, mon oncle partait pêcher vers Chenonceau ; une fois, il m'emmena canoter sous le château du même nom.

La maison de l'éclusier au bord du cher était construite sur un remblai assez élevé ; ça ne l'empêchait pas d'avoir malgré-tout, les pieds dans l'eau assez régulièrement ; il avait trois gamins assez zonards ; j'aimais y aller jouer avec eux en cachette et traverser l'écluse sur la poutrelle métallique très étroite pour atteindre la passerelle d'où l'on retirait les aiguilles du barrage ; l'eau puissante bouillonnait entre les panneaux de bois ; peurs et frissons !

Il y eut un jour un évènement important dans la modernisation de cette petite maison tourangelle ; trois gros baraqués livrèrent un lavoir en béton ; on le plaça sur deux petits murets de briques le long du mur est de la maison ; il était constitué de deux bacs munis d'une bonde et d'un plan incliné permettant de frotter le linge ; la grand-mère ne pouvait plus se pencher au ruisseau d'autant que les planches devenaient toutes vermoulues ; l'été, on le remplissait d'eau qui chauffait au soleil pour m'y baigner.

A trois ou quatre kilomètres du village, se tenait la foire annuelle de Montrichard qui présentait des dresseurs de puces, des avaleurs de sabres, de verre pilé et de grenouilles (véridique ! j'en ai vu, et de chaque sorte !), des fortiches, briseurs de chaînes fortement cadenassées, des bonimenteurs, capables de vendre n'importe quoi à n'importe qui…

Et les jours de marché, le lundi, il fallait se résigner, le ventre creux, à attendre l'interminable apéro au café autour d'une belotte qui n'en finissait pas…

Souvent la grand'mère me donnait à moudre le café ; c'était pour moi une torture ; il fallait bloquer le moulin entre les cuisses et tourner la manivelle à vitesse constante, sinon ça bloquait ; mais le pire étaient les cuisses coincées entre la chaise et le moulin ; tous les gamins à l'époque étaient obligatoirement en culotte courte jusqu'au moins onze ou treize ans avec de lourds godillots.
Il y avait aussi le gros sel à moudre, interminablement, dans le grugeoir de buis car on ne vendait pas de sel fin…

Pourquoi me souviens-je de choses très banales qui ont eu lieu sur de courtes périodes mais apparemment terriblement marquantes et ancrées au fin fond de ma mémoire ?
C'est peut-être parce qu'elles sont fortement empreintes d'un rituel, d'un ordre infinitésimal, non nécessaire, mais profondément marquant.
Entre 5 ans et 11 ans, (avant, je ne m'en souviens qu'à travers des histoires rapportées ou des photographies qui m'évoquent des lieux ou des situations), je passais quelques semaines par an chez mes grands-parents et mon oncle, en Touraine. Aux grandes vacances, mes parents louaient une maison à Tharon-Plage ou en Auvergne, à Vic sur Cère ; je passais donc des séjours assez courts à 40 kilomètres de ma maison natale. Ce sont ces périodes courtes qui « surnagent » fortement aujourd'hui dans mes souvenirs et je cherche depuis des années à en comprendre la raison !
De temps en temps, ma grand-mère se lavait dans une bassine de zinc ; mon oncle lui versait un broc d'eau tiédie sur le feu pour la rincer. Je me souviens de très longs cheveux tressés en natte qui descendaient jusqu'aux fesses que je n'avais jamais vu autrement que noués dans un chignon sur la tête. Était-elle nue ? Je ne saurais dire ; cela m'étonnerait ; toujours est-il que je n'ai dû la voir dans cette situation qu'une fois ou deux !

On m'envoyait souvent au cellier soutirer du vin dans la cruche à vin ; elle était reconnaissable à sa couleur intérieure indélébile que l'on qualifierait à juste titre de vinasse. Il y faisait très sombre et les yeux mettaient de longues secondes à s'adapter à l'obscurité à peine atténuée par l'ampoule de 20 ou 30 bougies qui pendait du plafond au milieu du cellier.

Régulièrement, Marcel, le vigneron attitré de la maison, venait livrer avec sa charrette à cheval, le nouveau tonneau en remplacement du vide.

On m'avait bien dit d'attendre la dernière goutte avant de retirer le pichet, après avoir fermé la cannelle. Les gouttes avaient formé un petit cratère rubis à la verticale du robinet où miroitait le peu de lumière.

Pendait dans ce cellier, l'incontournable garde-manger fait de baguettes de bois et de grillage fin ; on y trouvait les fromages de "chieuve" de la "mée" Crène en train de s'affiner et toujours quelques rillons que mon père affectionnait ; on y trouvait le beurre, le saucisson, les restes du repas précédent et parfois un peu de viande cuite. Il y avait aussi le pot de grès contenant de vieux fromages de chèvre très secs immangeables que mon père intercalait de feuilles de vigne, le cachat. Au bout de quelques mois, les fromages se liquéfiaient et dégageaient une odeur difficilement supportable !

L'entrée de la pièce principale était encombrée d'une multitude de paires de sabots ; pas question de sortir dans le jardin autrement, et pas question de rentrer dans la maison sans chaussons, parfois intégrés aux sabots.

La vie était rythmée non par la cloche de l'église, pourtant toute proche, mais qui ne sonnait pas car elle était bien loin, hors du village, mais par le passage des trains ; mon oncle commentait parfois « *Ah ! le lézard vert de 11h43 est en retard aujourd'hui*»

Une dizaine de poules labouraient un enclos grillagé près de la maison ; deux fois par jour, il fallait leur distribuer une boite de conserve de grains de blé, puisés dans un ancien pot de chambre émaillé bleu ; le simple son du couvercle les faisait accourir frénétiquement ; j'aimais soulever ce couvercle pour les énerver ; à 5 ans, je connaissais le principe de Pavlov !

Dès qu'une courtilière était trouvée par mon oncle, il m'appelait et j'allais la lancer dans l'enclos ; les poules se chamaillaient pour la déchiqueter.

Qu'une taupe montre le bout de son nez et Robert sortait sur la route, sifflait le chien de Nallet, l'instituteur, qui déboulait à toutes jambes. L'oncle lui montrait la butte de la taupe et aussitôt le ratier creusait avec vigueur et acharnement, disparaissait dans le trou, et ressortait tout fier en remuant la queue, la taupe dans la gueule.

Un jour, mon oncle fit de subtils calculs ; il constata que les œufs de "*Major*", le supermarché où il se rendait en Solex, coûtaient bien moins chers que ne lui revenaient les siens, à coup de kilos de blé ! La décision fut irrévocable : les poules passèrent à la casserole... et les œufs coque n'eurent plus cours...

Rien n'était anodin (comme la lampe) ; si à Romo on pouvait entendre « *va chercher le sel* », à Chissay c'était « *passe-moi le grugeoir* ». Le sel fin était inconnu dans la maison ; il y avait du gros sel brut, un peu gris, parfois humide, et il fallait le moudre avec le pilon dans le grugeoir de buis. Tout était ordonné, définitivement préétabli : on n'arrosait qu'après la disparition du soleil ; on n'arrosait qu'avec de l'eau tiédie au soleil dans les arrosoirs ; on ouvrait les châssis de telle manière, avec une cale de bois fabriquée pour cet usage ; on fermait les robinets comme ça ; dès que le pain frais arrivait, il était placé dans la huche au fond et l'ancien pain par-dessus, pourtant, j'aurais bien aimé croquer le crouton tout frais, croustillant et encore chaud du pain de quatre livres, mais le pain frais n'était pas digeste, il fallait qu'il eût deux ou trois jours...

On ne devait semer les radis qu'à un moment précis du calendrier lunaire ; pourtant, une année sur deux, les radis étaient piquants ou trop fins ou trop gros...

« *As-tu essayé de les semer en fonction de la température, de l'humidité, de l'ensoleillement, plutôt que de la lune...?* » lui avais-je suggéré quelques années plus tard.

« *Ben non ; ça ne peut pas marcher ; il faut les semer en fonction de la lune...* »

Toute question avait une réponse, quelle qu'elle fût ! D'ailleurs, il n'y avait jamais de problème. Tout semblait immuable ; la lune, le soleil, les poules, le vent, la pluie, les trains, la cruche à vin... tout participait au bon ordonnancement de la vie.

Cette organisation était sans doute sécurisante et constructive pour un enfant, car j'en garde des traces profondes et très marquantes.

Romo, ou la vie trépidante

Je suis né dans une pâtisserie, à Romorantin, peu de temps après la fin de la guerre, sans doute dans la folie joyeuse qui suivit la libération, dans la chambre de mes parents, au premier étage, au-dessus de la boutique, là où ma sœur était née dix-sept ans plus tôt et là où ma mère était née en 1906.

Il y avait « tout » le confort dans cette maison de ville en comparaison avec la maison de Touraine où mon père était né. Salle de bains avec une grande baignoire, eau chaude aux robinets, WC, peut-être bien le chauffage central et une grande glacière alimentée chaque matin par un livreur de pains de glaces.

La pâtisserie, à gauche, vers 1907 et tout son personnel.
Ma mère dans les bras de sa mère

J'aimais les fêtes de noël ou de pâques car il régnait une agitation fébrile dans toute la maison ; on embauchait pour l'occasion un commis de plus et une serveuse à la boutique ; toutes les pièces regorgeaient de bûches de noël en préparation, de poules ou d'œufs en chocolat, de galettes des rois, de tartes au potiron, de pièces montées... et mon père ne se couchait pas, ou c'est du moins l'impression que j'avais.

J'avais 7 ou 8 ans ; le soir, dans le laboratoire, tout le monde s'affairait ; on ne prenait pas le temps de manger sauf "sur le pouce", une grosse tranche épaisse de morue dessalée, grillée à la poêle, dont je n'ai jamais pu retrouver le goût exquis !

C'était aussi "*Mon premier Larousse illustré en couleurs*" qui m'emmenait rêver très loin : des trains, des locomotives à vapeur, des paquebots, des autos. C'était un noël féerique.

L'entrée du laboratoire ; mon père et moi.

Il y avait dans cette encyclopédie le dessin d'une voiture américaine qui me fascina longtemps ; je ne cessais de l'observer ; la légende disait :

"*les premières gouttes de pluie font fermer la capote*" !

Magique… Quel mystère y avait-il dans cette phrase ? Je n'en sais rien mais j'étais subjugué par cette image et sa légende. J'avais eu aussi un livre illustré sur les provinces françaises ; le Perche, la Limagne, le Dauphiné, tout un tas de noms qui

119

sonnaient pour moi comme des contrées exotiques et lointaines.

Bref, j'avais donc eu un vélo bien trop grand pour moi ; un beau vélo bleu ; alors l'apprenti me mettait dessus, me poussait et je partais sur la route vers les grands parents qui habitaient à cinq cents mètres ; arrivé devant la maison, j'hurlais, je sonnais, pour que le grand père vint m'arrêter et m'aider à descendre ; je continuais encore cinquante mètres et faisais demi-tour; au nouveau passage, il fallait que le grand père fut sur la route ; j'ai dû me casser la figure un bon nombre de fois !

Mes grands-parents maternels étaient retraités ; ils avaient été boulangers et pâtissiers dans la maison où mes parents étaient installés.

J'allais vite dans la cuisine près de la cuisinière à bois voir les crèmes, confiseries ou autres gourmandises qui se préparaient car il aidait mon père au moment des "coups de feu" en faisant une partie des confiseries. J'avais toujours un pot de maïzena au lait onctueux et crémeux qui m'attendait ; la nougatine, les sucres et les confiseries parfumaient toute la maison. Mais la friandise que j'affectionnais particulièrement était un morceau de sucre que le grand père faisait caraméliser sur les six faces, enfumant la pièce, au grand dam de ma grand'mère. Odeurs et chaleur…

A Chissay, il n'y avait aucun enfant de mon âge, mais ça ne me manquait nullement ; à Romo par contre, des copains habitaient à proximité ; le grand copain était Thierry, le fils du docteur. On partait parfois avec son père dans la 2CV faire les visites des fermes ; nous attendions longuement dans la voiture alors Thierry sortait un stéthoscope et m'auscultait en me demandant de tousser.

On jouait aussi avec le fils de l'épicier, Lionel, au papa et à la maman dans le grenier de la maison du docteur ; il y avait des malles de vêtements et Thierry, la maman, habillait en fille le fils de l'épicier ; moi, j'étais le papa. Il se maquillait, enfilait des robes bien trop grandes de sa mère, chaussait des talons aiguilles et se tordait les jambes à chaque pas. Il maquillait et mettait du rouge à lèvres au pauvre Lionel ; un jour, celui-ci s'était enfui en pleurant avec son accoutrement ; scandale ! La mère était venue voir la femme du docteur ; le gamin avait eu interdiction de revenir mais il en mourait d'envie.

J'allais parfois jouer chez l'épicier ; on jouait à cache-cache dans un lieu sordide ! Dans une resserre, le père égorgeait des dizaines de poulets puis les pendait à des clous aux poutres du plafond pour faire égoutter le sang recueilli dans des boites de conserves et nous jouions là en évitant tant bien que mal les gouttes de sang qui tombaient des cous coupés des poulets qui pendaient au-dessus de nos têtes !

La pâtisserie était un lieu en agitation permanente ; en dehors des livreurs, des commis, des apprentis, des serveuses, il y avait toujours un cousin, un oncle de passage ; alors ça riait dans le laboratoire, et les blagues fusaient… puis vers midi, tout ce beau monde partait vers le café de l'église pour y faire un billard ; c'était à qui paierait l'apéro ! J'avais bien ma grenadine ou mon Pschitt avec une vraie paille de blé pour me distraire, mais c'était bien long…

Dans les années 50, il n'y avait pas la télé, et d'ailleurs, personne ne s'en plaignait…c'était très bien ! les soirs d'été, à partir de mai-juin, les gens sortaient des chaises devant le pas de la porte et regardaient le spectacle de la rue, s'interpelaient, discutaient, devisaient.

Il y avait des évènements incontournables ; mon père affectionnait particulièrement les foires et les cirques ; j'étais sans doute un prétexte pour lui ; j'ai dû subir quelques traumatismes de l'enfance car je me souviens d'une attraction où des sœurs siamoises en bikini sous une vitre fortement éclairée, attachées par la hanche attiraient une foule de regards, notamment de militaires baveux, se penchant au-dessus d'elles en braillant !

On allait aussi voir des chiens savants qui jouaient au ballon, des stock-cars dans le stade où les voitures se culbutaient, se tamponnaient, au grand plaisir des spectateurs, mais qui m'effrayaient et aussi des matchs de boxe où la foule hurlait et où j'étais terrorisé,

Il y avait une grande foire régionale incontournable, la "*Fouée d'Maray*", une institution du moyen âge, au mois de septembre.

Le souvenir principal que j'en ai, c'est le lancer d'un chariot sur un rail qui montait à la verticale pour taper dans une cible qui explosait. Il y avait toujours un attroupement important et mon père était sans doute attiré par ce jeu car j'ai le souvenir d'y avoir passé des temps infinis !

A chaque fois, il en rapportait quelque chose jugé inutile par ma mère ; et cela provoquait des disputes qui n'en finissaient pas. Il avait, entre autres souvenirs, rapporté une échelle triple en bois inutile selon ma mère, et que j'ai toujours ! Il m'avait à plusieurs reprises, fortement recommandé de l'entretenir en la peignant au carbonyle avant sa mort. Il avait aussi rapporté une machine à trancher les biscottes, instrument de discordes s'il y en eut un ! Cet appareil n'a jamais servi et doit encore se trouver au grenier !

Un jour, une baleine géante embaumée dans laquelle on pouvait entrer est arrivée à Romo ; l'évènement fut plutôt la semi-remorque apportant cette baleine escortée par des motards : il avait fallu faire des tours compliqués au camion, démonter des panneaux, des fils électriques… A l'époque, ce fut une concurrence acharnée des baleines qui sillonnaient toute l'Europe !

Le curage des étangs en automne vers Saint-Viâtre était aussi un spectacle d'hommes ; on y criait beaucoup ; les hommes aux cuissardes très hautes m'effrayaient et me faisaient penser à l'ogre chaussé des bottes de sept lieues. Tous les quatre ou cinq ans, on vidait les étangs (grâce aux vannes que l'on voit souvent le long des routes) et l'on ramassait les poissons à la main, dans la boue ; le poisson était aussitôt vendu sur les bords de l'étang et tout cela avec échoppes, friture d'alevins, de poissons chats et friandises…

Il passait encore des charrettes à cheval dans la rue pavée de Beauvais, devant la pâtisserie ; dès qu'un cheval faisait son crottin, les mégères se ruaient avec leur pelle et un balai pour le ramasser et le mettre dans les pots des plantes ; ces mêmes pots que l'on voyait sortir, telle une génération spontanée, aux premières gouttes de pluies printanières et envahir les trottoirs et parfois même la rue.

Le pharmacien avait été le premier à avoir une télévision dans le quartier, avec le docteur ; une télévision minuscule à l'image trouble, presque ronde ; tout le quartier se poussait pour la voir ; elle trônait dans le magasin (à côté des bocaux de sangsues) !

Un jour, la télévision diffusa le film de Bergman "*les fraises sauvages*" ; nous avions regardé ce film, en douce, Thierry et moi ; j'en fis des cauchemars pendant des années !

Il y avait régulièrement un carnaval avec un défilé ; était-ce tous les ans ou plus espacé, je ne sais plus ; les quartiers s'investissaient beaucoup pour fabriquer le plus beau char ; cela durait des mois ; tous les gens du quartier s'habillaient « d'époque » et décoraient les maisons et magasins ; je me souviens plus particulièrement d'une décoration « empire » ; il y avait des colonnes devant la boutique et des abeilles d'or partout ; ma mère avait passé des heures à préparer ces décors fugitifs.

Le char du petit poucet
en arrière-plan "libérez Duclos"

J'avais moi-même été le petit poucet sur un char ; je n'en ai pas un souvenir merveilleux ! Il fallait rester des heures assis en roulant à faible allure à travers toute la ville. La tête de l'ogre avait été fabriquée à la remise de la pâtisserie, en papier mâché par des tas de gens du quartier qui s'afféraient tous les soirs…

Il y avait aussi la retraite aux lampions. Quand ? Je ne sais plus précisément, mais en été ; on portait des lanternes multicolores en papier avec des bougies à l'intérieur et parfois, certaines prenaient feu…

Et puis le premier novembre, à la fête des morts, mon père plaçait toujours une grosse citrouille sculptée dans la vitrine avec une bougie à l'intérieur. A Pâques, il disposait des œufs durs de toutes les couleurs dans la vitrine, rouge carmin, vert épinard, jaune safran, je ne sais comment il obtenait les autres couleurs…

A la pâtisserie, c'était la liberté, l'agitation, la remise en cause de tout ; ma mère était occupée à la boutique, mon père sur la brèche dans le laboratoire.

Quand je rentrais de l'école, je prenais un éclair, une religieuse, un palmier, une allumette, et quand ma mère me proposait les carottes à la vichy, ça ne me disait pas grand-chose alors je courais dans le laboratoire où mon père avec les commis mangeaient sur le pouce, de la charcutaille, de la morue, debout sur le marbre, à côté de lui.

On naviguait dans l'insécurité permanente : il y avait toujours quelque chose à résoudre. La maison baignait dans une effervescence fébrile… C'était l'opposé de Chissay.

La remise

En dehors de la grande maison du docteur et de ses nombreuses dépendances, le trottoir et la remise étaient mes aires de jeux.

Le trottoir était le lieu du tambour de ville, des chaises que les vieux sortaient les soirs d'été devant la porte pour discuter, des pots de plantes dès qu'une averse chaude s'annonçait, et la piste pour mon cyclorameur. De temps en temps, une des rames cassait ; alors je traînais mon épave chez le père Daguet, le forgeron voisin de la pâtisserie. Je me désespérais de le voir abandonné et ignoré pendant des jours, en attende d'un peu de temps pour la réparation…

La remise se situait à une cinquantaine de mètres de la pâtisserie ; on y pénétrait par une porte aménagée dans le grand portail en bois, consolidé par des années de collage d'affiches qui parfois se décollaient en grands feuilletés. Sous le long porche se trouvait à gauche une pièce fermée à clé où j'avais interdiction de pénétrer. Au bout du porche, on débouchait dans une cour fermée à gauche par un très haut mur le long duquel courrait un escalier de bois vermoulu permettant d'accéder au grenier ouvert sur la cour, royaume des poules qui pondaient leurs œufs dans la paille dispersée sur le sol ; un commis de mon père m'avait appris comment gober les œufs tout chauds en pratiquant un petit trou avec une aiguille d'un côté puis un plus gros de l'autre, permettant d'aspirer l'œuf ; le blanc n'était pas excellent mais il fallait le gober pour avoir la récompense : le jaune gras et encore tiède de la chaleur de la poule ! Mon père accusait les commis de gober ces œufs ! C'était une de mes madeleines !

D'ailleurs j'espionnais les poules qui se mettaient à chanter quand elles pondaient un œuf ; aussitôt je me mettais à la recherche du petit coco tout chaud ! Quelques-unes pondaient encore dans les cabanes du poulailler dont le grillage était percé de toute part mais où mon père répandait le blé pour les nourrir. Qu'il était pénible de marcher dans cet enclos truffé de nids de poule, embûches pour un jeune enfant !

À droite de la cour se trouvait un puits, peu profond, où tournaient en rond, inlassablement, deux poissons chat. Le commis m'avait dit qu'ils avaient été apportés là par la crue de la Sauldre toute proche.

Juste après le puits se trouvait une pièce froide, obscure, qui contenait deux gros bacs en ciment. Mon père y plaçait des centaines d'œufs qu'il achetait dans les fermes au moment où les poules pondaient le plus afin de les conserver pour l'hiver. On remplissait le bac d'eau additionnée de chaux vive ; ainsi les œufs se conservaient-ils plusieurs mois. La chaux formait une croute à la surface, telle la glace sur l'eau. J'aimais entendre le craquement qu'elle produisait quand j'y enfonçais mon doigt, dans le silence total de cette pièce.

Juste après le puits se trouvait le bûcher, à l'odeur caractéristique du bois sec, avec ses billots et ses gouets.

Venait ensuite le garage où stationnait la Rosalie, voiture qui servait à livrer, mais surtout à partir en vacances. La guerre n'était pas encore loin et le marchepied où je me cramponnais debout comme dans les films de gangsters à Chicago pendant que mon père conduisait doucement, montrait encore les attaches de la chaudière à gazogène.

J'aimais l'odeur sèche de ce garage où se mêlaient des odeurs de graisse, de cambouis, de cuir, de pneus.

La Rosalie (immatriculée 9 A 41) servait à aller faire les mariages dans les fermes ; j'étais coincé à l'arrière avec une pièce montée sur les genoux et la cuisinière roulante était attelée à la voiture ; mon père y faisait de temps en temps la cuisine et la pâtisserie. C'étaient des fêtes qui duraient deux ou trois jours mais nous n'y restions que la journée.

Une petite porte pratiquée dans le mur du fond donnait accès à un jardin totalement clos de grands murs de pierres d'où l'on pouvait accéder à une étroite ruelle qui menait à la rivière. Le jardin possédait un abricotier dont je garde encore le gout succulent du fruit muri sur l'arbre.

Les odeurs, les goûts et la lumière sont sans doute les souvenirs les plus prégnants de l'enfance.

Un jour, la pièce où j'avais interdiction d'entrer, c'est-à-dire la chambre de Barbe-Bleue, n'avait pas été fermée à clé. J'entrai très prudemment, le cœur palpitant. Rien ! une odeur de renfermé, de moisi, mélangé à une odeur de vin aigre. Des rais de soleil filtrant par les minuscules trous du volet éclairaient une table centrale sur laquelle trainaient quelques verres sales et une bouteille de vin presque vide. Antre mystérieux du fait d'un silence profond ; il devait y avoir eu beaucoup de monde dans cette pièce étrange mais ordinaire, sans attraits ni effroi, mais inquiétante.

Une pièce attenante, totalement noire, m'apparut lorsque mes yeux furent habitués à l'obscurité. Le secret de Barbe-Bleue s'y trouverait-il ? Je retins mon souffle ; on devait entendre les battements de mon cœur ; rien ! la pièce était désespérément vide ! Mais alors, pourquoi avais-je eu interdiction de pénétrer cette pièce ?

J'eus la réponse bien des années plus tard. Au début des années 50, après une heure de gloire au sortir de la guerre, le parti communiste fut interdit et Duclos emprisonné, accusé d'espionnage au profit de l'URSS ; on trouva dans son coffre de voiture des pigeons que l'on crut "voyageurs" lui permettant d'envoyer des messages secrets à l'URSS ! Il s'agissait de palombes tuées à la chasse… mais la chasse aux sorcières, instaurée aux Etats Unis par McCarthy, gagnait la France !

Ce sont les premiers graffiti qui apparaîtront sur les murs des villes « libérez Jacques Duclos » suivi plus tard de « Paix en Algérie » ou « Algérie Française » ou « OAS assassin ».

Ma mère, convertie aux idées de gauche par un réfugié anarchiste espagnol, proposa ce local pour les réunions clandestines du parti communiste de Romorantin. C'était un gros risque pour une pâtissière dont la boutique se trouvait à deux pas de l'église ! Des articles peu aimables du torchon nommé « la République du Centre Ouest » furent fréquemment publiés ; on la surnommait « La pâtissière rouge » !

C'est dans cette remise que j'ai pris ma première "cuite" ! Ma sœur était venue en vespa de Paris avec son fiancé ; ils avaient apporté une tente et l'avait montée sur l'herbe au milieu de la cour de la remise. A midi, il y avait eu un bon repas, sans doute pour fêter les fiançailles ; il y avait eu du pastis, chose qui m'était alors inconnue mais à laquelle je n'avais pas eu droit de goûter. A la fin du repas, je passai dans la cuisine et m'en enfilai un bon verre, sans eau, cul sec, en évitant de respirer tellement ça me semblait mauvais ; mais puisque les adultes en buvaient et que l'on m'en avait interdit d'y goûter, je me devais de le faire. Quelques minutes plus tard, je tenais difficilement debout ; je courus à la remise en titubant et m'allongeai sous la tente ; il était quatorze ou quinze heures, sous un soleil de plomb ! J'eus tout juste le temps de sortir, courir vers le fond du jardin et vomir comme je n'avais jamais vomi.

Depuis ce temps, je n'ai plus supporté l'odeur du pastis ; il fallut plus de trente ans pour que je puisse en boire à nouveau !

Le pâté à la citrouille

C'est une spécialité incontournable de Sologne et de Touraine, tout comme la galette aux pommes de terre ; il était essentiellement consommé par les vendangeurs, en septembre. Mon père en livrait dans les vignes, bien que peu répandues autour de Romorantin. C'est un plat sucré-salé, servi en entrée, de préférence tiède.

Il est constitué à la base par la vraie « citrouille », celle qui se transforme à minuit en carrosse par les nuits de pleine lune, le potiron d'Etampes, bien rouge.

On découpe la chair du potiron en petits dés de 1 centimètre de côté ; on y ajoute un gros oignon finement haché et un beau bouquet de persil. Additionné de sel, la préparation est mise à dégorger dans un tissu suspendu (ou une passoire) toute une nuit. On forme un chausson de deux pâtes feuilletées, on saupoudre la préparation d'une poignée de sucre cristal, froncer, dorer au jaune d'œuf, pratiquer une cheminée, et on enfourne à 200 degrés pour 30-35 minutes (ou plus, dès que la surface est bien dorée).

Un verre de bernache serait l'idéal en accompagnement !

"Qui donc reconnais-tu sur ces vieilles photographies ?"
(Apollinaire)
La pâtisserie vers 1895

La famille Daguet, maréchal-ferrant à côté de la pâtisserie,
décorée pour le carnaval.

L'honneur est dans le slip

A partir de 50 ans, j'effectuais un bilan de santé tous les 5 ans ; à la fin de la matinée, un médecin généraliste interprétait l'ensemble des examens que l'on avait subi.
Ce jour-là, c'est une jolie médecin d'une petite cinquantaine, blonde, menue, mince, qui me reçut.
« Vous avez 50 ans révolus... Avez-vous pratiqué un "*TR*"* récemment ? »
Je questionne…
Elle m'informe…
« C'est indispensable pour prévenir le cancer de la prostate en plus du taux de PSA ; c'est à faire tous les quatre ou cinq ans »
« Non » réponds-je…, gêné.
« Voulez-vous que je vous le pratique ? ».
Pris au dépourvu, ne m'attendant pas du tout à ça, un peu-beaucoup affolé, rougissant, je réponds non, arguant que je devais bientôt le faire, que c'était prévu de longue date, que… bref, je m'enlise…

Quelques mois plus tard, je prends rendez-vous avec un urologue ; son entrée dans la salle d'attente me pétrifie ; une armoire à glace, avec des mains comme des battoirs et les doigts en conséquence… Oh combien je regrettai à cet instant les doigts frêles de cette mince médecin ! …
Comme quoi il ne faut jamais remettre à deux doigts ce que l'on peut faire avec un !

Je me souvins que j'avais consulté, quelques dizaines d'années en arrière, après avoir contracté une chaude pisse (maladie vénérienne ou MST, dit-on maintenant…). A l'institut Arthur Vernes, un médecin m'avait pratiqué un massage prostatique (qu'on n'appelait pas TR à l'époque !) et m'avait demandé d'aller éjaculer dans un erlenmeyer. Tendant l'ordonnance à

---

* *Pour les moins de 50 ans et les femmes, TR signifie "toucher rectal" permettant "d'apprécier" la souplesse de la prostate…*

une bonne-sœur infirmière, celle-ci, devenant rouge écarlate, s'était affolée et m'avait redirigé vers une infirmière "civile" ; cela m'avait bien fait rire, en pensant à tonton Georges...

L'onanisme mit bien du temps à venir ; il eut fallu quelques revues adaptées dans les toilettes pour aider, à défaut de bonne-sœur...

Je crois me souvenir que j'avais trois centimètres cube et demi de liquide séminal, ce qui était plus qu'honorable, avait dit le docteur...

La vie de mon père

Le certificat d'études en poche, mon père fut envoyé à 13 ans en apprentissage de pâtisserie à Paris, chez un gars du pays qui avait réussi ; il dirigeait l'hôtel-restaurant de la gare du Nord. Son maître d'école voulut qu'il fût instituteur car il était bon élève et avait eu son certificat d'études primaires avec brio. Mais étant l'aîné, il dût renoncer à ce projet pour subvenir aux besoins de la famille...

Il a quitté sa Touraine natale abandonnant son petit frère et sa sœur qui se fera écraser par un train peu de temps après.

Son « apprentissage » consistait à pousser une lourde charrette à bras, aux roues ferrées, sur les pavés à travers tout Paris pour approvisionner la pâtisserie du restaurant du Grand Hôtel de la Gare du Nord, en sucre, lait, œufs, beurre, crème, farine, vanille, fleur d'oranger...

Son apprentissage tourna court car la guerre de 14-18 entraina la pénurie de ces denrées dans la capitale ; il fut donc muté aux cuisines. En 1918, il réintégrera l'apprentissage de la pâtisserie. Quelque temps plus tard, il est embauché par sa tante comme pâtissier dans la boulangerie de Romorantin.

En face se trouve la pâtisserie Claveau dont les propriétaires ont une fille unique à marier.

Cent ans avant que Macron ne le découvre, il traversa la rue pour trouver un boulot, l'amour et un bel outil de travail : la pâtisserie et sa spécialité de « l'étoile du berger » !

La vie va bon train ; la pâtisserie marche le feu de dieu ; la spécialité « l'étoile du berger » se vend « *comme des petits pains* » ; des parisiens appellent de Paris pour en réserver pour les weekends de chasse ; mais je ne sais quelle mouche l'a piqué, vers 1935, il vend la pâtisserie et part s'occuper d'une boulangerie à Limoges ! Là, un investisseur lui propose de s'associer pour créer une usine de longuets qu'il fabrique à merveille ; refus de mon père ; deux ans plus tard, il revient à Romorantin où il reprend la pâtisserie...

La guerre de 39-45 arrive, à nouveau ; les pâtisseries n'ont droit d'ouvrir que deux jours par semaine, puis un seul ; on ne peut fabriquer que des gâteaux de voyage, sans crème, sans beurre, sans lait... Il profite de son temps libre pour acheter deux terrains où il plante pommiers, cerisiers, mirabelliers et fraisiers ; j'entendrai toute mon enfance ma mère lui reprocher d'avoir perdu son temps à passer ses terrains au « crible » ; j'en comprendrai la signification des dizaines d'années plus tard en trouvant un crible, genre de râteau qui permet d'extraire de la surface de la terre les cailloux plus ou moins gros selon la taille du crible.

Les lundis, alors que la pâtisserie était fermée, nous partions, mon père, ma mère et moi assis dans une remorque tirée par le vélo, cueillir les fruits des « Sables » et de la « Gigottière », les noms des deux terrains. Les fruits (mirabelles, pommes, poires, prunes, cerises, fraises...) étaient destinés aux tartes, glaces ou conserves pour l'hiver.

Dans les années 50, on part en vacances en Auvergne ; Rocamadour, le gouffre de Padirac, Vic sur Serre sont des noms qui résonnent encore dans ma tête. C'est aussi Tharon-plage avec les villas jumelles « la Fraise » et « la Framboise » que louaient mes parents. J'avais mis à sécher des étoiles de mer entre deux planches comme on me l'avait conseillé, mais j'avais placé les planches verticalement ; j'entendrai des railleries toute mon enfance !

Les années passent mais mon père tombe d'une crise cardiaque ; il en réchappe mais le médecin le met en garde ; *« encore deux ans de travail à ce rythme et on te sort du laboratoire les pieds devant ».*

Il faut dire qu'il était incapable de diriger et de déléguer ; il reprenait tout ce que faisaient les apprentis ; il était seul à savoir le faire « *comme il faut* ». Alors on vend la pâtisserie et l'on s'installe à Montrouge, près de la porte d'Orléans.

L'épicerie ne marche pas mieux ! Mon père, en « bon commerçant » déconseille vivement aux clients de choisir telles pommes peu goûteuses, tels haricots verts trop filandreux, telle salade défraîchie ; alors, on mange pendant des jours les mêmes légumes ou fruits invendus ou avariés !

Aussi, pour grapiller quelques sous, mon père a une idée géniale. Il m'emmena, un lundi de septembre où je fus dispensé d'école, aux « Sables » en « Traction avant ». On remplit la pauvre Citroën de tout ce qu'on put de pommes ; elle touchait presque au sol à l'arrière ; on rentra le soir par la N20. Arrivés en banlieue, il y eut des pavés ; à un moment, mon père inquiet s'arrêta ; en effet, un pneu arrière était crevé mais ayant roulé un certain temps avant de s'en apercevoir, le pneu était lacéré ! De plus, il fut impossible d'utiliser le cric, enfoui sous les pommes et vu le poids de la voiture, le cric aurait cédé ; on fit donc appel à un dépanneur. Quelques kilomètres plus loin, il grilla un feu rouge sans s'en rendre compte ; malheureusement, un motard était là ! Sifflet - contravention ! Quelle aventure !

Mais ce n'est pas tout ! Quelques jours plus tard, un agent de la répression des fraudes se présenta au magasin (délation d'un client mécontent ou d'un concurrent ?) et réclama les factures d'achat… des pommes ! Evidemment, ces pommes nous coûtèrent une fortune ! Ma mère ne cessa de pester contre lui pour ses prérogatives lamentables, pendant des années après !

En 1962, l'épicerie est cédée, de justesse, à des pieds noirs de retour d'Algérie avec un petit pécule ; Ils resteront peu et revendront à un arabe, scénario des plus classique !

On va donc s'installer, pour suivre ma sœur, dans des cages à lapin au grand désespoir de mon père, dans une cité dortoir de

15 000 habitants, à Meudon La Forêt. Là, il sera « chauffeur de chauffe » à l'ONERA où il se rendait en solex la nuit ; son boulot consistait à parcourir l'immense site de bâtiment en bâtiment pour approvisionner les chaudières en charbon ; l'été, c'était l'entretien. Pendant ce temps, ma mère était femme de service dans une école maternelle. Ils bossèrent jusqu'à bien plus de 65 ans afin que je puisse passer mon bac et continuer mes études.

La vie de ma mère

Ma mère est née en 1906 dans la pâtisserie de ses parents à Romorantin ; ils ont de l'ambition pour elle ; à sept ans, elle joue du violon ; en 1921, elle obtient le brevet élémentaire ; elle rêve d'être institutrice ; mais fille unique, elle doit reprendre le magasin que son père a fait fructifier ; en attendant le prince charmant, on la met en apprentissage de couturière chez Lucie Bridier, LA couturière du quartier.

Enfant, elle allait en vacances chez sa grand-mère, la veuve Lumier, tenancière de l'hôtel-restaurant-boulangerie-pâtisserie de Saint-Viâtre, à neuf kilomètres de la Motte-Beuvron.

La boulangère d'en face avait un ouvrier, son neveu, pâtissier ; il traversa la rue et obtint un outil de travail et une héritière. Ce n'était certes pas ce qu'elle espérait !

Son père était socialiste, élu sur une liste où figuraient des communistes et des cégétistes. Un aïeul, le sieur Rouget, était "monté" à Paris pour participer à la commune.

Aussi, voulut-elle la réussite de ses deux enfants ; ma sœur, née en 1930 obtint la première partie du bac et moi, né 17 ans plus tard, accidentellement au sortir de la guerre, j'obtins le bac en 66, à une époque ou moins de 20% d'une classe d'âge l'atteignait.

Chaque semaine, à Montrouge, ma mère m'emmenait aux bains douches, comme tout le monde ; on y achetait un petit berlingot de DOP pour le shampoing. Elle m'accompagnait aussi une fois par mois au cinéma de quartier où j'avais droit à un esquimau à l'entracte. Quelques films m'ont provoqué des cauchemars pendant des années, comme ce cosmonaute qui revient de l'espace avec une carapace de météorite qui le rend monstrueux et invincible...

Ma mère eut une vie malheureuse avec mon père ; c'était un taiseux ; alors qu'elle aspirait à la culture, il était rustre et peu enclin à la modernité et aux nouveautés.
Les rares conversations « sérieuses » que j'eus avec lui furent quand j'ai loupé mon bac la première fois :
« *t'as qu'à rentrer dans la gendarmerie ; t'aimes bien la moto ; là, tu en feras tout le temps...* »
puis, quand j'eus mon bac et que je rentrai à l'EN comme instituteur, il en fut fier car son neveu était instituteur, il me proposa alors sa casquette et sa blouse grise et me dit de me couper les cheveux pour faire sérieux.

Mon grand-père maternel avait fait son apprentissage à Issoudun, chez un maître confiseur, dans les années 1890. J'ai retrouvé des échanges de courriers, très respectueux, où il proposait à son maître, l'amélioration de recettes de bonbons.
Il aidait mon père au moment des fêtes et la maison se remplissait d'odeurs de sucreries : praliné, nougatines, fruits confits qui s'égouttaient sur des grilles rondes (orangettes, abricots, reines-claudes...), moules curieux remplis de farine d'amidon qui crissait sous les doigts où il coulait des billes de liqueur qu'on enrobait le lendemain de sucre ou de couverture... mais ma préférence allait toujours vers le morceau de sucre caramélisé sur les 6 faces sur la cuisinière !

Pourquoi la « *véritable histoire des sœurs Tatin* » est une supercherie

Mon arrière grand'mère maternelle, la veuve Lumier, tenait l'hôtel restaurant boulangerie pâtisserie de Saint-Viâtre à la fin du 19ème siècle et début du 20ème, à neuf kilomètres de L'auberge des sœurs Tatin ; elle était amie avec les sœurs et liée à la famille par alliance ; les chasseurs parisiens étaient la clientèle presque exclusive de cet hôtel restaurant perdu en pleine forêt solognote, parsemée de myriades d'étangs. Quand le pain manquait à Lamotte Beuvron, la veuve Lumier livrait l'hôtel Tatin.
L'hôtel restaurant de mon arrière grand'mère avait entre 7 et 9 employés.
L'hôtel restaurant Tatin, que les sœurs avaient hérité de leurs parents, comprenait pléthore d'employés ; blanchisseuse, femmes de chambre, concierges, cuisiniers, marmitons, apprentis, serveuses, jardinier…
« … *et constate affolée l'absence de dessert* ! » lit-on ; si cela avait été le cas, le restaurant aurait mis la clé sous la porte depuis longtemps ! Il faut espérer également qu'elle n'était pas seule à faire la cuisine et le service !
« *on aurait **oublié** de faire les desserts, la tarte avait été mise à l'envers par **étourderie**, la sœur a **oublié** de mettre les pommes sur la pâte…* »
Louis Vaudable « aurait vu » les sœurs Tatin et se serait fait embaucher comme jardinier pour découvrir le « secret » de la tarte. Il est né en 1902 ! Elles ont cédé l'hôtel vers 1905 !
L'hôtel Tatin entre au guide Michelin en 1900.
Est-ce qu'un restaurant aussi improvisé serait entré au guide ?

En fait, un jour d'affluence, on se bousculait aux cuisines ; une tarte aux pommes (classique) tombe sur le sol, comme le veut la loi de Murphy, côté « beurre » et donc pommes ; à l'époque, on répandait de la sciure sur le carrelage de toutes les cuisines ou laboratoires et ce, jusque dans les années 60 ; comment faire disparaître ces copeaux de sciure ?
Eurêka ! Une des sœurs prend une poêle, y jette deux poignées de sucre et un peu de beurre, commence à le caraméliser puis

y place la tarte à l'envers (une tarte ne se fait jamais dans un moule mais sur une plaque avec un cercle, plus facile à démouler et qui laisse éventuellement du jus des fruits s'échapper) ; une fois bien caramélisée, les copeaux de sciure ont disparu ; retournée sur un plat, les « idiots de parisiens » n'y voient que du feu…

Ce fut un bon moyen de railler ces parisiens arrogants… Mais la région vivant essentiellement de la chasse et donc des bourgeois parisiens, on ne pouvait pas laisser une histoire les moquant ; alors toutes sortes de fantaisies apparurent (les pommes avaient brulé, elle avait oublié la pâte, les pommes étaient trop acides…)

C'est beaucoup plus tard que la tarte Tatin devint célèbre ; le propriétaire-successeur de l'hôtel –acquis vers 1905- ayant eu vent de l'histoire, décida de mettre ce dessert à la carte du restaurant ; les sœurs tatin n'eurent jamais la gloire ni la reconnaissance…

Léonard de Vinci, une supercherie ?

Sans nier le génie de ce grand homme, il serait sans doute utile de rapporter sa grandeur à sa juste valeur…

Après avoir regardé cinq reportages sur ce génie, avoir consulté de nombreuses pages le concernant et vu quelques tableaux de près dans des expositions, j'ai pu me faire une opinion réaliste, objective, concrète, neutre, du bonhomme !

1) Feignasse : mettre vingt ans pour peindre un tableau ! une quinzaine sont répertoriés en quarante ans de labeur ; cinq ou six sont notoirement inachevés.
2) Imposteur : il pique toutes les idées de tous les « ingénieurs » de son époque et se les attribue.
3) Opportuniste : dès qu'un seigneur avait des problèmes de pouvoir, d'argent…, il se débinait dans la province voisine, de Florence à Milan, de Milan à Naples, de Naples à Venise, de Venise à Florence, de Florence à Rome, de Rome à Amboise… (un vrai collabo !).
4) Incompétent : il accepte de recevoir une énorme somme pour peindre une fresque à Florence ; il n'y connait rien ; pendant un an, il gribouille des croquis sur le plafond puis abandonne et se tire précipitamment de Florence, laissant le boulot à Miche Ange !
5) Dyslexique : il écrit de la main gauche, de droite à gauche, des pattes de mouches ; il écrit en spéculaire ; il faut un miroir et une loupe pour le lire…

Bref, un génie…imposteur !

Le village monde – la vie des autres

En 1966, ma sœur et mon beau-frère achètent un mas dans un petit village du nord du Gard, entre Rhône et Cévennes, entre Cèze et Ardèche ; pays ingrat à la terre peu généreuse. J'y connus des gens simples, très attachants et riches d'enseignement.

Il y avait un peu moins de 200 habitants et les jeunes partaient vers la ville ; ne restaient plus que les vieux qui étaient nés sur place. Les "*estran'gers*" étaient encore peu nombreux, c'est-à-dire des "*genses*" comme nous qui achetions de vieilles bâtisses en mauvais état, pour ne pas dire en ruine, pour les retaper. Pour les voisins, nous étions des fadas et des *estran'gers* car nous venions du nord, c'est-à-dire au-delà de Lyon, au même titre que les Allemands, les Belges ou les Suisses.

Les gens vivaient encore la proximité ; les « nouvelles », ce sont les vieux qui sont morts, les jeunes qui se marient ou qui partent, les saisons, les récoltes. Quand on arrive en hiver, les voisins sont venus allumer le feu dans la cheminée et ils viennent le soir griller les châtaignes. Puis, peu à peu, le monde s'élargit ; les informations de la télévision auxquelles on ne prêtait pas trop attention prennent de plus en plus de place ; on ne parle plus du pays ; tout se passe dans le nord, à Paris, à l'estranger.

Un soir que nous arrivions à la nuit, vers 1970, les deux voisins, Fernand et Maro (Marie-Rose), se précipitent vers nous :

« Alors, qu'est-ce qui se passe ? Dites ! » ; on ne sait pas ; on questionne ;

« Vous qui venez du nord, vous n'êtes pas au courant ? »

Non ! On s'inquiète ; quelqu'un a peut-être téléphoné…

En fait, il y avait eu une prise d'otages par un « forcené » qui retenait ses enfants sous la menace d'un fusil et qui voulait le retour de sa femme… il tirait sur les gendarmes ; ça se passait dans la Somme où ailleurs ; nous n'étions pas au courant ; mais cette information avait profondément marqué nos voisins ; peu à peu, ils cessèrent de nous parler du village ; il fallait les

questionner ; leur centre d'intérêt était parti ailleurs, sans qu'ils sachent où précisément...
La télé les a bouffés comme elle a bouffé la terre entière !

Tout cela ramène à la notion de centre et de frontière ; il y a moi, les gens que je connais, et puis tous les autres, qui doivent sans doute former un village comme le mien, ailleurs, et je ne me rends pas compte de sa taille.
On ne cesse de parler « de lien social » qui s'est délité ; on paie même des gens pour le recréer ! Mais c'est la télé qui a tout tué! il faut tuer la télé et le lien social reviendra tout seul ! On reverra les chaises alignées le long des maisons, tournées vers la route que l'on voyait dans les années 60 et 70 le long de la N7 ou la N6.
Il y avait le téléphone ; c'est une invention géniale ; mais est-il besoin d'avoir un smartphone qui vous suit partout, qui vous harcèle en permanence ? On appelait les gens, rarement, mais utilement, au moment du repas car ils étaient près du téléphone, et ça suffisait ! Et puis on a inventé le répondeur, bien pratique... Puis Internet et les mails ; bien pratique aussi car ils sont "à dispo", consultables quand on veut et on y répond quand on peut, si l'on veut ; on n'embarrasse pas l'interlocuteur, toujours sur le qui-vive à attendre un sms ou une réponse ! ou un signe de vie...
Mais on ignore encore le bien fou que va nous apporter dans 11 ans l'invention du "fullphonestack" qui va révolutionner nos manières de communiquer ; on se demandera alors comment on pouvait faire avant !

On passait un coup de fil pour prévenir de notre arrivée ; la route en 2CV durait 12 ou 14 heures. A notre arrivée, vers 21 heures, le feu était allumé dans la cheminée et les voisins arrivaient pour discuter des nouvelles du village, de nous, d'eux, de ce qui s'était passé depuis la dernière fois ; ils étaient autant chez eux que nous ; d'ailleurs, tous les voisins avaient vécu dans cette maison, plus ou moins longtemps, pour différentes raisons; et la maison servait encore de bergerie pour les moutons et les chèvres des plus proches voisins ; cela ne nous gênait pas, en dehors de mon beau-frère qui aurait aimé démarrer des travaux de réfection des bâtiments ; seul inconvénient, de taille, ça amenait des milliers de mouches !

Marie Rose était la plus proche voisine ; née en 1909, elle avait épousé tardivement le facteur, Fernand, qui avait démissionné car on l'obligeait à abandonner sa moto pour faire ses tournées en voiture. Et il n'avait pas (obtenu ?) le permis. Ils vivaient d'une maigre pension et de quelques chèvres et brebis. Le soir, c'était la même litanie :
« *je vais rentrer les chèvres* » lançait-elle en courant d'un pas claudiquant mais assuré « *avé son assent provençal* », aux cris de « *bouille, bouille, bouille* » tandis que « Paï Ber » (le père Bernard, Fernand) allait cueillir des branches de murier de chine avec le charreton pour alimenter les chèvres.
Maro parlait facilement le patois de Bessèges d'où elle était originaire. On aimait lui faire raconter sa vie d'autrefois ; ayant acheté une chapelle en ruine, je l'interrogeais sur l'usage de ce lieu avant qu'il ne fût ruiné en 1947 par une tempête et par la récupération des tuiles du toit qui servirent à réparer la toiture de la mairie.
Pendant la guerre de 14, elle se rendait avec sa mère à l'office qui n'avait lieu qu'une fois par semaine ; les prières étaient dédiées aux maris et pères partis pour qu'ils rentrent vite à la maison ; il y avait du travail et on manquait de bras !
A l'appel de la cloche de la maison du « seigneur » local (un parent-descendant du seigneur de Vogüé), elle accourait pour obtenir du travail ; elle passait la matinée à couper des branches de buis pour constituer la litière des chèvres qui devenait avec les excréments un excellent engrais, en fait, le seul disponible. A 13 heures, pour son salaire, elle recevait un demi fromage de chèvre et un quignon de pain. Quatre ou cinq heures de travail harassant pour une gamine de 5 à 7 ans récompensé par un quignon de pain, et on n'était ni en Inde, ni au moyen-âge !
Quand elle n'allait pas couper des buis et que c'était la saison des vers à soie, on la mettait au lit ! Le colporteur passait dans les fermes déposer des pochons d'œufs du bombyx du murier, papillon dont la chrysalide fabrique un cocon de fil de soie ; les pochons devaient être gardés à la même température de 33-

35° pour éclore. Alors on plaçait sous les aisselles des enfants ces poches jusqu'à éclosion. La mère prenait de temps en temps le relais au lit ; une fois les œufs éclos, il fallait construire des fagots de branches de murier dans la magnanerie, où les vers allaient s'alimenter puis tisser leur cocon ; on les enfumait pour tuer les chenilles avant qu'elles ne cassent le cocon et le colporteur repassait récupérer ces cocons qui étaient envoyés dans les filatures des Cévennes. Là, ils étaient ébouillantés afin que les jeunes filles qui venaient y travailler pour constituer leur trousseau de mariage, pussent les dévider puis filer sur l'écheveau.

Cette activité était indispensable comme complément à une agriculture pauvre "de marge" qui fut remplacée au début des années 60 par l'élevage intensif des poulets.

Elle aimait raconter aussi la manière dont elle se souvenait de la déclaration de guerre de 1914 ;

« *Nous étions sur l'aire où les femmes battaient la moisson* »
Près de notre maison se trouvait une esplanade assez vaste, bien plane, que tout le monde appelait "l'aire", où se trouvaient de grosses pierres cylindriques qui, tirées par un âne ou une mule écrasaient les épis pour séparer « le grain de l'ivraie » ; c'était un tribulum tels qu'on le pratiquait à l'époque romaine, bien moins fatiguant que le fléau !

« *…et je jouais avec une copine… quand deux gendarmes de Goudargues se présentèrent sur le chemin de terre à vélo ; l'un d'eux mit pied à terre et dit : "mobilisation générale ; préparez les paquetages" et ma mère se mit à pleurer et moi je continuais à jouer !* »

Vingt fois elle me répéta cette phrase mot pour mot « l'un d'eux mit pied à terre et dit : "*mobilisation générale ; préparez les paquetages*" » et elle s'en voulait énormément d'avoir continué de jouer en montant sur la pierre et de courir après la mule ; j'avais beau lui dire « *Mais, Maro, vous étiez une enfant, à 4 ans, on ne se rend pas compte ! Il ne faut pas vous en vouloir!*»
Je fis en sorte que mes enfants, vers l'âge de 10 ans, entendent ces histoires racontées directement par ces gens.

L'appréhension de l'espace, du pays, était particulière ; ce problème m'est apparu clairement lorsque la maison d'en face a été vendue ; à ma question « *qui a acheté ?* », Fernand répondit « *ce sont des estran'gers* » mais Maro le reprit aussitôt avec une voix grave « *Mais non, ils sont de Saint Etienne !* » «*Eh bé, ils sont du nord !* » « *Eh non, c'est tout près de Lyon !*». En fait, toute personne venant du nord de Lyon était catégorisée « *estran'ger* », qu'elle soit parisienne, du nord, de Belgique, Hollande, Allemagne, Angleterre et même Suisse puisque passant par Genève puis Lyon… Le « *païs* », dont l'origine gauloise signifie « pieux » qui étaient plantés aux limites du territoire, se limitait à une zone coincée entre les montagnes (les Alpes), les Cévennes vers lesquelles les gens se tournaient volontiers et la haute Ardèche, Lyon et Marseille. Au-delà s'étendait la « terra incognita », excepté peut être pour les Pyrénées, frontière naturelle avec l'Espagne, où l'on allait s'approvisionner (Andorre) en extrait concentré de pastis liquide ou en poudre pour fabriquer son pastis "maison", avec un alcool d'origine incertaine, véritable tord boyaux qui me provoquait des brûlures d'estomac persistantes !

Son mari mourut assez tôt, d'une attaque qui survint en poussant le charreton chargé de branches de murier destinées à la litière des chèvres ; ne le voyant pas rentrer, Maro partit à sa recherche… et ramena la charrette pour donner à manger aux chèvres ; la vie ne pouvait s'arrêter comme ça !

Lui, Fernand, était monté à Paris pendant la mobilisation générale de 1940 ;
« *Nous étions cantonnés dans l'Oise ; bouh ! qu'il faisait froid ; c'est un pays où il y a toujours du brouillard ; un jour de permission, nous sommes montés à la tour Eiffel ! Boudi que c'était haut !* »
Puis il embrayait sur la débâcle ;
« *On est rentré par la grande ceinture : Dijon, Mâcon, Châlons, Lyon… le brigadier nous disputait ! "allez bandes de fainéants, pédalez plus vite…" Mais lui, il avait réquisitionné un vélo avec dérailleur et nous, nous n'en n'avions pas !* »

Souvent, à notre arrivée, il nous demandait si nous avions pris la « grande ceinture » et s'embrouillait dans l'ordre des villes «*Châlons, Dijon, Mâcon, Lyon…* ».

Il inventait des mots et s'extasiait devant des choses simples, à la manière d'un enfant.

Avec sa cigarette enquillée dans un fume cigarette en maïs à la manière de Popeye, nous étions allés à la fête foraine de Pont, comme chaque année, fin aout. On passa devant un stand où il était écrit :

« *devant vous ! les plus petits ouvriers du monde, au travail* ! … »

On repassa deux ou trois fois devant la baraque ; il était intrigué ; je décidai de l'accompagner, aussi curieux de comprendre la supercherie ; c'était une centaine de petits pantins de bois articulés, mués par des tringles, qui s'agitaient à couper du bois, enfoncer des clous…

Un jour où il était allé à un mariage, on l'interrogea sur ce qu'il avait apprécié ; il avait mangé des "pitches" mais il ne réussit pas à nous expliquer ce que c'était ; on questionna un voisin qui se mit à rire !

« Oui ! on a mangé des pizzas (que l'on prononce "pizze") et des quiches ».

En 1970, nous lui avions montré des photos du soleil de minuit au cap nord ; l'année précédente, nous lui avions raconté notre voyage en Iran et les températures suffocantes sur le Golfe Persique, de 35° à minuit ; il avait trouvé l'explication climato-géographique qu'il avait racontée à Max :

« En Iran, il fait une fournaise à minuit car le soleil ne se couche jamais… »

Max nous demanda des explications…

Un jour que nous rapportions deux gros chevesnes de l'Ardèche, il s'exclama :

« Ce sont des morues ; ça se connaît… »

Quand un incendie éclatait en Ardèche, il commentait :

« Ce sont les avions canadienne qui volent en espadrille »

Gervas était une autre voisine ; née en 1901 comme mon père, elle avait eu son heure de gloire ; c'était la première femme du département du Gard à obtenir son permis de conduire au début des années 20 ; un « américain » fortuné s'était entiché d'elle et lui avait offert une voiture ! A 100 ans, ses traits fins montraient qu'elle avait été belle.

Elle était toujours escortée de ses deux chiens, Moscou et Moska. Deux bâtards aux poils noirs et blancs, frisés et sales ; l'un d'eux se positionnait toujours sous ses jupes, entre ses jambes et montraient les crocs dès qu'on s'approchait trop d'elle. Elle passait une grande partie de la journée à surveiller ses 3 ou 4 chèvres et son bouc, assise dans l'herbe, lisant « Le Provençal » sans lunettes ! Après des années de résistance et à la suite d'un incendie et n'y voyant absolument plus rien, elle avait accepté de se faire opérer de la cataracte à plus de 90 ans. Pour tous les gens du pays, elle fabriquait les plus succulents fromages de chèvre de toute la région, et de loin.

J'aimais aller m'assoir à côté d'elle et la faire parler de son enfance, de la vie dure des paysans.

Vers l'âge de 6 ans, elle était chargée de se lever avant le soleil et d'allumer le feu dans la cheminée ; pour ce faire, elle n'avait droit qu'à une allumette et s'il en fallait deux, elle recevait une dérouillée qui faisait qu'elle n'en avait jamais besoin que d'une! Puis il fallait faire bouillir la marmite de soupe qui souvent n'était que le seul repas de la journée jusqu'au soir. Les besoins en argent frais étaient faibles : du sel, des allumettes, de l'huile pour les lampes ; le pain était cuit au four banal situé à 200 mètres, les vêtements hérités de la famille ou de voisins étaient ravaudés, rapiécés jusqu'à ce qu'ils tombent ; tout le reste était produit en autarcie. Et encore une fois, on n'est ni en Inde, ni au moyen âge, mais il y a à peine 100 ans, en France !

Une nuit, il y eut le feu dans sa maison, où elle se chauffait avec une cuisinière à bois, remplacée quelques jours par an, au moment des grandes chaleurs, par un réchaud à gaz deux feux alimenté par une bouteille de butane. Elle n'y voyait plus et les journaux entassés près de la cuisinière prirent feu ; un "miracle", se produisit ! le feu fit éclater le tuyau d'arrivée d'eau… qui éteignit le feu ! Si c'est pas un miracle, je me fais curé !

Sa maison était aussi noire après l'incendie qu'avant ; on n'y voyait rien et les murs et plafonds étaient noircis par des dizaines d'années d'enfumage… mais ses fromages, même si parfois on y trouvait une mouche, étaient les meilleurs du monde !

A sa mort, des voisins vinrent prêter main forte pour ranger et nettoyer la maison ; derrière la cuisinière se trouvaient des centaines de journaux entassés sur des chaises ; par hasard, un billet tomba d'un journal ; la fouille se fit plus systématique et l'on découvrit un très grand nombre de billets de 100 francs. C'était très certainement sa pension que le facteur lui apportait tous les trois mois mais dont elle n'avait pas l'usage ; ce n'était pas de l'argent issu de son labeur qui était le véritable argent et qui lui suffisait pour acheter le strict nécessaire à l'épicier ambulant ; beaucoup de voisins lui apportaient qui, de l'huile d'olive, qui des fruits de saison, qui un demi lapin… Jean Pierre Chabrol raconte exactement la même histoire concernant sa grand'mère de Chamborigaud ; à sa mort, on découvrit des liasses de billets sous son lit. La source de l'argent devait être connue ; tout travail méritant salaire et tout salaire étant le fruit d'un travail…

Pour ses cent ans, en 2001, le village fit une grande fête ; montgolfière dans le grand champ près de chez elle, musique et chansons d'autrefois et la mairie lui offrit son premier frigo. Dès le lendemain, celui-ci se retrouva dans la cour, servant d'armoire de rangement pour le grain des poules !

Elle décéda à 103 ans, en plein hiver. J'assistai à l'enterrement qui suivit une messe qui n'en finissait pas ; j'étais resté à l'extérieur avec les quelques vieux mécréants du village qui pour aucune raison, ne seraient entrés dans cette église malgré le mistral cinglant qui soufflait ce jour-là…

Aimé Bouat

Le frigo me rappelle l'histoire d'Aimé ; il vivait seul avec sa vieille mère ; cassée en deux par les ans et le labeur, elle ne devait pas dépasser un mètre trente (pas au garrot, en tout) mais le fils, très grand, aux oreilles décollées, (il avait un air de De Gaulle) semblait la craindre, tout au moins manifestait-il un très grand respect à son égard.

Un jour, il acheta une machine à laver le linge ; révolution dans la maison ; il lui apprit à s'en servir ; le premier jour d'utilisation, quand il rentra, sa mère n'était pas là ; elle avait emporté le linge sorti de la machine pour le rincer… au lavoir !

C'était une "vraie ferme", avec brebis, agneaux, poules, coq, dindes, dindons, oies… Ses oies gardaient mieux la maison que les chiens ; dès qu'on s'avançait trop avant, les oies vous fonçaient dessus, et à l'inverse d'un chien, ne lâchaient jamais la garde et ça pince très fort, une oie ! Le dindon aussi défend âprement son territoire en fonçant, la queue entièrement déployée pour vous effrayer...

Aimé Bouat avait un couple de colley, chiens de berger à poils longs et à grand nez. On les appelait les chiens de Reiser. Celui-ci avait publié dans un album une planche où, dans la première vignette sans phylactère, trois femmes, le cabas à la main, discutaient pendant qu'un chien apparaissait sous les jupes d'une femme ; dans la deuxième cartouche, la discussion allait toujours bon train mais le chien se trouvait sous les jupes de la seconde ; dans la troisième image, le chien auscultait la troisième. Dans la quatrième et dernière, les trois commères se séparaient l'air radieux tandis que le chien s'éloignait réjoui en se léchant les babines ; il avait un très, très long museau…

L'un des chiens avait la très désagréable habitude de vous saisir la cuisse, de s'y cramponner et de se masturber contre votre jambe ; aussi savions nous nous prémunir de cette situation en nous accroupissant ou en nous retournant fréquemment, mais pas les ami(e)s que nous emmenions chercher des œufs ou de l'huile d'olive ou des fruits… Et les railleries fusaient :

« Eh bé ! tu sais y faire avec les mâles ! » « tu les attires ! » «c'est parce qu'il fait chaud que t'es en chaleur… » tandis que le pauvre Aimé, gêné, faisait semblant de ne rien voir ; et la victime avait beau le repousser, le chien se cramponnait de plus belle ; et bien sûr, personne n'osait lui donner un coup de pied… et tout le monde était mort de rire…

A l'occasion de la refonte du POS, une partie de ses terres devint constructible ; étant retraité, il les vendit, devint soudainement riche, et, sa mère étant morte, prit une maitresse (qui lui coûta horriblement cher !). Il acheta deux Mercedes haut de gamme, une pour lui, une pour le fils de sa maitresse, qui devint sa femme. Il traversa très fier le village au volant de sa nouvelle voiture et la gara sous le hangar. Le lendemain matin, voulant la sortir, il ne put trouver la marche arrière. Le commercial eût beau lui expliquer au téléphone la procédure, rien n'y fit. Il fallut qu'un technicien de Mercedes vienne la sortir et lui expliquer…

Un autre Aimé, homme de force à tout faire, mais ne travaillant que quand il le voulait et quand ça lui plaisait, libre de tout engagement, passait les heures d'été à cueillir du thym, autour de midi, quand le soleil est au zénith, collecté par Ducros ; la moitié du village vivait de cette cueillette. Mais, 3 ou 4 semaines après l'explosion de Tchernobyl, il reçut un appel téléphonique l'informant que Ducros n'achèterait plus son thym :
« Mais j'en ai 300 kilos au grenier, cueilli avant l'explosion ! »
« Peu importe ; nous ne commercialiserons dorénavant que le thym récolté au sud de l'Espagne »
Ce fut un très gros coup dur pour Aimé, grand amateur de saucisson de la haute Ardèche dont il était originaire. Il fallait le voir attaquer une butte de terre ou soulever des pierres que je n'aurais pas bu bouger d'un centimètre ! A tel point qu'il passait son temps à renfoncer sa hernie avec le manche de sa pioche… jusqu'au jour où toutes les tripes sortirent et qu'il partit en urgence à l'hôpital…
Suite à l'application stricte du principe de précaution, alors que l'on répétait à l'époque que le nuage radioactif s'était arrêté aux frontières, il va de soi que je ne m'approvisionne plus en condiments ou graines que chez Ducros !
De plus, je me méfie de la pseudo « science » de «l'aromathérapie » !
Une femme voit son généraliste qui détecte un problème thyroïdien :
« *vous consommez de la tisane ?* »
« *Oui, une frigoule tous les soirs* »
« *interdit plus d'une fois par semaine, et encore…* ». Eh oui, le thym, comme d'autres plantes sauvages qui peuvent vivre des dizaines d'années accumulent des éléments radioactifs (césium et iode) et les concentrent sur des dizaines d'années…

Ces gens, nés au tout début du siècle, ont sans doute connu les plus importantes transformations qu'aucun humain n'avait connu durant des milliers d'années. Nés avec la bougie et la cheminée, ils ne connaissaient à peine que la photo et le chemin de fer. Ils ont vu apparaitre le vélo, l'électricité, la TSF, l'eau courante, la voiture, les WC, les appareils électriques, la télévision, l'eau chaude, la salle de bains, Internet...

Mon père me racontait qu'en 1910, tous les enfants du village de Touraine courraient voir l'heureux propriétaire d'une draisienne en bois pour espérer l'essayer ! La traversée du village par une voiture faisait peur ; des colporteurs descendant le Cher sur des barges qu'ils tiraient sur le chemin de halage s'arrêtaient à chaque village pour vendre les poteries de La Borne. Vers 1970, j'ai séjourné chez des paysans du Limousin de moins de 50 ans qui n'avaient que la cheminée pour cuisiner et se chauffer ; le seul robinet d'eau courante était extérieur et fermé l'hiver pour le gel ; le seul endroit pour se réchauffer, c'était DANS la cheminée...

et seulement 50 ans plus tard, un bébé de trois ans réclame un smartphone et un enfant de maternelle de cinq ans veut sa Nintendo !

Le père Bernard et le vieux chat
(Une histoire à raconter à vos petits-enfants…)

Fernand, le père Bernard, habitait dans le village d'Issirac avec sa vieille mère. Elle avait un vieux chat qu'elle affectionnait particulièrement, bien qu'il fût tout raplapla.

Pendant la guerre, en 1942, il n'y avait plus de tabac car les allemands emportaient tout vers l'Allemagne. Et le père Bernard, "Peyre Ber" comme on l'appelait, *(prononcer Pailleur Bère, comme le nom de l'auberge sanglante de Peyrebeille dont il aimait raconter l'histoire car il y était allé plusieurs fois sur ce plateau sauvage et désert)*, fumait beaucoup.

Un jour, il entendit dire que dans la vallée de la Cèze, au village de Montclus, à quelques kilomètres, séjournait un campement d'annamites qui cultivaient et récoltaient du tabac... et ces mêmes annamites se régalaient des chats de la région.

Les annamites étaient les habitants de l'Annam, qui dénommait autrefois la zone centrale du Viêt-Nam. Par manque de main d'œuvre du fait de la guerre, on en avait déporté de force un grand nombre dans certaines régions françaises ; ce sont eux qui initièrent la culture du riz en Camargue.

Une idée germa puis mûrit dans la vieille caboche de Peyre Ber. Un beau jour, n'y tenant plus, il s'empara du vieux chat, l'enferma dans un sac de jute et entreprit la descente vers Montclus à travers la garrigue. Que le chemin était raide ! Que les pierres étaient tranchantes sur le maigre chemin ! Que la broussaille griffait les bras et le visage du pauvre Fernand !

Sans compter les coups de griffes que le greffier lançait dans le dos de l'homme !

Il eut bien du mal à rallier le petit village de Montclus ! Sur place, il s'enquit du lieu du campement ; il longea la petite rivière et arriva enfin à son but. Peu d'annamites parlaient français ; on appela le chef ; Fernand expliqua ce pourquoi il était venu ; le chef, apercevant le pauvre chat chétif congédia le père Bernard en arguant qu'ils étaient fort bien fournis en félins, les cages pleines en attestaient, et qu'ils n'avaient plus beaucoup de réserve de tabac, eux-mêmes, gros consommateurs.

Dépité, le Peyre Ber s'en revint vers le village.

En traversant le petit pont, il se dit qu'il n'allait tout de même pas remonter le chemin en sens inverse avec ce satané mistigri qui lui labourait le dos ! Il avait suffisamment souffert.

Une nouvelle idée germa. Il s'enquit d'un gros caillou qu'il mit dans le sac ; il ficela bien le tout et, en repassant sur le petit pont, jeta négligemment le sac dans la Cèze. Il était enfin débarrassé de son fardeau.

Pour reprendre courage et vu qu'il était descendu au gros bourg, il se dirigea vers la taverne.

« Oh là, tavernier ! sert-moi donc un bon canon de vin rouge !»

Il reconnut de vieilles connaissances qui trinquaient dans un coin de la taverne ; il se joignit au groupe et recommanda un ballon de rouge puis un troisième et un quatrième suivirent. On fit une partie de cartes ; le perdant paya la tournée, tant et si bien que la nuit fut vite arrivée.

Bien éméché, il reprit le chemin du retour, allégé de son fardeau, mais inquiet de la réponse qu'il pourrait inventer à sa vieille mère le questionnant sur la disparition du chat !

Heureusement, un halo de lune éclairait faiblement le paysage et malgré l'abus de vin, il retrouva son chemin dans la garrigue.

La cloche de Montclus sonna les douze coups de minuit. Une minute plus tard, le clocher d'Issirac reprit à son tour. Encore une demi-heure et il serait arrivé.

Il s'arrêta à quelques pas de la maison et réfléchit à un stratagème pouvant expliquer la disparition du chat. Il fallait rassurer sa vieille mère car elle tenait par-dessus tout à ce vieux greffier… Il avait dû partir chasser le mulot à la nuit et rentrerait au petit matin…

Anxieux, il poussa la porte de la maison et tourna l'interrupteur qui alluma la pauvre ampoule, juste au-dessus de la table.

Là, il chancela et faillit s'évanouir ! Son cœur cessa de battre un instant ; une vision ? un fantôme ?

Le chat était là, devant lui, sur la table, assis sur son derrière, fixant Peyre Ber droit dans les yeux !

Des camping-caristes

J'ai parfois honte d'être "camping-cariste" !

J'ai pratiqué cette activité depuis 1969, dans des 2CV fourgonnettes "aménagées". J'ai fait avec ce genre de véhicule en dehors de l'Iran, l'Iraq, la Syrie…, trois fois le tour de l'Afrique du Nord (Espagne, Maroc, Algérie, Tunisie, Sicile…), le tour de la Baltique, l'Ecosse…

Puis je me suis embourgeoisé avec de "vrais" camping-cars.

Il est vrai que c'est une activité que je pratique le moins possible en France, mais au Portugal, en Galice, dans les pays de l'est et surtout en Scandinavie, là où on peut s'arrêter n'importe où, de préférence là où il n'y a personne…

Depuis près de 25 ans, je ne prends plus l'autoroute, sauf cas indispensable ; rouler des heures sur un ruban monotone, à la même vitesse, cela me mine et me désespère au plus haut point, et se retrouver devant un automate sans humanoïde qui n'est même pas capable de vous dire "*bonjour, merci, bonne route*" me morfond profondément !

Donc, pour descendre dans le midi, à 700 kilomètres, je recherche des lieux propices à un repos nocturne, environ à mi trajet ; Bourgogne, Auvergne… par les anciennes Nationales (N6, N7, N82, N106, RD906, N86…) souvent déclassées.

Arnay le Duc, Montrachet, Mercurey, Lapalisse, Ambert, et de nombreuses autres pépites seront nos étapes, également gastronomiques (vins, fromages, escargots, viandes, champignons…). Quel plaisir de retrouver une vitesse propice à la contemplation des paysages qui nous entourent, des villages qui se meurent, des vaches nonchalantes, des gens vieillissants…

Lapalisse

Tout au début, un jour, on s'arrête à Lapalisse sur l'aire gratuite de stationnement en centre-ville dédiée aux camping-cars ; il fait une chaleur torride ; le parking est bondé, sans arbres, en plein soleil ; les rares place près de la rivière sont toutes occupées au touche-à-touche. On réussit à s'insérer entre deux camions ; il faudra faire attention de ne pas ouvrir notre porte en même temps que le voisin ! Le bitume recrache la chaleur accumulée de la journée.

On ne peut tout de même pas rester dans ce camp de concentration ! J'observe les voisins ; ils crèvent de chaud, en sueur, en slip pour la plupart... des masos !

Je regarde la carte ; à deux kilomètres, il y a un camping municipal, au bord de la rivière. Ni une, ni deux, on plie bagage sous les regards étonnés des voisins.

Le camping est vide ou presque ! trois caravanes, deux camping-cars et quelques tentes ; on paie onze euros avec l'électricité (on va pouvoir brancher le ventilateur !), des emplacements spacieux ombragés délimités par de hautes haies, dotés d'une herbe grasse. On s'installe près de la rivière ; le voisin le plus proche doit être à 15 mètres ! Il fait frais !

Ce camping, menacé de fermeture du fait du peu de fréquentation, deviendra le plus souvent notre halte.

Le couple de camping-cariste type tourne autour de la soixantaine ; il est de petite taille, bedonnant, grassouillet, et se caractérise essentiellement par le port d'un pantacourt. C'est un signe de vacances et de détente ; pas de short, réservé aux jeunes et pas de pantalon, trop collet monté. Il possède un horrible petit roquet, hargneux et criard, à l'instar de ses maîtres ; il loge dans un "intégral" pas très jeune mais qui coute à l'origine soixante ou soixante-dix mille euros, minimum. Il maintient en permanence au frigo une bouteille de rosé à un euro soixante-dix. Ils se nourrissent essentiellement de pizzas achetées au kioske, toujours présent dans ces lieux d'agglutinage...

J'ai souvent inventorié les plaques d'immatriculation sur ces aires gratuites ; plus de 60% des véhicules sont du département ou des départements limitrophes ; Qu'est-ce qui pousse ces pauvres gens, radins comme un pou, à être aussi grégaires ?

J'ai vu, un jour, un "reportage" ridicule sur une chaine stupide (c'est pas dur : en dehors éventuellement d'Arte, la 5, Mezzo, Ushuaïa…, elle le sont toutes…) où un couple de retraités avait acquis un camping-car qui stationnait dans le jardin à dix mètres de la maison ; tous les vendredis soirs, monsieur partait habiter le camion pour le weekend, regardait la chaine qu'il voulait, buvait de la bière à gogo et se faisait livrer des pizzas…

Et d'aucuns espèrent sauver la planète…

Brême

Nous étions au camping de Brême, en Allemagne du nord ; un camping très "natürlich" dans une forêt près d'un lac (pas le nouveau camping actuel, mais l'ancien, assez proche).

On a sorti table et fauteuils sur l'herbe ; les enfants lancent du pain à des canards et des lapins tout proches, pas farouches.

Un gros camping-car vient se garer près de nous ; deux vieux allemands qui vont mettre, comme à l'accoutumée, un quart d'heure de manœuvres pour se stationner. La femme ne descend pas faire les manœuvres comme c'est la coutume ; il y a de la place ! A peine stationné, 4 vérins hydrauliques se déploient et le camion obtient une horizontalité parfaite.

Cinq minutes plus tard (ils ont dû aller pisser et se laver les mains !), une antenne satellite se déploie sur le toit et ausculte les cieux. On verra les têtes de l'un et l'autre apparaitre épisodiquement aux fenêtres. Au matin, les vérins se rétractent et le camion disparaitra comme il était venu. A aucun moment, durant les douze heures, un être humain n'est sorti du camping-car ! On a supposé qu'ils n'avaient pas de chien, mais qui sait ?

Je rêve parfois d'être un terrible dictateur ! Ce couple, je l'enfermerais chez lui à clé, un boulet de 30 kilos à la cheville, une télé géante allumée jour et nuit, une pizza géante livrée deux fois par jour et des bières à profusion…

Et je réquisitionnerais le camping-car pour des gens qui auraient envie de voyager, après, bien sûr, avoir détruit minutieusement l'antenne satellite…

Inari

En 2015, on se trouve au bord du lac d'Inari, en Finlande, au nord du cercle polaire. Il fait beau soleil malgré l'heure tardive. Je me balade et apostrophe un pêcheur sur une jetée ; j'aime apostropher les gens, quel que soit l'endroit et quelle que soit la langue ; je me souviens de soirées mémorables avec des polonais qui ne parlaient aucune langue commune !

« it bites fish ? » Il se retourne et avec un terrible accent suisse me répond énervé :

« Oui, mais je viens de louper une grosse truite… » (aurait-il deviné que j'étais français à mon accent ? il ne parle pas un mot d'anglais ? ...). On papote ; il me raconte sa vie ; il est en camping-car à 50 mètres du nôtre ; je lui propose de venir prendre l'apéro. Une heure plus tard, il se pointe avec sa femme, du saucisson de renne, de la viande séchée et une bouteille de pinard ; il nous raconte ses périples en Scandinavie; depuis 25 années, il passe toutes ses vacances en moto entre la Norvège, la Suède et la Finlande. Il a en effet une photo de lui en moto, grandeur nature, collée sur son camping-car, immatriculé à Genève.

Cette année 2015, à la suite de graves problèmes de santé, son médecin lui a interdit la moto.

Il me montre les lieux qu'ils ont fréquentés sur une carte ; TOUTES les routes sont surlignées de différentes couleurs au « Stabilo » ;

« Quoi ? Vous avez fait toutes ces petites routes ??? »

« Oui ; je connais tous les coins par cœur ! » Pourtant, en Norvège, en dehors de la route principale Sud-Nord, les routes transversales vont rarement quelque part. Il a fait un million et demi de kilomètres en moto ! Sur le moment, je ne réagis pas ;

c'est beaucoup mais je ne me rends pas bien compte. Encore un problème des grands nombres... Sa femme ne parle pratiquement pas mais confirme fréquemment ce qu'il dit. On boit ; on reboit ; tout le monde est gai ; on ira les voir en Suisse ; ils connaissent des coins sympas dans les montagnes... Je leur propose de venir nous voir dans le midi... Proposition acceptée avec enthousiasme...

Ils partent le lendemain vers le sud car ils rentrent ; on croit comprendre qu'ils ont des problèmes d'argent, ou de famille... Nous, on part vers le nord, vers Kirkenes ; vers une heure du matin, tout le monde va se coucher, crevé, pompette, malgré un beau ciel bleu !

Quelques mois passent ; on s'est échangé quelques mails avec quelques photos ; à Pâques, on descend dans notre chapelle vers le 15 ; on leur propose de nous rejoindre le 16 ou 17.

Le 17 je les contacte :

« On est là dans une demi-heure ! »

On s'interroge ! Ils arrivent effectivement une demi-heure plus tard ; ils étaient au camping d'Orgnac depuis 2 jours à nous attendre (?) On s'inquiète...

Au cours des discussions, on apprend qu'ils ont prêté ou loué leur appartement à des gens, que leur fille à qui il ne parle plus depuis des années, vit dans une voiture dans la rue au pied de leur immeuble, que le fils est parti sans donner de nouvelles depuis deux ans, que le syrien du premier étage veut les faire expulser pour récupérer leur appartement de 4 ou 5 pièces mais qu'il va le tuer avant...

On s'inquiète et on s'interroge, de plus en plus ; Françoise, très habile pour les faire parler de chose et d'autre extirpe des tas d'informations diffuses ; en fin d'après-midi, il me demande s'il peut utiliser les toilettes de la chapelle ; bien sûr ! les WC dans un camping-car, c'est pas le grand confort.

Il en ressort au bout d'une demi-heure, soucieux :

« Il faut que j'appelle mon docteur ! »

« Y'a un problème ? »

« Oui, je pisse du sang en abondance ! » Françoise me regarde, inquiète ! Dans quel état sont les WC ?

Il appelle et tombe sur un répondeur ; il laisse un message ; je lui dis qu'on pourrait aller voir un docteur demain :

« non ; il va régler le problème ; il a l'habitude… »

« Ce serait pas un coupeur de feu ? »

« Oui ; il est super ! »

« Et par téléphone, avec juste un message, ça marche ??? »

« oui, oui ; je l'ai déjà fait… »

Le soir venu, on essaie de reconstituer leur vie avec toutes les bribes assemblées ; un vrai puzzle de détective ; avant, il faut nettoyer les WC à la javel, mais pas trop ; c'est une fosse septique…

Donc, ils habitent dans une banlieue de Genève, apparemment très populaire, pour pas dire pourrie. Ils sont dans une HLM avec un appartement trop grand pour deux personnes du fait que leurs enfants sont partis ; le locataire du premier aimerait récupérer cet appartement. La fille, SDF et droguée vit dans une voiture dans la rue, en bas de l'immeuble depuis 2 ans. Le père l'a chassée de la maison et ne veut plus la voir. On l'avait à peu près compris en Finlande sans vraiment l'avoir assimilé…

N'ayant sans doute pas grand-chose comme retraite, lui, en très mauvaise santé, ils louent en "airbnb" pour quelques jours leur appartement HLM dès qu'ils le peuvent et partent vivre en camping-car dans les montagnes…

On en conclut qu'il fallait les "cirquer" dès que possible le lendemain matin…

On part faire une balade à pied ; le saignement a cessé ; preuve que c'est efficace*.

Ils ont prévu de nous faire une vraie fondue suisse à midi ; ils ont tout le matériel ; bon, mais après, vous ne pouvez pas rester…

« C'est vraiment sympa votre coin, et très calme. Quand vous n'êtes pas là, on pourrait venir passer deux ou trois jours… »

Merde ! ils sont pires que le sparadrap du capitaine Haddock !

« Non ; pas question ; quand on est présent, il n'y a pas de soucis. A notre départ, on met une chaine en travers pour éviter l'installation de roms ; et puis l'électricité et l'eau sont coupées et le voisin surveille… »

Bon, fondue composée de fromages de grande surface avec un blanc à 1€62 de chez LIDL !

Enfin, ils comprennent qu'ils ne sont pas vraiment les bienvenus et nous quittent, à regret, en milieu d'après-midi. Bon,

maintenant, faut que je mette une chaine en travers du champ ; on ne sait jamais… et je préviens le voisin.
On n'est jamais assez méfiant !

C'est une histoire qui se passe dans le transsibérien, au temps où Cendrars l'empruntait ; un vieux monsieur, à grosse barbe blanche, est assis près de la fenêtre et semble scruter l'horizon de manière attentive ; au bout d'un moment, il ouvre la fenêtre; un vent glacial envahit le compartiment ; il saisit une pincée de poudre dans un sachet et la répand à l'extérieur, referme la fenêtre et se rassied. Un quart d'heure plus tard, il recommence l'opération. A la troisième fois, un des voyageurs du compartiment l'interpelle :
« Mais Monsieur, que faites-vous ? Il fait très froid ! »
« Monsieur, je répands de la poudre de perlimpinpin »
« A quoi sert-elle ? »
« Afin d'éloigner les éléphants roses de la voie ferrée ; ils pourraient provoquer un grave accident et un déraillement ! »
« Mais il n'y a pas d'éléphants roses en Sibérie !! »
« Vous voyez ; vous reconnaissez vous-même que ma poudre est efficace… »

Les sourciers, les coupeurs de feu, l'homéopathie, la chloroquine, le dioxyde de chlore, les petits hommes verts (eux existent, mais ils sont vieux !) … « depuis que je ne fume plus, je digère mieux les poivrons »

« Sur 24 patients atteints par le coronavirus et traités par la chloroquine, 18 ont guéri. » (*"statistiques" d'un "professeur de renommée internationale"*)
« Sur 24 patients atteints par le coronavirus et buvant un verre de vin rouge à chaque repas, 18 ont guéri. »

« *Chloroquine : un remède français contre le Covid-19 ?* » peut-on lire en mars 2020.
Début février, un médecin chinois informe sur l'intérêt de la chloroquine après un test sur 100 malades ; la communauté internationale n'en tient pas compte et ridiculise le médecin : un test sur 100 patients n'est pas probant ! Personne ne relève cette information en France.
Le Pr Raoult déclare le 17 février : « la trottinette tue plus que le coronavirus ».
Mais un peu plus tard, il sent l'opportunité ; il reprend l'idée du médecin chinois et fait son buzz comme il a l'habitude. Il fait un test sur 24 malades (!) ; 18 sont guéris. Il est tellement convaincant (?) qu'il reçoit des soutiens de Le Pen à Mélenchon !

Cependant, certaines croyances ou pratiques peuvent être sympathiques ou festives.
A l'occasion de la chandeleur, fête païenne du début d'année et de la fin proche de l'hiver, ma grand'mère préparait des crêpes (en forme de soleil) pour la fin de l'hiver.
Elle me mettait un Louis d'or dans la main, et m'aidait à prendre le manche de la poêle pour faire sauter la première crêpe. Si la crêpe se retournait proprement, je serais à l'abri du besoin toute l'année. Si en même temps on entendait chanter le coucou (ce qui est très rare de nos jours !) c'était la fortune assurée dans l'année…

De la religion

Il y aurait eu sur notre planète entre 80 et 100 milliards d'êtres humains depuis "l'apparition" de l'homme sur terre, selon qu'on démarre à homo sapiens ou à homo erectus. Rappelons qu'il y a plus de cinquante mille ans, des hommes ont posé des empreintes de leurs mains dans des grottes et y ont peints des animaux. Certaines peintures de néandertaliens remonteraient à plus de soixante-cinq mille ans !

Jusqu'au début de notre ère, l'INED estime qu'un enfant sur deux au moins mourrait dès les premières heures ou premiers jours. Cela signifierait que 30% des êtres humains au paradis[*] serait constitué de fœtus fripés, aveugles, hurlant en permanence pour avoir le sein ! Il faudrait être très prudent en marchant pour ne pas les écraser !

L'espérance de vie jusque vers l'an mille tournait autour d'une quinzaine d'années ; les trois quarts de la population paradisiaque aurait donc moins de 16 ans ! Les pédophiles devraient être pressés de rejoindre ce paradis pour eux où ils auraient pour concurrents les prêtres de toutes les religions !

Parmi la population "adulte" restante (quinze à vingt milliards) on rencontre donc des juifs, des chrétiens, des musulmans... subdivisés en sunnites, chiites, catholiques, protestants, irlandais, anglais, palestiniens, israéliens... cathares, camisards, templiers...Ce doit être une sacrée foire d'empoigne la haut ! Et pour y passer l'éternité ? Sans manger, sans boire, sans dormir...sans baiser ? (Ah, si, sauf pour certains musulmans...).

Vite ! fuyons ! damnons-nous à tout jamais...

---

[*] *On me glisse à l'oreille que seuls, les enfants baptisés avaient le droit au paradis. Mais alors, où sont les autres, les milliards d'avant ?*

Certains anthropologues analysent le passage de chasseurs-cueilleurs à agriculteurs-éleveurs comme une catastrophe pour l'humanité ; ce changement de paradigme (*ça y est, je l'ai encore placé...*) se situe au néolithique, entre 10 et 12 mille ans alors que la terre ne comptait sans doute que 5 à 10 millions d'individus.

Les chasseurs-cueilleurs de Göbekli Tepe (Turquie du sud-est, il y a plus de 12 mille ans) ont construit les plus anciens monuments connus à ce jour ; dans une contrée aride mais fertile, ils devaient déjà « cultiver » les « sebkha », ces dépressions où l'eau s'accumule après une pluie et permet à quelques céréales de croitre. Les nomades du sud algérien ont cette pratique ; à la fin de l'hiver, ils sèment quelques graines au fond de ces dépressions ; ils reviennent quelques mois plus tard pour une récolte aléatoire ; malheureusement pour eux, ces zones herbeuses et toujours un peu humides sont le refuge de tous les animaux du désert, convoitise distrayante pour les urbains locaux !

C'est logique que dans cette région aux terres fertiles et à l'eau abondante (on est sur les rives turques de l'Euphrate) l'agriculture se soit développée ; l'élevage et le nomadisme (lié à la situation chasseur-cueilleur) préexistaient à l'apparition de l'agriculture, nécessitant la sédentarisation.

C'est une théorie séduisante ; j'ai lu sur ce sujet 2 ou 3 ouvrages de référence mais n'ai pas les compétences pour opposer le moindre argument ! Toujours est-il que cela semble très plausible : on enferme ses richesses (dont les récoltes) dans des temples (cas de Göbekli Tepe) ; les "cités" ou groupes voisins, moins chanceux, du fait des aléas climatiques, d'une terre plus ingrate... convoitent ces richesses accumulées ; on peut trouver aussi une facilité à voler le bien plutôt qu'à le produire ; pour cela, il faut une force de coercition collective dont le ciment peut être une idole, un dieu.

Akhenaton, première tentative de monothéisme, échoue à unifier l'Egypte. C'est un rêve de puissance, de conquête, incarné par le dieu unique ; les empires Chinois, Mongoles, Romains, Aztèques, Britanniques, Français... n'auront de cesse de piller les richesses et les accaparer. Cela aboutit aux dictatures, au fascisme résumé par la phrase la plus "monothéiste" qui soit : « Ein Volk, ein Reich, ein Führer ! »

A l'inverse, le polythéisme, représentant les contradictions des hommes et des sociétés, a été violemment combattu par les religions monothéistes.
Avec les 8 millions de dieux ou d'esprits dans le shintoïsme, chacun peut y trouver "dieu à son pied".
Rien que pour l'eau, on dénombre des milliers d'esprits selon sa nature. Comment ne pas nous étonner, nous, ayant subi 2000 ans de judéo-christianisme, de la fête du Kanamara Matsuri au Japon, dieu de la fécondité représenté par des phallus géants, à observer des fillettes de 10 ans suçant des sexes en sucre d'orge dans la rue ?

Compromissions

Au début des années 50, ma mère prêtait secrètement une salle dans la remise proche de la pâtisserie pour les réunions du PC, clandestin à l'époque.

Pour donner au change, elle m'inscrivit au patronage des curés le jeudi après-midi (il n'y avait pas d'autres choix à l'époque) et au catéchisme le jeudi matin.

"An'effet", la pâtisserie était proche de l'église et il ne fallait pas négliger les chrétiens qui passaient en grand nombre à la sortie de la messe du dimanche.

Je n'aimais pas trop y aller ; on y jouait au foot-balle où il fallait taper, courir, faire des passes et gagner contre l'équipe adverse ; souvent on recevait un coup de godillot dans le tibia ; le curé me criait dessus « *fais la passe, bon sang !* » mais je ne voyais pas à qui… Parfois, de rage, je marquais un but contre mon équipe ; alors le curé me sortait du jeu à mon plus grand bonheur.

Ce curé était jeune et très beau, disaient les adultes, essentiellement les femmes ; à dix ans, on n'a pas la notion de beau ou de laid ; on trouve des gens gentils ou méchants et parfois entre les deux, comme l'instituteur qui pouvait se montrer un jour gentil et le lendemain méchant, sans qu'on ne sût pourquoi…

« Il courre, il courre, le curé, … » chantions nous sans comprendre la signification…

Ce jeune curé se faisait appeler le père Joseph ; d'autres l'appelaient "*frère Joseph*" mais aussi "*Monsieur le curé*" ; le chef du patronage était le "*père supérieur*" ; je m'y perdais totalement dans ces dénominations et ces hiérarchies. C'était trop compliqué !

Alors, quittant le match de foot, libéré, je rejoignais les quelques parias dans un coin de la cour pour jouer aux osselets ou aux billes, jeux d'habileté et d'adresse où il n'y avait pas de rivalité. J'aimais construire un circuit pour les billes dans le reste d'un tas de sable, fréquenté par des chats et chiens du voisinage, attesté par quelques crottes séchées que l'on déterrait parfois. Des routes, des ponts, le saut d'une rivière, devaient être empruntés par la bille et sortir le moins souvent du parcours.

Je resterai peu de temps au patronage ; en rentrant un jeudi soir, je racontai à ma mère qu'en jouant au foot, le jeune curé en soutane était tombé et que tout le monde avait vu sa zézette ; il n'avait pas de slip ; je fus aussitôt retiré du patronage ; ma mère avait-elle eu vent de pratiques pédophiles de la part des curés à l'époque ? Aucune idée mais je continuai à aller au catéchisme. Avais-je inventé cette anecdote ? Possible, mais je ne pense pas.

Au caté, je ne comprenais rien à ce que racontait le curé ; « au nom du père, du fils », d'accord, je savais ce que c'était, mais le « saint esprit » ? c'était quoi ? et que voulait dire « ainsi soit-il » ?
Mêmes les adultes ne savaient pas m'expliquer ce qu'était un saint ou un esprit... On voyait bien dans l'église une bonne femme qui tenait un bébé dans ses bras, mais elle ne lui donnait pas le sein ; de plus, la plupart des "saints" dans l'église étaient des hommes, en robe, comme les curés...
A l'époque, on pouvait fréquemment voir une mère donner le sein à son bébé ; le puritanisme anglo-saxon n'avait pas encore conquis l'Europe" ; peut-être y avait-il encore quelques nourrisses qui allaitaient des bébés de bourgeoises qui refusaient cette contrainte. Alors, étant dyslexique, la confusion était totale entre sein, saint et sain... On aurait pu dire comme la marchande de foie « *Le sein du saint est-il sain ?* ».
Je compris enfin qu'"*ainsi soit-il*" signifiait "*c'était comme ça et pas autremen*t" ; mais qui l'avait décidé ?
Et puis un jour, il y eut un incident dans l'église : une poutre était tombée de la charpente ; c'est tout.
Mais le curé nous raconta qu'il y avait eu un miracle car personne n'avait été blessé. Quelques jours plus tard, une autre partie du toit se détacha ; là, le curé parla d'église hantée ; les

cours de catéchismes furent transférés dans un local de la congrégation.

Interrogeant les adultes, on me dit qu'hanté voulait dire que le diable était venu la nuit faire de vilaines choses dans l'église comme décrocher une poutre (?) De quoi se mêlait ce bonhomme ? Pourquoi décrocher une poutre ? Et puis, le diable, c'était qui ? le gnome aux oreilles pointues et à la queue fourchue ? Qui pouvait croire à ça ?

Et un miracle, c'était quoi ? Et bien c'était le fait qu'en tombant, la poutre n'avait blessé personne ! J'en parlai à ma mère ; je racontai que peu de temps avant, j'avais vu le peintre qui rafraichissait la devanture de la grainetière, grimpé sur une échelle, et avait fait tomber son pot de peinture sur le trottoir ; il n'y avait personne en dessous ; était-ce un miracle ? Si oui, il y avait des milliers de miracles par jour ; une voiture passait dans la rue (c'était rare) mais personne n'était écrasé !

Bref, j'avais l'impression que le curé racontait n'importe quoi et que les gamins y croyaient dur comme fer ! L'un d'eux m'avait montré une image "pieuse" ; c'était une apparition (?) de la « Sainte Vierge » dans un halo de lumière ; je questionnai :

« *C'est même pas une photo ! c'est qui cette bonne femme ? celle qu'on appelle Marie ? qu'on voit avec un bébé dans les bras ? Pourquoi elle a le feu dans les cheveux ?* »

Je ne connaissais pas Prévert à l'époque ! :

> « *Ils sont à table - Ils ne mangent pas - Ils ne sont pas dans leur assiette - Et leur assiette se tient toute droite - Verticalement derrière leur tête.* »

De fait, je ne restai pas longtemps au catéchisme ; le cancre de la classe, Pelletier, fils du tambour de ville et scieur de bois, n'en ratait pas une. Combien de fois s'était-il retrouvé au piquet avec le bonnet d'âne ? C'est lui qui "*m'exfiltra*" du catéchisme, involontairement !

Un jour, il me proposa une idée qui me séduit au plus haut point. Les vieilles bigotes trempaient leurs mains toutes pourries dans l'eau bénite ; encore un truc bizarre : on prend de l'eau au robinet ou dans le caniveau et le curé décide qu'elle est bénite! c'est de la sorcellerie ! il faut le brûler vif !

Il vola un peu de poudre violette à l'école que l'instit utilisait pour fabriquer l'encre dont on remplissait les encriers, après les avoir lavés, le samedi matin.

Evidemment, il versa la poudre dans le bénitier et on se mit en embuscade à la sortie de l'église ; on vit quelques bigotes sortir le front violet ! Il fut très facile au curé d'en connaître l'origine ! On fut renvoyé du caté avec interdiction de faire notre communion !

Je m'en moquais éperdument, sachant que j'avais à portée de main des tas de petits choux au caramel servant à construire les pièces montées auxquelles les communiés avaient droit le grand jour et les figurines de céramique que mon père collait au caramel au sommet de la tour, soit un garçon en costume avec cravate et un brassard blanc, soit une fille en robe blanche ; on aurait dit des mariés ridicules ! Et j'en avais des boites entières à ma disposition.

Le seul regret, c'était la montre que les nouveaux communiés arboraient fièrement à leur poignet ! Mon père me promit de m'acheter une montre avant que les autres de la classe ne fassent leur communion…

J'ai un ami qui habite dans le midi ; il possède une boîte aux lettres sur laquelle est inscrit, en gros « BOITE AUX LETTRES »

Un jour, il trouva dans sa boîte un paquet de cartes postales et quelques lettres destinées… à la Belgique…

Le mouchoir mouillé

Pour me remercier d'avoir choisi son fils comme stagiaire, il partait en effet deux ans en France comme boursier de l'enseignement supérieur, on nous avait invité à déjeuner. C'était par un chaud dimanche de juin, où tout le monde aime à s'habiller … de blanc….

El Biar, sur les hauteurs d'Alger ; un appartement cossu et propre et un repas pour épater les « roumis ».

La mère vivait seule avec son fils dans cet appartement. Le repas était guindé, silencieux, pesant.

Puis, au milieu du repas, la turista me prit les boyaux ! M'excusant, je gagnai les toilettes qui étaient malheureusement à trois mètres de la salle à manger. Le silence était pesant, encore plus dans les toilettes où je devais tousser pour couvrir le bruit de mes pauvres intestins. A la place de la maîtresse de maison, j'aurais mis de la musique pour détendre l'atmosphère… et ouvert la fenêtre !

Bref, une fois soulagé, mon regard se porte à gauche, à droite, puis derrière sans grand espoir : pas de papier ! C'était normal et j'avais pris l'habitude des pays chauds. Malheureusement, le robinet était bien en bas à gauche, mais pas de seau, pas de tuyau, pas de petit arrosoir, de récipient quelconque, et pas d'évacuation de l'eau dans un siphon ; l'ouverture du robinet aurait immédiatement fait s'écouler l'eau sous la porte … et dans la salle à manger ! Ils avaient sans doute retiré le pot par hygiène mais n'avaient sans doute pas trouvé de papier chez le mozabite du coin.

Ouf, heureusement, j'avais un mouchoir ! Un vrai, en tissu comme on n'en fait plus. Je l'humidifie un peu et m'essuie tant bien que mal. Puis le jetant dans la cuvette, je tire la chasse.

Encore heureux qu'il y eut de l'eau ! Elle devait provenir des réservoirs installés sur les toits des immeubles pour compenser les coupures. Observant le tourbillon avec un certain intérêt, j'eus la désagréable apparition de voir le mouchoir remonter à la surface ! J'attendis que la chasse se remplisse à nouveau ; et c'est long, en juin, à Alger, pour remplir une chasse d'eau !

Comme Jacques Vabre, goutte par goutte ! On ne se rend pas compte comme les minutes sont pesantes, comme la chaleur, dans ces cas-là ! Enfin pleine ; je prends mon élan et hop, je tire... Le mouchoir est pris dans le tourbillon et disparaît... mais damnation, remonte lentement !

Que faire ? Encore un essai ; l'eau de la cuvette était maintenant claire ; à l'extérieur, pas un bruit ! Ils devaient entendre le gargouillis de l'eau qui remplissait la chasse. Un, deux, trois et hop je tire et j'aide le mouchoir à disparaître, la main dans la cuvette ! Enfoiré de mouchoir, il remonte !! Que faire ? Je le prends, je l'essore un peu puis le remets dans la poche. Je me rince les mains au robinet en prenant l'eau dans le creux de la main au-dessus de la cuvette ; j'imaginais la mère en train de se dire :

« *Oh mon dieu, il n'y a pas de papier et j'ai retiré l'arrosoir !* »

Je regagnai la table, ruisselant de sueur, dans un silence mortel ; le repas reprit, mortel aussi ! Je sentis une fraîcheur gagner ma cuisse ; je jetai un coup d'œil sous la nappe ! Mon pantalon blanc montrait une auréole un peu brune autour de la poche ! J'avançai la chaise un peu plus sous la table ; un coup d'œil de temps en temps me permettait de voir l'avancée de la tache... Bref, le repas prit enfin fin et le fils proposa de nous ramener en voiture au centre d'Alger.

Evidemment, ma femme derrière et moi devant, "comme là-bas" ! Je me contorsionnais pour masquer tant bien que mal cette auréole brunâtre qui maintenant couvrait toute la cuisse, et avec la chaleur, l'odeur montait...

Satané mouchoir !

"Roms, l'unique objet de mon ressentiment..."

Dimanche 15 août 2010 ; on se trouve dans un petit camping à 35 kilomètres au nord de Copenhague, en bord de mer, près d'un superbe musée en plein air, le LOUISIANA ; quelques italiens criards comme partout, quelques allemands et surtout des familles danoises ; pas un bruit ; des chants d'oiseaux et quelques bambins qui jouent calmement.

Donc, camping moyennement cher mais calme et bien situé ; les douches sont payantes, comme partout et l'Internet coûte 30 couronnes (4€ environ) pour 2 heures.

On dine tôt, comme tout le monde ; quand, soudain, un crissement de pneus sur les gravillons ; je tends l'oreille ; ça,

c'est un zonard, français ou rital !

Une Mercédès immatriculée au Danemark arrive à grande vitesse puis est suivie par une Audi immatriculée en Roumanie (RO) ; mine patibulaire des deux chauffeurs ; je ne vois pas les passagers de la Mercédès du fait des verres teintés ; vitesse exagérée, ils vont se garer face à nous devant deux "hyttes"[*] ; la première voiture est dissimulée par des arbres ; la seconde est juste face à nous ; le chauffeur de l'Audi va discuter avec les passagers de la première voiture ; une femme très légèrement vêtue, des talons de 15 centimètres sort de l'Audi

------

[*] *Hytte ou hu-te : petit chalet sommaire sans commodités disponible dans tous les campings de Scandinavie et même en Allemagne.*

170

et rentre dans la hutte ; la portière arrière droite s'ouvre et s'en extirpe difficilement une femme très bossue unijambiste, aidée d'une béquille ; en fait, la seconde jambe est totalement retournée vers l'arrière, comme tordue. Le chauffeur revient et sort du coffre un chariot en bois à roulettes dans lequel il installe un gnome qu'il extirpe de l'arrière gauche de la voiture ; jambes à la retourne, avec moignons à la place des pieds.

Il le traine vers les toilettes d'où quelques campeurs s'échappent comme une nuée de moineaux, se retournant pour comprendre ce que c'est ! ; le rom en ressort un bon quart d'heure après. Une heure plus tard, une jeune femme d'une grande vulgarité ("*putasse*" dirait-on vulgairement), accompagne un autre gnome à une seule jambe, le pied à la retourne, qui doit mesurer 1 mètre 20.

Ils n'ont aucun bagage dans les coffres ; le patron du camping vient leur déposer sur la table extérieure une brassée de couvertures puis une deuxième brassée ; il n'y a pas de draps ; ils dorment sans doute avec leurs vêtements à même les couvertures ; (bonjour les successeurs !)

Un gang exploiteur de gnomes, quatre valides, apparemment, pour au moins trois gnomes. La cour des miracles de Victor Hugo fait piètre figure ! Les deux chauffeurs partent en Audi ; ils rentrent deux heures plus tard à la nuit avec des sacs de MacDo ; ils ont dû aller boire une partie de la recette de la journée ; Françoise suppose qu'on va sûrement les voir demain dans la rue piétonne de Copenhague !

Lundi 16 aout 2010. On part vers la gare en vélo pour prendre le train vers Copenhague à 10 heures 30 ; les roumains sont partis vers 10 heures ; un train toutes les 20 minutes au lieu de 10 à cause de la pluie abondante des derniers jours qui a perturbé le réseau ; silence religieux dans le train ; les gens sont sur Internet, gratuit dans les trains ; arrêt à toutes les gares pendant un bon moment ; gare centrale de Copenhague, taguée dans tous les recoins.

Beaucoup de tags sur les trains ou le long de la voie ferrée, ce qu'on ne voyait pas en Allemagne.

On prend la rue piétonne ; que voit-on à l'entrée ! Notre gnome femme assise par terre puis 200 mètres plus loin le gnome homme ! La "*pute*" doit être dans le quartier chaud de la gare et les macs en train de se saouler dans un bar louche !

On mange chez "Shanghai" ; buffet à volonté mais notre volonté s'arrête rapidement car c'est du Shangaï à la danoise !

Copenhague est une ville sans intérêt pour ses bâtiments. Que des boutiques de fringues, de chaussures et de bouffe ; des restaus dits « branchés » dans les rues annexes et des flots de touristes, essentiellement des français, italiens et beaucoup d'asiatiques. Toutes les capitales européennes se ressemblent dorénavant ; les rues piétonnes sont identiques, avec les mêmes enseignes ! c'est dramatique…

On va aux « Magasins du Nord » avant de partir acheter quelques delicatessen pour ce soir…

En partant, on voit notre gnome bossue questionnée par deux policiers !

Pagaye pour prendre le train ; il est annoncé sur une voie puis une minute avant son départ sur une autre voie ; tout le monde courre d'un quai vers l'autre ; on se dirait dans un film de Monsieur Hulot ! Annoncé à "18", il arrive à "32" ; on met trois quarts d'heure pour une trentaine de kilomètres car il y a des travaux de réfection de la voie, toujours à la suite des fortes pluies…

On se plaint à Paris des retards récurrents des RER mais les danois ne semblent pas mieux lotis, tout comme les anglais !

La situation à Berlin nous a paru bien meilleure mais il faudrait y vivre pour juger.
A 19 heures 30, les roumains reviennent au camping avec les gnomes !

Ces ados gnomes exploités par leurs confrères m'interpellent soudain ! Il y a quelques années, vers 2003-2004, je côtoyais un compagnon d'Emmaüs « spécialiste » de la Roumanie et plus particulièrement de la Moldavie ; il s'occupait avec son association des enfants emprisonnés en Moldavie ; le plus jeune avait cinq ans et croupissait en prison depuis quelques mois ! Quand il se rendait dans des villages isolés, un officier de police l'escortait en permanence, le pistolet parfois à la main, car on pouvait se faire tuer pour 100 francs !
Des familles moldaves très pauvres louaient leur bébé à des roumains pour la mendicité et des bébés malformés ou handicapés pouvaient se louer cinq euros par jour, une manne pour ces gens vivant dans une misère noire…
Le meilleur rapport financier se réalisait place Saint Pierre à Rome où une fausse mère rom avec un bébé estropié rapportait plus de trois mille euros par mois (en 2002), une aubaine pour les maffieux chefs de bande rom dont on voyait les énormes maisons neuves en Roumanie !
Alors je posai la question qui m'effrayait, en baissant la voix :
« *Peut-on imaginer des familles moldaves estropier un bébé à la naissance pour en tirer un revenu substantiel ?* »
Evidemment, aucune preuve ne pouvait étayer cette hypothèse monstrueuse mais toujours est-il que le nombre de bébés difformes "à la naissance" en Moldavie, Roumanie et Bulgarie est TRES fortement plus élevé que dans les autres pays européens selon l'OMS ! et ces bébés "contrefaits" deviennent un jour adolescents puis adultes…
Des rapports ont été établis par des associations mais aucune autorité n'a réagi…

Les romanichels

Pas de vols ; les outils étaient à portée de main du chemin qui longeait le jardin ; même les romanichels n'y touchaient pas.

Lorsqu'ils arrivaient sur la route goudronnée dans leur roulotte en bois coloré, tirée par un cheval, pour tourner dans le chemin de terre qui s'enfonçait dans le bois, mon oncle s'exclamait « *Tiens ! Revoilà les voleurs de poules* ! » Une demie heure plus tard, deux gendarmes arrivaient à vélo avec le garde champêtre ; certes, des œufs ou même des poulets pouvaient disparaître pendant leur séjour, mais qui dit si les voisins n'en profitaient pas un peu. Et étaient-ils vraiment responsables de toutes les poules volées ? Sans doute pas, mais pourquoi ne pas imaginer que ce soit leur culture ?!

Quoi ? La culture du "vol" ??? Et pourquoi pas ?

Rom, le retour

Un technocrate du gouvernement Sarkozy soumet une idée géniale : on va donner 300€ à tout rom qui accepte de rentrer dans son pays !

En Roumanie, à proximité de beaucoup de villages, on trouve un bidonville occupé par des roms qui n'ont pas le droit de s'installer dans le village ; le salaire médian des roumains « normaux », pas de ceux du bidonville, est très largement inférieur à ces 300 euros ; alors imaginez l'idée que se font les roms des bidonvilles ! Tu vas en France, tu te fais expulser et on te donne 300 euros ! Et tu recommences car il n'y a pas de traces !

Jusqu'en 2010, si vous acceptiez de rentrer en Roumanie, l'Etat payait le billet d'avion, le retour des bagages et une prime de 300 euros par adulte et 100€ par enfant.

L'information s'est répandue comme une trainée de poudre ; le jackpot ! les trois cerises alignées sur le bandit manchot ! à tel point que des associations humanitaires qui s'opposaient à l'expulsion de roms se voyaient rejetées violemment par les roms eux-mêmes !

Certains roms n'ayant pas bien assimilé la loi se voyaient expulsé sans toucher les 300 euros car ils n'avaient pas séjourné suffisamment de temps sur le territoire !

C'est ce qu'on appelle un effet pervers !

"Donnez-leur ça, ils en veulent ça !"

Non loin de Pont Saint Esprit, une petite commune se plie aux exigences nationales et décide de construire une aire pour les gens du voyage ; c'est aussi une main-d'œuvre indispensable au moment des cueillettes de fruits ou des vendanges ; avoir une aire sur son territoire attire cette main d'œuvre. L'emplacement se compose de petites cabanes en parpaings où l'on peut disposer de l'eau courante, de l'électricité et d'une évacuation vers le tout à l'égout. Les caravanes et les fourgons stationnent autour de ces petites constructions. Au fil des ans, une ou deux familles se sédentarise, en contradiction avec le principe ; des constructions de bric et de broc se développent autour des cabanes. Puis des constructions en dur se font jour, dans un terrain inconstructible et appartenant à la commune…

Bref, un jour, un des fils se tue contre un platane à proximité, dans sa Porsche toute neuve. Une délégation de la famille se rend en mairie pour réclamer au maire l'abattage de ce platane. Des mots sont échangés ; le fils s'est tué en état d'ivresse, à deux heures du matin, dans un virage, avec une vitesse plus qu'excessive. Le platane n'est pas la cause !

Renseignement pris, le platane n'est pas sur le domaine public et se trouve sur une parcelle privée. Quelques jours plus tard, le platane est abattu de nuit. Le propriétaire porte plainte…

Manuel Vals avait à une époque, soulevé un tôlé en faisant remarquer que les roms, originaires d'Inde, étaient en Europe depuis l'an 1000 et même avant, et s'ils avaient réellement voulus "s'intégrer", comme l'ont fait une multitude d'autres peuples en Europe, ils avaient eu le temps ! Ce qui est « l'analyse concrète d'une situation concrète… »

Les rom sont-ils des voleurs ? *

C'est scandaleux ! C'est du racisme !... Et pourtant…

Vendredi 4 février 2011 : le tunnel de la A86 à Thiais est fermé pendant trois jours à la circulation ; six roms ont étés arrêtés en flagrant délit ; ils étaient en train de voler tous les câbles de cuivre de la sécurité du tunnel !

175

Mi-janvier 2011, un rom est tué par l'écroulement d'un mur à Vitry sur Seine ; il arrachait des câbles qui passaient sous ce mur ; sa famille porte plainte contre la SNCF !

Vacances en Roumanie

On arrive en Roumanie en 2002 par la frontière sud de la Hongrie, à Szeged, superbe petite ville ; quelques kilomètres après la frontière, un cheval mort est couché sur le bord de la route, sans doute renversé par un camion. Un peu plus loin, une semi-remorque est renversée dans un champ en contrebas de la route ; l'accident est récent car une vingtaine de voisins sont en train de piller le contenu de la remorque.

On entre dans la première « grande » ville roumaine, Arad.

Mon fils qui est à côté de moi hurle « *attention !* » ; je fais une violente embardée et évite de justesse une bouche d'égout sans couvercle au bord de la route ; on en rencontrera souvent tout au long de notre voyage, parfois signalées par une petite barrière ou une grosse pierre, mais le plus souvent par un carton.

On s'arrête dans cette « grande » ville car j'ai repéré un distributeur de billets ; personne ; mon fils refuse de m'accompagner ; à peine arrivé devant le distributeur, des enfants accourent puis des hommes ; ne connaissant pas trop le taux de change du Lei, j'hésite un moment ; ça pousse et crie derrière ; heureusement, un policier (ou un vigile) sort de la banque et chasse tout ce monde ; je me retrouve avec une énorme liasse de billets que j'aurais pu deviner à la taille de l'ouverture du distributeur ; en effet, une heure plus tard, nous déjeunons dans un restaurant « de luxe » où l'on a deux loufiats debout derrière nous en permanence pour nous resservir du vin ou nous remplir les assiettes ; il y a cinq clients en plus de nous; entrées, deux plats principaux, fromages, desserts, vins fins. Plats locaux mais dans des assiettes dorées à l'or fin ; nappes impeccables de marque "*bon appétit*"- on paie 380.000 Lei soit environ 70 francs pour nous quatre.

Pendant que Françoise et les enfants vont faire des courses dans un petit « supermarché », je reste seul dans le camping-car quand deux gamines de trois et cinq ans m'interpellent ; la porte étant restée ouverte ! Elles me font comprendre qu'elles ont faim ! Je leur donne du pain ; elles le refusent ; je sors des gâteaux ; elles les prennent mais réclament de l'argent. La plus grande monte dans le camion ; elle me fait peur : ses yeux sont comme des lasers qui se figent sur tous les objets. Ces pauvres gamines, ont-elles été formatées par la famille, le groupe, pour quémander, repérer, se plaindre, voler ?

Un homme passe devant le camion, il attrape la grande par un bras, l'arrache du camion et les chasse violemment ; il m'explique en baragouinant roumain-allemand-anglais qu'il faut se méfier et ne jamais rien leur donner...

Plus loin, je réussis à tirer quatre millions de Lei à la "Posta". Ce n'est pas assez car le soir, nous paierons 450 000 Lei de camping !

A Timisoara, le camping-car est garé sur une grande place très fréquentée ; on monte au sommet du donjon qui domine la ville ; en haut de la plus grande tour, je vois des gamins dont le plus petit est hissé sur le toit du camping-car et essaie de forcer un lanterneau pour entrer ; j'hurle du plus fort que je peux, des mots sans signification mais qui portent le plus possible ; les gamins se retournent, regardent sans voir d'où cela vient mais prennent peur et se sauvent. Il y avait pourtant tout à côté un autocar de tchèques qui descendaient du bus et qui voyaient les gamins sans intervenir...

Le soir, ce sera une folie au restaurant : 970.000 Lei (190 francs, soit 41€ d'aujourd'hui) avec orchestre traditionnel, mais les plats, plus nombreux, étaient bien moins bons que l'avant-veille...

Sur la N305, à hauteur de Vitry proche de Choisy, sur le terrain d'une ancienne station-service, un campement sauvage et tragique s'installe ; des larcins commencent ; des outils de jardinage, la pompe du bassin qui a pour conséquence de vider celui-ci et de faire crever les poissons... Une vieille italienne est réveillée en pleine nuit par un gamin d'une douzaine d'années qui a grimpé au premier étage et est rentré par la fenêtre de la chambre entre-ouverte ; trois fois, le déflecteur d'une même voiture est brisé alors que la portière n'est pas fermée à clé et que le gantier reste ouvert... Pendant deux ans, des forfaits plus ou moins importants sont perpétrés ; dès que le camp est démantelé, les plaintes au commissariat de Thiais chutent de "soixante pour cent" (SIC) !

Sous l'autoroute A86 à Choisy le roi, des roms ont occupé un terrain technique de la DDE : trois voitures nouvelles tous les matins sont garées sur le trottoir, sous le pont ; deux jours plus tard, elles sont totalement désossées puis la mairie envoie un camion pour évacuer les carcasses vides restantes…

Une caravane, seule, isolée, stationne sur un terre-plein près de la A86 ; trois jours plus tard, une Mercédès se trouve garée à côté de la caravane ; deux jours après, il ne reste plus que le châssis ; les policiers municipaux de Thiais sont désespérés : *« quand on les interroge, c'est pas à eux ; savent pas qui a mis ça là… »*

*Au cours de ses conférences dans le cadre de l'Université Populaire de Caen, Miche Onfray a abordé (18 janvier 2016) le thème des gitans, manouches, romanichels, tsiganes, bohémiens, Kalés, Sintis, et j'en oublie, tous réunis sous le terme générique de roms.
Ils sont arrivés en Europe entre le Vème et le XIème siècle, du nord de l'Inde.
Il reprend les textes d'un "poète-philosophe-sociologue" gitan, Alexandre Romanès.
Les gitans sont au centre de la nature, de la terre, du cosmos, libres, attachés à rien.
« Le travail n'est pas une fin en soi mais il faut pourvoir aux besoins de la communauté »
« Rien n'appartenant à personne »
« Tout cela coûte et Il faut trouver de quoi financer… Vol de câbles, etc. »
« Le hérisson est le double du tzigane. Comme lui, il vit dans la campagne et dans les prés, dort dans les broussailles, les haies vives, les gros buissons, s'active aux lisières de la nature sauvage, jamais dans le cœur des forêts, évolue dans les frontières qui marquent les propriétés des gadjé. Il est malicieux, gourmand, s'introduit dans les potagers. »

De la tradition

"C'est la tradition" entend-on. Et alors, est-ce bien ou mal ? Elle nous rattache à des racines, dit-on, nous aide à nous identifier, à nous construire…

Jean Malaurie rapporte que dans les années 50, lorsqu'un étranger était reçu dans certaines communautés inuits, on lui offrait pour sa première nuit la femme du chef. Il ne pouvait refuser sans offenser le groupe. Était-ce bien ? On ne demandait pas l'avis de la femme ! Elle n'avait de toute façon pas le pouvoir de s'y soustraire ! C'était la tradition…

Quand Yves Lacoste assiste à la défécation d'un individu[*] en public, c'est une "tradition" qui ne nuit à personne, même si c'est un acte essentiel mais tabou dans de nombreuses cultures.

Tant qu'il n'y a pas d'atteinte à l'intégrité physique ou morale de l'autre, on peut dire que la "tradition" est bonne ou "morale".
L'excision des jeunes filles dans certaines communautés africaines ou moyenne-orientales ne peut être pratiquée en référence à une soi-disant "tradition" ! 230 millions de femmes dans le monde ont subi ce genre de mutilations ; au nom de la tradition !!
Oh hé ! où t'es, Metoo ??

La circoncision religieuse est une tradition (?). Comment la justifier ? Certes, médicalement, c'est sans conteste une meilleure protection contre les infections urinaires, les maladies sexuelles et le phimosis.

Le tatouage était appliqué aux esclaves, aux bagnards, aux juifs au même titre qu'on marque au fer rouge un bétail afin de l'identifier et de le rattacher à son propriétaire.

---

[*] *Cf. volume 2 Le premier cours de Lacoste à Vincennes.*

Il est à vie, irréversible. Il permet(trait), dit-on, pour certaines communautés (fréquentes dans le Pacifique) de s'identifier à un groupe.

J'ai vu, il y a peu de temps, dans un avion, un homme chauve, deux rangées de fauteuils devant moi, dans la travée opposée ; rien d'anormal à cela ! Pourtant je n'ai cessé de regarder son crane ! il portait en effet un tatouage d'un gros code barre EAN à 13 chiffres au sommet de la tête ! il commençait par un 5, code de la Grande Bretagne ; c'était effectivement un "grand-breton". J'avais envie de me lever pour aller scanner ce code avec mon smartphone ! Cela m'a obsédé et me questionne encore ; humour au premier degré ? Dérision ? L'espèce humaine me fait horriblement peur…

On rase les cheveux des condamnés, des militaires, des prisonniers, des femmes adultères, des tondues à la libération ; c'est un signe de soumission, de servilité, d'allégeance, de honte.

Un anneau dans le naseau de certains animaux permet de les contrôler, de les maitriser, de les dominer. C'est un attribut de torture… et d'aucuns appellent ça un art, le "piercing".

Restons dans une "bonne tradition" en confectionnant des crêpes à la chandeleur (bien sûr, flambées au rhum !!).

La testa rossa

On patientait depuis plus de vingt minutes à la sortie de cette autoroute ; pourtant les voitures roulaient lentement en sortant du péage. Et il y avait de la place pour s'arrêter ; il y avait des jours comme ça…

Je suggère à Françoise de se mettre en minijupe. Elle disparait dans les bosquets en contre bas de la route et revient dix minutes plus tard, vêtue d'une petite robe bleue à fleurs, très courte, de chaussettes roses, maquillée et coiffée de deux couettes. Il ne fallut pas attendre plus de trois minutes pour qu'une voiture de sport rouge s'arrêtât devant nous.

Tandis que le conducteur nous interroge sur notre destination, je me faufile difficilement à l'arrière et prends les deux sacs à dos que Françoise me passe. Je ne pouvais plus guère bouger, engoncé au fond de mon siège baquet. J'avais l'impression d'avoir les fesses au ras du bitume ! Françoise s'installa à l'avant.

« On n'a pas de destination sauf que l'objectif final, c'est Venise par le chemin des écoliers ».

« Ça me va ; moi aussi, je n'ai pas de destination précise ; comme vous dites en français "par le chemin des écoliers" ; c'est une formule à retenir que je ne connaissais pas ».

L'homme, d'une trentaine d'années, parlait très bien français avec un accent suisse peu prononcé.

« Vous êtes en vacances ? »

« Oui, si l'on veut ; je bosse dans une boite de pub, en Suisse. Je suis l'inventeur de la formule "*Fond dans la bouche, pas dans la main*" - Vous connaissez ? »

« Oui, bien sûr ! » ; on l'entendait partout depuis des mois à propos des "Treets" !

« Ils ont fait un tabac avec cette pub alors j'ai ramassé les miettes ; depuis quelques mois, j'ai accumulé une somme rondelette. J'ai décidé de faire une petite pause. Je me suis acheté cette voiture de sport et je viens l'essayer sur les autoroutes d'Italie ; en Suisse, on n'a pas de longues autoroutes comme ici ; de plus la vitesse n'est pas limitée. ».

« C'est une Ferrari ? »

« Oui ; une "*Testa Rossa*", - répondit le suisse – c'est la plus chère et la plus rare des Ferrari ».

Si je m'en souciais comme de ma première chemise, Françoise sembla (anormalement) fort intéressée – « *Une quoi, vous avez dit ?* ».

Il roulait prudemment. Je ne voyais qu'un peu de ciel par le parebrise entre les deux sièges avant et ne pouvais observer le paysage que sur le côté gauche.

Après quelques kilomètres, le chauffeur s'arrêta prétextant la consultation de la carte pour avoir tout de même une destination. Je déployai la mienne à l'arrière. L'homme repéra une autoroute à une vingtaine de kilomètres ; il voulait à nouveau tester son jouet et peut être impressionner la jeune fille à ses côtés. Je repérai les lacs vers le nord :

« Le lac de Côme est superbe mais ça fait remonter vers l'ouest ; il y a des campings le long du lac de Garde ; c'est plus près de Venise pour nous ; ça a l'air sympa pour cette nuit »

« OK » répondit le conducteur.

« Est-ce que je peux vous suivre au camping ? Je dormirai dans la voiture… »

« Oui, bien sûr ; vous pourrez même dormir sous l'auvent de la tente ; il est assez long »

« Bamos » dit l'homme, puis se reprenant « …non, pardon, andiamo ! » et la voiture repartit vers l'autoroute.

Arrivés à l'autoroute, il se cramponna au volant et cria « *Pista !*» en tapant sur le volant.

L'accélération plaqua les passagers au fond des sièges ; le paysage défilait à une telle vitesse que je ne distinguais pas les premiers plans ; seules les montagnes au loin semblaient ne pas bouger. Françoise se retourna difficilement pour apercevoir Gilles :

« On fait plus de deux cents ! » dit-elle.

On n'entendait que le vrombissement du moteur ; le chauffeur restait très concentré sur la route et son volant. De très loin, il faisait des appels de phares aux voitures qui doublaient péniblement. Après un bon moment, il décéléra ; la concentration semblait l'avoir épuisé. Il resta à une vitesse de croisière sur la file de gauche.

On quitta l'autoroute à la pancarte « Garda » ; la fin de journée était douce. On roula le long du lac jusqu'à un village où j'avais repéré un camping sur la carte ; il se trouvait en bord de l'eau. Le camping s'étalait à flanc de colline, dans une pinède, face au lac et au soleil couchant. On trouva l'endroit idéal pour planter la tente, au pied d'un pin. La Testa-rossa fut garée devant. Cet anachronisme ne semblait pas étonner plus que ça les gens du camping qui passaient.

Notre chauffeur partit faire des courses ; il rapporta du jambon cru, des tomates, plusieurs fromages réputés, et une grande bouteille de vieux chianti ; un vrai festin !

On dîna alors que les dernières lueurs du jour s'estompaient. Le jambon, peut-être de Parme, était excellent, notamment le gras, très gouteux ; la bouteille de chianti fut vidée et les rires fusaient. Quelques faibles loupiotes scintillaient sur le lac ; ce devaient être des canots automobiles de riches riverains qui se rendaient chez des amis ou qui rentraient chez eux.

Il dormit sous l'auvent sur une petite mousse.

Le matin, petit déjeuner de Nescafé, de pain frais qu'il était allé chercher, de beurre et de confitures.

Le rangement prit du temps, notamment le dégonflage des matelas, comme à l'accoutumée. On leva l'encre vers onze heures.

On partit, sans savoir trop où... en dilettante. On s'arrêtait, pour admirer les paysages, les bâtisses. Vers 13 heures, notre pilote repéra un restaurant dont la terrasse donnait sur le lac. On s'y arrêta ; nappe blanche, une chiée de couverts ; super repas très arrosé ; on éclusa une bouteille de vieux chianti dans son panier de paille ; il y avait au moins un litre et demi et on termina par une grappa ; le chianti fut excellent ; il appela le sommelier et commanda une autre bouteille… pour emporter… Ouf, j'ai eu peur.

On reprit la route en chantant ; le chauffeur était gai et loquace ; l'alcool aidait ! La quantité de chianti dans le sang permettait-elle de conduire une voiture de course ? Apparemment, oui !

Une trentaine de kilomètres plus loin, je me rends compte qu'on a oublié la bouteille au restaurant ; demi-tour ! On récupéra la bouteille puis on repartit…

Il nous déposa à l'entrée d'une autoroute avec la bouteille où il fit demi-tour.

La Sérénissime attendait les tourtereaux…

Sacré Lafleur !

De deux ans mon cadet, ce copain kabyle surnommé "Lafleur" avait des tas de métiers, de préparateur à l'école de médecine rue des Saints-Pères à barman sur les Champs…
Au début des années 60, il m'avait procuré, contre rémunération, un crâne humain, "subtilisé" à l'écoles de médecine.

Contraception
Un jour, l'appartement de ma sœur est libre ; on peut y passer la nuit ; je suis avec ma copine et Lafleur ramène une bombasse d'on ne sait où ; on boit, on rigole et chacun passe la nuit dans une chambre ; au matin, la bombasse marche difficilement, les jambes écartées ; dans la rue, elle marche un pied sur le trottoir, l'autre dans le caniveau.
Je dois la redescendre au Pont de Sèvres en Vespa car elle doit aller bosser ; elle veut se mettre en amazone ; « non », lui dis-je ; « *c'est interdit ; on va se faire panner !* » Rien n'y fait ; elle ne peut écarter les jambes me dit-elle.
Quelque temps plus tard, on parlait de contraception ; à l'époque, c'était le tout début de la pilule ; il fallait être majeur (21 ans) et une nécessité impérieuse de la prendre ; de plus elle n'était pas au point, avec des doses de cheval. Lafleur me dit :
« j'ai une méthode infaillible pour ne pas prendre de risques » !
« Ah ? c'est quoi ? »
« Dans le cul » !
« Mais elles n'aiment pas ça ; ça fait mal ! »
« Tu t'en fous ; l'important c'est toi ! »

Lafleur en Angleterre
Un été, j'étais allé avec lui en Angleterre draguer les petites anglaises ; on campait à Brighton où le terrain se situe à deux ou trois kilomètres du centre-ville. Malgré quelques flirts, le séjour m'a laissé d'assez mauvais souvenirs.
Comme souvent, il plut beaucoup, même énormément ! On avait planté la tente dans un talweg, sur une pente, les parties plates étant très densément occupées. La nuit, un ruisseau

coulait entre nous deux ; bien sûr, les duvets étaient trempés et il était très difficile de s'en extraire le matin ! Qui n'a pas eu cette expérience ne peut savoir !

Un soir, on rentra tard, à pied en longeant la plage de galets infernaux ; marcher la dessus, c'est épuisant, éreintant et stupide, mais Lafleur voulait être au plus près de la mer.

Derrière des bateaux échoués sur la plage, un feu ; des cris ; un groupe de beatniks passablement éméchés. Un type sort du groupe et s'avance vers nous ; il a un tesson de bouteille cassée à la main ; je prends Lafleur par le bras et lui dis de nous tirer au plus vite ;

« *Ça va pas, non ! y connait pas Lafleur ! y va voir…* »

J'insiste ; il avance ; je me tire de toutes mes jambes sans me retourner.

Deux heures plus tard, le héros arrive à la tente tout ensanglanté et dépouillé de tout !

« *Ils étaient nombreux derrière !* » dit-il !

French kiss

En 1963, j'ai seize ans et je suis timoré, introverti. Dès qu'on m'adresse la parole, je rougis… Pour me désinhiber, ma mère décide de m'envoyer en Angleterre et me dépatouiller par mes propres moyens. Je suis muni d'un aller-retour Paris-Douvres, d'une carte internationale des auberges de jeunesses et d'un sac à dos et de quelques centaines de livres (sterling !).

Je découvre la vie en auberge de jeunesse, le père et la mère aubergistes ; j'apprends à prononcer "youth hostel", ce qui est un exploit ! Il n'en sera pas de même de "Southampton" que je n'atteindrai jamais en "hitchhiking" ; c'est un mot totalement imprononçable !

Je découvre aussi le porridge du breakfast anglais ; pour le faire passer, je volerai quelques petites bouteilles de lait laissées négligemment devant les pas des portes… Mais il est vrai que le breakfast des auberges de jeunesses, roboratif, avec les "red beans" flatulents accompagnants les œufs au bacon, me permettait de tenir jusqu'en fin d'après-midi où je repérais LE "fish & chips", bien plus qu'une madeleine de Proust !

Un jour où je m'étais lié de sympathie avec un français, comme je faisais à chaque étape dans une nouvelle auberge, ce qui me permettait d'avoir un interprète…, nous décidons de sortir vers un lieu de perdition : la "palace pier" ! Devant l'auberge, deux jeunes filles nous abordent :

« Are you french ? »

J'avais déjà observé cette situation à plusieurs reprises, mais étant seul et timide, je m'éclipsais, rougissant, sans comprendre ce que ces filles voulaient.

Le nouveau copain se met à baragouiner et nous partons tous les quatre. Avisant un parc, nous y entrons et nous installons sur un banc. La fille que je tiens par le cou renverse la tête en arrière, ferme les yeux et ouvre grande la bouche ! Inquiet, j'interroge le collègue :

« Oui, elle veut que tu lui roules un patin ! un vrai, à la française, avec la langue ! »

« Ah bon ? mais ils font comment, eux, en Angleterre ? »

« Lâche-moi un peu ; tu vois bien que je suis occupé ! »

Je jette un coup d'œil ; le frenchy a sorti un nichon à l'air libre et le pétrit ; la fille se tient dans la même position que la mienne : tête en arrière, yeux fermés, bouche ouverte… Alors je me pliai aux coutumes locales, pour le moins étranges, en suivant le TP de mon nouveau copain…

Plus tard, je fus pris en stop par un couple de jeunes retraités qui avaient entrepris de découvrir leur pays ; je passai trois jours avec eux comme un coq en pâte, m'ayant adopté comme leur petit-fils ; j'eus droit à deux nuits d'hôtel, deux restaurants et quelques "sandwiches". Au pays de Galles, je prétextai un rendez-vous dans "the lake district" pour m'éclipser. Les explications historiques alambiquées de la vieille dame sur les villes ou les paysages que nous traversions ne m'intéressaient que très moyennement…

Un type me prit en stop dans une mini Cooper commerciale dont l'arrière était en bois ; il allait faire une livraison vers un bled dont je ne compris pas le nom mais qu'il me montra sur la carte : Middlesbrough ! Encore un nom imprononçable !

J'étais en culotte courte, en short dit-on en Angleterre, le poignard à la ceinture, comme Rahan. Ça faisait viril…

Il posa sa main sur ma cuisse et s'exclama :

« i see that you're a good walker; that's muscular ! »

Puis il me caressa la cuisse et pénétra l'auriculaire sous mon short ; je me mis à bander comme un âne ! J'étais très troublé et sans doute rouge comme une pivoine ! Il défit ma ceinture, déboutonna le short et sortit ma verge ; j'étais pétrifié ! Il me caressa puis tourna rapidement dans un chemin de terre ; il s'arrêta le long d'une haie, se retourna vers moi et, se penchant, me suça le sexe ; je mis très peu de temps à jouir.

Il sortit alors son sexe et demanda à ce que je le suce, ce qui me répugnait fortement. Il n'insista pas et se masturba en posant ma main de force sur ses testicules que je pétris ; il éjacula aussi très rapidement.

Il se retourna, et ouvrant un des cartons stockés à l'arrière du véhicule, en sortit quelques photos pornos qu'il m'offrit : une femme se pénétrait d'une banane, une autre suçait une verge, une troisième se faisait prendre en levrette, une serrait un sexe entre ses gros seins... bref, de quoi faire de sacrés envieux au lycée au retour ! En ce début des années 60, ce genre de photos strictement interdites et introuvables représentait une valeur inestimable !

En route, il me proposa de venir chez lui pour rencontrer sa femme aux gros nichons qui aimerait terriblement me connaitre... Je refusai catégoriquement, arguant toujours ce rendez-vous dans la région des lacs. Je savais les limites à ne pas franchir !

Je ne vis rien de la superbe région des lacs, le crachin et le brouillard n'ayant eu de cesse pendant les trois jours que j'y séjournai !

Lafleur en Corse

A 16 ans, je passe le permis de conduire les deux roues de moins de 125 centimètres cubes. J'ai l'intention de récupérer la Vespa de ma sœur, en panne.

Les copains, spécialisés dans les "mobs", mobylettes, bécanes, meules, Juliana... et autres, m'aidèrent à la réparer. Après quelques essais infructueux, elle démarra... mais avec trois marches arrière ! On avait inversé le piston !

En 1965, je pars seul en Corse par le bateau à Nice et me rends quelques jours plus tard à Calvi où Lafleur doit arriver par avion en provenance de Nice car c'était le trajet le moins cher...

J'ai planté la tente au fond de la baie de l'Ile Rousse, dans un endroit sauvage, à quelques mètres de la plage.

J'attends sur le tarmac de terre battue ; l'avion à hélices atterrit dans un immense nuage de poussière et s'immobilise près de nous ; on approche la passerelle ; la porte s'ouvre ; trois ou quatre personnes descendent en short et chemisette ; j'attends ; un homme apparait dans la porte, costume, chaussures noires, lunettes de soleil et attaché-case. Un maffioso ! C'est Lafleur !

Derrière lui, les touristes en chemisette, short et pieds nus l'applaudissent ! Il est devenu une star en une heure de vol ! Vite, je dois l'emmener à la tente où il doit se changer ; ce costard, c'est le seul qu'il possède et c'est son outil de travail ; il est barman sur les Champs ; tout au moins, c'est ce qu'il dit ; il est plutôt serveur dans un rade du 19ème.

Comme il prenait l'avion pour la première fois, il voulait "faire classe" et tout le monde l'a chambré ! Le costard et les grolles sont enveloppés dans un plastique et rangés dans l'attaché case dont c'était la destinée ; lui-même est enveloppé dans un grand plastique et solidement ficelé sur le porte bagage à l'avant de la Vespa ; en plaisantant, je lui suggère de mettre un cadenas ; je n'aurais pas dû ! il va me tanner jusqu'à ce qu'on trouve de quoi le sécurisé à travers tout Bastia.

La nuit arrive ; on crève de chaud ; étant à dix mètres de la plage, je suggère un bain ; une demi-heure plus tard, Lafleur se gratte de partout ; ça le pique, ça le démange, ça le brûle ; je lui suggère à nouveau l'eau de mer pour calmer ; il y retourne ; je m'endormis d'épuisement mais lui ne ferma pas l'œil de la nuit. Les démangeaisons le reprirent régulièrement.

On descend vers le sud, à Pianottoli-Caldarello, où j'avais l'habitude de passer mes vacances avec ma sœur, mon beau-frère et mon neveu. Là, on y fait du camping sauvage, dans une petite crique déserte.

Un matin, un pêcheur local me demande de l'aider à remonter son filet ; son collègue qui devait l'aider, lui a fait faux bond. On relève le filet, on désenlace les poissons captifs quand cinq ou six petits requins bleus font leur apparition, prisonniers des mailles. Le pêcheur semble inquiet :

« C'est plus le moment de se baigner dans le coin ; la mère doit tourner à la recherche de ses petits ! »

Cela découragera définitivement Lafleur de la baignade, et heureusement, comme on l'apprendra plus tard…

On hébergea pendant trois ou quatre jours deux filles de La Ciotat, un peu paumées dans ce coin isolé, l'une sous la tente avec Lafleur, moi sous l'auvent avec la seconde.

Un soir que l'on rentrait très tard de Bonifacio, la Vespa tomba en panne à trois kilomètres du village. Et il restait encore trois kilomètres du village à la tente !

J'abandonnai la Vespa à un vieil ami de mon beau-frère, Jojo… et l'on rentra en stop…

De retour à Paris, il consulta le corps médical ; on fit des analyses ; on rechercha des allergies ; il ne supportait absolument pas l'eau de mer ! Le médecin lui interdit les bains de mer et conseilla des vacances… à la montagne…

Lafleur en ambulance

L'année suivante, il décide avec un copain de suivre le tour de France, en vélo ; il s'entraine quelques mois plus tôt pour être à la hauteur.

Le copain me racontera les arrivées épiques aux étapes : il avait fixé un petit transistor sur son guidon et à l'approche de l'arrivée, les commentateurs se mettaient à hurler en décrivant le sprint des coureurs de tête. A ce moment, Lafleur se mettait à accélérer comme s'il était lui-même dans le peloton et le copain le rejoignait une demi-heure plus tard sous les engueulades du coéquipier !

Bref, arrivés dans les Pyrénées, le copain tombe dans les pommes ; il abandonne Lafleur et rentre en train.

Lafleur continue seul et veut affronter les cols pyrénéens que le tour de France a emprunté. Mais il va s'effondrer avec un gros problème cardiaque ; rapatrié à Meudon la Forêt en ambulance, le docteur lui interdira le vélo…

Morane Saulnier

J'habitais la cité de Meudon la Forêt près de Vélizy Villacoublay et du Petit Clamart. De l'autre côté de la Nationale 118 s'étendait une zone immense en attente d'urbanisation. C'était le terrain d'aviation de Morane-Saulnier dont subsistaient un ou deux hangars abandonnés. Les pistes bétonnées étaient un terrain de jeux extraordinaire.

Le weekend, beaucoup d'amateurs de modèles réduits venaient s'entrainer à la voltige ; d'autres y testaient les performances des mobylettes dans lesquelles l'essence était remplacée par de l'éther.

Le vendredi soir, les pieds noirs, nombreux dans cette cité, y faisaient un grand feu sur lequel on grillait des merguez ; la forêt était toute proche et regorgeait de bois mort ; à quelques dizaines de mètres, les arabes en faisaient de même. J'allais de l'un à l'autre, ayant des copains dans les deux camps.

C'était pas la guerre mais il y avait parfois des accrochages comme on disait quelque temps au paravent, à la radio.

Je venais avec ma guitoune et je passais la nuit sur cet immense terrain ; ma copine venait de temps en temps ; des filles y échouaient aussi. C'était festif et bon enfant. C'est là que je rencontrai Lafleur, un kabyle jovial, entreprenant, hâbleur. Je possédais une Vespa ; ça me donnait une certaine aura.

Un samedi soir, Lafleur me propose d'aller « *faire les courses* » avec sa bande ; je les suis… On arrive près du "club Drouot" vers deux heures du matin ; l'équipe se met en embuscade dans une petite rue sombre ; dès qu'un type sort seul, la bande lui tombe dessus et le dévalise des pieds à la tête ; qui les chaussures, qui le blouson, qui le futal, et tout que du luxe ! C'est ainsi que je récupérai ma première cravate qu'on me laissa en consolation car je n'avais pas participé au dépouillement et surtout, personne ne voulait porter de cravate !

C'est ainsi que les loubards se lingeaient ! Mais ce fut la seule fois que je sortis faire mes courses à deux heures du mat !

Du genre...

C'est évident, le genre est beaucoup trop discriminent ; il génère des ségrégations intolérables... Comment le réduire ou même, le supprimer ? Dans beaucoup de langues, il y a un genre neutre ; pas en français...

D'ici 20 ou 30 ans, je vois très bien un médecin fou prélever un ovocyte sur une femme, l'implanter dans la prostate d'un homme puis le faire s'autoféconder. Un embryon se forme et survit quelques heures ou quelques jours.
Ce serait un très grand progrès pour la science, l'humanité et l'espèce humaine...

Certains rêvent de la société des daphnies appliquée à l'espèce humaine, ces petits insectes d'un millimètre que l'on donne en pâture aux poissons, une fois desséchés.
Toutes les daphnies sont des femelles qui s'autofécondent ; mais une fois sur 100 000 environ, naît un mâle... Il est aussitôt dévoré par les femelles qui l'entourent...

Malheureusement, la parthénogénèse de la lapine que «réussit» (?) Gregory Pincus en 1939, avec un succès sur 200 tentatives (!) n'a jamais pu être reproduite, ni sur la lapine, ni sur la femme... C'est un peu faible pour parler de « méthode scientifique ».
Mais c'était la seconde parthénogénèse au monde : un dieu avait réussi avec une dénommée Marie mais sur plusieurs milliards ! (*en attendant, il pourrait quand même venir en aide aux malheureuses femmes qui se désespèrent de ne pas avoir d'enfant...*).
D'ailleurs, n'était-ce pas la première PMA au monde, neuf mois avant JC ? Et même la première GPA, non ?

Mais les genré·e·s et l'écriture inclusive nous auront bien fait chier… (Attention ! entre é et e, c'est un "point-milieu" et non un point tout court…)
(*Laissez le doigt appuyé sur la touche Alt du clavier et tapez 250 sur le pavé numérique ; vous aurez un "point milieu", indispensable pour l'écriture inclusive… Bon courage…*)

De toute façon, un transsexuel n'aura jamais d'enfant et vers 70 ans, il·elle aura des problèmes de prostate comme la majorité des hommes de cet âge…
De même une transsexuelle n'aura jamais de chromosome Y, même si on lui injecte des hormones mâles qui développeront sa pilosité…

L'être humain aime à travestir la réalité mais quid des animaux ?
Je me souviens d'un documentaire étonnant où un oiseau mâle se « travestissait » en oiseau femelle (plumage gris-marron, terne) et pendant que les deux mâles se battaient pour savoir lequel des deux emporterait la femelle, le « travesti » en profitait pour sauter la nénette un peu à l'écart…

De la nostalgie

« Je me souviens
Des jours anciens
Et je pleure »

C'est un mot international ; il se prononce nostalgie ou nostalgia en anglais, en espagnol, en italien, en allemand, en russe (ностальгия)…

Dans les années 60 et 70, le facteur portait les pensions des vieux en fin de mois, mais plus souvent par trimestre ; il avait dans sa besace la retraite de 30 ou 50 pensionnés, peu élevée, certes, mais correspondant aujourd'hui à environ 300€, c'est-à-dire plus de 10 000€ dans la sacoche ! On n'imaginait même pas qu'il pût se la faire voler !

A contrario, ma copine, en 1965 devait obtenir l'autorisation de son père, le chef de famille, pour travailler ou ouvrir un compte chèque ; ET **une femme majeure et mariée** aussi !!!

Je revendique cette nostalgie ; bien sûr, aujourd'hui, on ne meure plus aussi souvent de faim qu'en 1970 à travers le monde.

On ne verrait plus 6000 automobilistes (il faut l'espérer !) bloqués sur l'autoroute entre Montélimar et Valence avec un mètre de neige en décembre 1970, le directeur de l'autoroute ayant interdit le secours de l'armée : les chenillettes des engins auraient détérioré le bitume !

Nous sommes restés coincés une semaine sans électricité, sans pain, sans ravitaillement dans un village ou des dizaines de milliers de poulets sont morts de froid, faute de fioul pour alimenter les chauffages.

Les salins de Giraud

Nous avons fréquenté la plage des Salins de Giraud entre 1977 et début 1990. C'était le plus vaste camping sauvage d'Europe ;

la population pouvait dépasser les 30 mille campeurs ! On y accédait par Sambuc – Giraud sur un chemin de terre en remblai. On s'y rendait à 3 ou 4 fourgons, entre copains, On n'y passait guère plus de 3 nuits, au plus près de la mer. Les "habitués" s'étaient installée en haut de la plage ; ils venaient dès le mois de mai renforcer et "réserver" leur emplacement, moitié sur la plage, moitié sur les dunes. Les "nouveaux" ou temporaires s'installaient près de l'eau. Entre ces deux "*laisses de haute mer et de basse mer de campeurs*" s'étendait une zone d'environ 200 mètres de sable dense, très plan où des voitures filaient à 100 à l'heure. Les enfants du haut devaient courir pour aller se baigner !

Malgré ces milliers d'individus, la plage était propre ; chaque semaine, une organisation informelle se créait à l'initiative de l'un au l'autre pour nettoyer la plage ; une voiture équipée d'un hautparleur annonçait le travail à faire et des voitures tirant des remorques passaient récupérer les détritus.

Une fois, nous avions des côtes de porc à faire griller ; bien sûr, nous avions oublié la poêle ! Je lance un appel à la CB ("*citizen-band*") ; une quinzaine de poêles nous furent apportées dans les 10 minutes qui suivirent l'appel de détresse ! On nous proposa même de venir prendre l'apéro…

Liberté, convivialité, nostalgie…

Tout début des années 90, on y retourna avec les enfants en bas âge. Il y avait beaucoup plus de monde ; les gendarmes avaient bien essayé de bloquer la route pour interdire l'accès de la plage mais des voitures 4x4 avaient créé une nouvelle route à travers les marais et les dunes. Les commerçants qui vivaient de cette manne y avaient contribué ! Les marchands ambulants étaient nombreux : pain frais et croissants le matin, pizzas et poulets grillés aux repas, glaces et chichis entre ; 30 mille clients potentiels, ça crée des besoins et des convoitises…

A l'entrée de la plage, il y avait une citerne où les possesseurs de cassettes WC des caravanes ou des "*porta-potti*" pouvaient les vider ; malgré tout, il ne faisait pas bon à marcher dans les maigres dunes du haut de la plage !

D'énormes poubelles étaient mises à disposition par la municipalité d'Arles ; des gargotes se faisaient la concurrence à coups de haut-parleurs…

Heureusement, chaque hiver, les grandes tempêtes remettaient tout au propre ; les fortins des robinsons renforcés de pieux de bois ne résistaient pas aux assauts des vagues ; les quelques caravanes abandonnées pour l'année suivante, plus légères qu'un bouchon, ont dansé sur les flots qu'on appelle rouleurs éternels de victimes, dix nuits, sans regretter l'œil niais des falots !

Un couple de deux hommes allemands s'installa près de nous ; ils creusèrent un grand trou puis tendirent une toile sur quatre piquets autour du trou. Serait-ce les toilettes ??

J'interdis aussitôt aux enfants de creuser le sable !

En allant me baigner, je me trouvai face à face avec un étron flottant ; on plia définitivement bagage…

Le camping sauvage y fut interdit.

Les week-ends à Fontainebleau

On partait en train le vendredi soir ; rendez-vous à la gare de Lyon, sous la grande horloge, près du portillon, avec sac à dos, guitoune, duvets, matelas pneumatiques, popote !

C'était entre 65 et 68 ; on prévenait de notre arrivée le garde forestier dont la maison se situait près de la gare d'Avon. Il enregistrait nos noms, on y prenait de l'eau et l'on marchait un petit kilomètre jusqu'à un espace réservé au camping « sauvage », en pleine forêt.

On y était parfois seuls, pas très rassurant, parfois nombreux. Chacun y allumait son petit feu de camp, contrôlé et circonscrit entre quelques parpaings et blocs de pierres récupérés sur le tas de la DDE.

Oui ! c'était autorisé ! sous le regard bienveillant du garde qui passait de temps en temps avec sa 4L. Aucun détritus ne trainait ; chacun rangeait son espace au moment de partir. Jamais il n'y eut de problème !

Des planches permettaient d'aménager des bancs et une table. Le vendredi soir, c'était le plus souvent sandwiches puis café chauffé sur le feu.

Le samedi, nous faisions quelques courses dans des épiceries proches et le dimanche, nous allions à pied au marché de Fontainebleau ; poissons ou côtes de porc à griller au feu de bois, sans oublier la pâtisserie dominicale avec chacun sa spécialité !

En dehors de grandes balades dans la forêt, il y avait parfois des réunions festives entre voisins, devant un feu de bois avec grillades, apéros et chamallow...

Le samedi soir, pas question de « boite de nuit » ! On n'aurait en aucun cas raté « *le masque et la plume* » avec les incontournables Bory et Charensol, puis « *le club des poètes* » de Jean-Pierre Rosnay, suivi du « *Pop Club* » avec José Artur!

L'émission de JP Rosnay a participé grandement à ma culture poétique ; je me souviens encore de quelques poèmes découverts et appris par cœur. C'était jubilatoire... Mes livres de chevet de poésie sont toujours présents depuis plus de 50 ans, un peu écornés ; Rimbaud, Cendrars (les deux plus beaux poèmes de la littérature française étant « *Le bateau ivre* », seul poème intégralement gravé sur un mur de Paris, et « *Les pâques à New York* ») que je relis au moins une fois par an. Ils sont accompagnés par Apollinaire, Couté, Aragon (« *Poème à crier dans les ruines* », incontournable !) mais aussi Valéry, Lautréamont, Rilke...

« *Je regrette l'Europe aux anciens parapets !* »
Je suis d'une race en déréliction...
Plage de Sète, où le sable est si fin

Fin des années 60 et tout début 70, entre Sète et Agde, la route longeait la plage sur une bonne dizaine de kilomètres ; le lido, ce cordon de terre et de dunes qui sépare la mer de l'étang de Thau, était d'un attrait irrésistible.

On s'y arrêtait le soir pour y monter la tente en camping sauvage ; une fois installé, on glanait du bois flotté sur la plage et l'on en profitait pour ramasser les détritus ; on allumait des feux de camp et de joie ; la plage était totalement propre... Les gendarmes passaient dans leur *Estafette* et nous regardaient d'un air bon enfant.

Un père allemand et ses deux fils se garent sur le bord de la route, près de notre 2CV ; ils descendent sur la plage, munis de deux pelles américaines (pas la voiture, elle est allemande).

Ils nettoient un grand carré puis montent la tente en 10 minutes ; impeccable, face à la mer. Nous, on a tourné la tente sur le côté, histoire de ne pas être face au vent... et au sable ! Leur tente se gonfle terriblement mais heureusement pour eux, le tapis de sol n'étant pas solidaire de la toile, l'air ne fait que passer ; ils vont bien dormir !

Comme nous, ils ramassent du bois flotté, et allument un petit feu sur lequel ils font griller quelques saucisses, allemand oblige !

Le repas est rapide. Puis les deux garçons armés de leur pelle se mettent à creuser un trou dans le sable ; ils creuseront jusqu'à la nuit noire ; on ne les voit plus tellement le trou est profond.

Au matin, à notre lever, plus personne ; les "boches" (pardon, les allemands ; c'est mon grand-père qui m'a déformé) ont levé le camp. On va voir leur trou : au moins deux mètres cubes de sable ont été retournés, soit 4 tonnes au bas mot ! Peuple étrange...

Les gorges sauvages de l'Ardèche

Toujours vers la fin des années 60, on est au bord de la rivière en fin d'après-midi ; la 2CV est garée à une demi-heure de marche, près de la route. Plus loin, quelques familles font du nudisme ; c'est normal ; à l'époque, c'était très fréquent, et partout... On pêche, pour nous amuser, après avoir pratiqué un peu d'escalade sur les falaises et visité quelques grottes ; je suis avec mon neveu de 10 ans et un copain de 12 ans ; il y a une canne mais aussi 4 ou 5 palangrottes invisibles le long des rochers à l'aplomb.

Un homme en short et sac à dos se dirige vers nous et nous accoste ; c'est un garde ! bien sûr, on n'a pas de permis et la pêche à la palangrotte est strictement interdite en rivière, mais il ne les a pas vues ; on discute :

« *Où allez-vous dormir ?* »

« *La haut, dans la grotte* » On n'ignore pas que le niveau de l'Ardèche peut monter très rapidement et provoquer des drames...

« *Bien et où ferez-vous du feu ?* »

« *Là, sur le terreplein, dans une doline* » L'endroit est loin de toute broussaille et le creux protège du vent et des flammèches.

« *Très bien* »

Puis il enfile une combinaison et plonge ; on craint qu'il ne voie les palangrottes !

Il remonte :

« *Ce soir à la nuit, mettez un plomb au bout d'un fil et deux hameçons ; le fond grouille d'anguilles !* »

Je rappelle aux ignares qu'il est strictement interdit de pêcher après le coucher du soleil, et la palangrotte est interdite en rivière ! Avait-il vu les nôtres ?...

Puis on discute ; on est raccords ; « *le maire de St Martin aurait mieux fait de se faire couper les c...s que de construire cette route touristique des gorges qui va nous pourrir cette réserve naturelle...* »

Puis il nous quitte en lançant, sans y croire... :

« *Lundi, quand vous irez à Pont, prenez une carte de pêche...* »

Au petit matin, on est réveillé par un groupe de chèvres sauvages qui se chamaillent devant nous ; j'avais disposé du gros sel dans des creux de roches...

Ceillac du Queyras

Fin des années 70, on se trouve à Ceillac près de Guillestre ; on est 8, à poils, en camping sauvage dans la forêt, au bord d'un torrent ; deux filles se trempent nues dans le torrent glacé en hurlant ; un garde qui passait par là comme il passe partout chaque jour comme chez lui, toujours en short et sac à dos, comme tous les gardes, s'arrête :

« Bonsoir ; vous allez passer la nuit ici ? »

« Oui »

« Vous ne faites pas de feu ! »

« Certainement pas ! »

« Pas de détritus ? »

« Non, même pas une coquille d'œuf, quoiqu'un peu de calcaire ne ferait pas de mal à ce sol acidifié par ces saloperies de pins... »

Je savais que ça le toucherait !

« Eh oui ! allez, bonne soirée... »

Mais aujourd'hui, il ne faut pas être nostalgique ; ça fait réac ou ringard, je ne sais pas ! Je regrette la liberté, la grande liberté que l'on avait dans ces années soixante et soixante-dix ; on pouvait aller dans tous les pays sans grands risques, une fille pouvait faire du stop seule dans toute la France sans danger, on pouvait vivre en Algérie plusieurs mois au beau milieu d'une ancienne cité de regroupement sans aucun problème et en totale harmonie avec les habitants, on pouvait faire le tour de l'Afrique du nord sans soucis, et même voyager en Iran, Irak, Syrie... en 2CV !

Jésus ou Pasteur ?

A l'école primaire de Romorantin, dans chaque classe, dans les années 50, il y avait le portrait de Pasteur, au-dessus de la porte ; c'était le seul portrait présent ; avec sa barbe, il nous inspirait à la fois crainte et respect ; un grand père digne ; il y avait un culte informel pour ce mi-dieu, sans doute inculqué par les instits de la troisième république, les hussards noirs ; on rêvait tous de l'imiter, ce grand savant, surnommé le "bienfaiteur de l'humanité".

Aujourd'hui, je suis allé dans une école primaire de Vitry ; au mur, il y avait des photos de « Zizou » ... et de Chantal Goya !...

Et d'aucuns espèrent encore sauver l'humanité...

Un pessimiste, ce n'est qu'un optimiste réaliste ; la nostalgie est très transgressive.

Pourrait-on imaginer aujourd'hui des films comme « les valseuses », « la grande bouffe » ou « les galettes de Pont-Aven » ? NON ! hélas…

La censure institutionnelle de l'époque, la censure d'Etat a été remplacée par une censure "privée", insidieuse, culpabilisatrice, perverse, une censure communautaire ! Quand les chansons de Brassens, de Vian, de Craonne ont été interdites, c'était sur les ondes publiques ; on pouvait écouter ces chansons en privé. La censure et les fascismes ont changé de camp, de la droite à la gauche !

Très stupidement, pour me faire une idée d'une situation, d'un choix, je questionnais la droite ; si elle y était opposée, c'est que c'était bien ! C'est le résultat de 20 siècles de judéo-christianisme : le manichéisme !

Historiquement, ce n'est pas si stupide ; il suffit de lire l'avis du Figaro pour savoir que l'inverse va se produire ; par exemple, l'art abstrait, totalement décrié par ce journal a quand même aujourd'hui une certaine notoriété ! Les ballets russes ridiculisés par le journal ont eu un succès mérité…

Le bien et le mal, dieu et diable, paradis et enfer… même si au 12ème siècle, on invente une rédemption possible car un damné restait damné jusqu'à la fin de ses jours. Alors on invente un marchepied pour le paradis ; le purgatoire… et les indulgences sonnantes et trébuchantes (que l'on va peut-être rétablir à l'entrée de Notre Dame…) !

L'exemple de la PMA

J'étais plutôt pour, sans plus, sans trop savoir exactement pourquoi : par facilité, c'est dans l'air du temps, c'est le sens de l'histoire, la droite catho est contre, la « gauche » (?) est pour, les couples stériles ou homosexuels ont aussi le droit (?) d'avoir…

Et puis un jour, j'apprends la déconvenue d'Agacinski à la fac de Bordeaux :

« *Sylviane Agacinski censurée : le nouveau visage du fascisme universitaire Par Natacha Polony* »

Alors je prends le temps, je réfléchis, je lis, j'écoute... J'ai lu ce qu'en pense le professeur Testart, écouté ce qu'en dit la philosophe Agacinski, consulté des forums de débats... Et puis j'ai changé d'avis...

Et on peut en faire une analyse marxiste ! (j'aime me répéter et appliquer la formule de Lénine « l'analyse concrète d'une situation concrète »)

Alors, j'ai effectué un "changement de paradigme" (pour être à la mode) ... *(ça y est ; j'ai réussi à le caser ; je pourrai être reçu à France Culture ! c'est comme la résilience, des notions qui plaisent au néolibéralisme...)*

Un chauffeur de taxi (Uber si l'on veut) est un petit patron et son salarié en même temps ; il est propriétaire des outils de production (sa voiture de luxe achetée à crédit pour 350 euros par mois grâce au néolibéralisme) et il vend sa force de travail en la conduisant ; il est prêt à se battre pour défendre son outil mais pas à faire grève pour revendiquer une meilleure rémunération.

De la même façon, la prostitution est un moyen de production pour le gigolo ; certes, elle demande un fort investissement financier au départ pour appâter ; la femme devient un outil de production.

Dans la GPA, prolongement de la PMA, la femme devient un ventre de gestation ; bizarrement, les « sources » se confondent avec celles de la prostitution : Russie, Ukraine, Roumanie... pour les « besoins » de l'occident ; et bien d'autres pays. La femme devient une marchandise contractuelle ; le capitalisme a investi aussi ce domaine !

Jacques Testart, est loin d'être un intégriste catho ! il est membre du Conseil scientifique d'Attac et président d'honneur de la "Fondation Sciences Citoyennes", association visant à favoriser la réappropriation citoyenne et démocratique de la science.

Les "anciennes du MLF" semblent contre la GPA dans leur ensemble ; les "metoo" semblent pour ! Cela m'interroge profondément...

Dès que je suis confronté à un problème, un dilemme, une question, j'applique l'analyse dite "marxiste" : "thèse, antithèse, synthèse".

Parfois, (même souvent), la synthèse s'avère compliquée, ambiguë, même impossible ; c'est ce que Fidel Castro énonçait dans sa formule : « Autant de problèmes, autant de contradictions ».

Prenons un autre exemple :

Suppression de l'argent « liquide »

C'est une question dans l'air du temps.

Les opposants (plutôt de gauche) donnent comme argument majeur la disparition des libertés et un régime à la chinoise... (surveillance de masse)

Je rétorque :

Pas besoin des chinois, on est assez grands ! pendant les manifestations contre la réforme des retraites, des citoyens ont reçu des amendes pour avoir participé à une manifestation interdite, sans qu'ils fussent interpelés physiquement sur le lieu et sans aucun acte de violence ou de dégradation : des caméras de surveillance ont permis de les identifier et de leur expédier une copieuse contravention par la poste !

Par ailleurs, faites l'essai de demander à Google de vous suivre pendant un mois (il le fait de toute façon mais ne vous le dit pas) ; vous serez surpris de la précision avec laquelle il suit chacun de vos pas ; il vous dira combien de temps vous êtes entré dans une pâtisserie ou dans un sex-shop ! il sait que vous prenez le métro ou le bus ou si vous vous déplacez à pied...

Autre argumentaire d'opposition, ne plus pouvoir donner de pourboire ou une piécette à un SDF !

Cette pratique judéo-chrétienne des "BA" de sauvetage de son âme est périmée ; on n'achète plus des indulgences !

Les argumentaires des favorables à cette suppression :

C'est l'un des moyens les plus efficace pour lutter contre les différents trafics de drogue (à égalité avec celui des armes, 1200 milliards par an puis le trafic de médicaments et la prostitution).

Oui mais, le trafic de drogue qui représenterait en France entre 3,5 et 5 milliards d'euros de CA génère 200 000 emplois qui viendraient grossir le rang des chômeurs...

Le travail « au noir », c'est-à-dire non déclaré entraîne une perte considérable pour l'État, estimée à 70 milliards d'euros par an en France (TVA, cotisations retraite, sécurité sociale...) au détriment de la société toute entière !

Oui mais beaucoup de commanditaires ne feraient pas ces travaux qui deviendraient trop chers...

On ne pourrait plus pratiquer le blanchiment d'argent, transporter des valises de billets...

Oui, mais la patronne d'une grande banque suisse (pays qui a en partie levé le secret bancaire, et pour cause) annonçait qu'ils avaient accepté car la parade était déjà trouvée : les crypto monnaies totalement anonymes !

J'ai eu quelques billets violets entre les mains, les 500€, que je n'ai jamais pu utiliser en paiement "cash" ; j'ai dû les déposer à la banque. De plus en plus de boutiques refusent les espèces prétextant qu'elles n'ont pas de monnaie... Si les billets de 500€

ont été retirés de la circulation, voilà bien plusieurs années que je ne vois plus de billets de 100 ni 200€, et uniquement des 50€ dans les DAB.

Beaucoup de gens pensent qu'un chèque en blanc est un chèque où la somme ne figure pas. Faux ! Pourquoi serait-ce alors passible de forte amende et de lourdes peines de prison ? Un chèque en blanc est un chèque où le bénéficiaire n'est pas mentionné.

Imaginons que je doive 50€ à Pierre ; je lui donne un chèque barré classique de 50€ sans mentionner son nom ; Pierre doit 50€ à Paul ; il lui donne mon chèque ; Paul doit 50€ à Jacques… Je deviens émetteur de monnaie qui circule, à l'instar de la banque de France ! tant que mon chèque n'est pas encaissé, j'ai gagné les 50€ ; si tout le monde émet des chèques en blanc, cela crée une nouvelle monnaie concurrente de celle de la banque nationale. On peut, théoriquement, faire couler l'économie d'un pays par cette méthode…

Pour cette interrogation (de suppression de l'argent papier), je comprends la thèse, j'admets l'antithèse, mais je suis incapable de faire la synthèse, c'est-à-dire de choisir entre le pour et le contre, et c'est bien souvent le cas, mais on vous oblige à prendre parti ; ce manichéisme nous tue, nous entraîne dans des algarades stériles, violentes et inextricables.

« Si t'étais contre les américains, c'est que t'étais pour les soviétiques !
Si t'es contre Zelenski, t'es pour Poutine ! »

La Bourgogne et des écolos…
Pendant des années, j'ai emprunté des routes de Bourgogne pour descendre dans le midi ; Nationale 6 ou départementales. En janvier ou février, lors de belles journées de froidure, on voyait des fumerolles bleutées au milieu des vignes ; c'était les

vignerons qui pratiquaient la taille en "guyot simple" et qui brûlaient les sarments dans des braséros déplacés sur des brouettes ; c'était une vision bucolique, calme et apaisante ; au casse-croute, ils faisaient griller quelques charcutailles sur ces braséros écologiques. De plus, le brûlage des branches évitait le développement au sol de maladies comme l'esca. Puis, vers le milieu des années 2010, je n'ai plus observé ces fumées bleutées qui marquaient le paysage et la période de la taille. Les écolos avaient réussi à faire interdire ces pratiques polluantes ! Pincez-moi, je rêve !

Par contre, dès qu'un coup de gel se pointe, ce sont des dizaines de milliers de braséros de pétrole, de gasoil, de bougies qui enfument les vallons et rendent l'air totalement irrespirable pour les riverains !

La vinasse

Marcel était un vigneron de Touraine ; il avait un cheval, Pompon, et une chatte, « *Mireille sancueille* », (sans queue, car une charrette lui avait roulé dessus) …

Il hersait ses vignes avec Pompon et passait, quand il en avait le temps et le courage, la bouillie bordelaise, contenue dans sa sulfateuse dorsale ; et il pompait, et il pompait… Après sa retraite, Pompon fut malade ; il dû le faire abattre ; Marcel a pleuré pendant une semaine sans interruption ! Avez-vous vu un paysan pleurer la mort de son tracteur ?

Dans les années 60, il n'y avait pas de pesticides, ou alors, il ne le savait pas et de toutes les façons, il n'avait pas l'argent pour en acheter ! L'engrais des vignes, c'était le fumier de son cheval ; les traitements se limitaient à la bouillie faite maison : sulfate de cuivre et chaux. Le vin était conservé un ou deux ans maximum dans des tonnes sans âge. La seule préparation était la mèche de soufre enflammée qui pendait dans la bonde du fût grâce à un fil de fer passé dans le trou de la mèche plate. De temps en temps, la mèche tombait au fond du tonneau ; Marcel en remettait une nouvelle sans se préoccuper de celle tombée. De temps en temps, il soutirait une tonne pour une mise en bouteilles, quand il n'avait pas trop bu ! Car dès le lever, son lieu de prédilection était la cave, creusée dans le tuffeau, où la température ne variait que peu entre l'hiver et l'été. Là, il siphonnait une tonne grâce au vieux tuyau de plastique opaque et racorni dans un verre qui n'avait de nom que la forme ; la transparence avait disparu depuis très longtemps ; de temps en temps, lorsque quelqu'un d'inconnu venait gouter ses vins, il daignait sortir rincer le verre au robinet ; mais ça ne changeait absolument rien à l'aspect final ! Le siphonage était épique ! Comme il était ivre à partir de 9 heures, il en avalait une grande rasade puis le verre débordait et une partie se répandait sur le sol ! La nappe phréatique devait être rosée sous sa cave ! Quand il venait jouer à la belotte chez mon oncle avec deux autres acolytes, il avait une chaise réservée, où personne d'autre ne s'asseyait, car imbibée d'urine ! deux ou trois serpillères stagnaient sous la chaise ; l'odeur n'était gênante pour personne ; le battant haut de la porte restait ouvert en permanence.

Que dire de son vin ? Il était, comme on dit aujourd'hui, naturel ! pas d'engrais, pas de pesticide et plus ou moins de SO^2 selon que la mèche de soufre était tombée dans la tonne ou non ! C'était vin qui supportait vaillamment l'eau ; je dirais même plus, qu'il appelait l'eau ; il est vrai qu'en plein été bien chaud, un grand verre d'eau fraiche avec un quart de vin de Marcel, apportant sa dose d'acidité, était très désaltérant !

Aujourd'hui, ce genre de vigneron est porté aux nues ; faire du vin naturel relève de l'exploit ! Je garde la nostalgie de ce genre de personnage, de son vin aigrelet, de son terrible chagrin à la perte de Pompon.

Ma nuit avec le molosse

Je suis en autostop dans la vallée du Rhône, pour descendre vers Avignon, par la N86, sur la rive droite du Rhône. Il va bientôt faire nuit et je ne sais pas où coucher ; à la sortie d'un village, après un passage à niveau, c'est la route bordée de platanes qui s'étire devant moi. Peu de voitures ; les quelques conducteurs me font signe qu'ils tournent ou s'arrêtent bientôt. Derrière moi, juste après le passage à niveau, une casse automobile marque la dernière maison du village.

J'y retourne ; un énorme chien m'aboie dessus ; le "*karak*"[*] me propose de dormir dans la cabane qui sert de niche à son chien, plus gros que moi ! Avec lui, je ne craindrai rien, me dit-il.

OK ; je n'ai pas d'autre choix…

Puis une demi-heure après son départ, le karak revient avec un énorme sandwich au pâté…

Je ne fermerai malheureusement pas l'œil de la nuit car le chien, dès qu'il entendait un bruit, sortait en aboyant et filait à l'autre bout du terrain, faisant glisser sa chaine sur un fil de fer tendu, dans un sifflement interminable…

Une vocation ratée

En classe de 4ème, je commence la chimie ; les expériences me fascinent ; le sodium est un métal mou comme de la pâte à modeler ; une coupe fraiche présente l'aspect de l'argent, très brillant ; mais il ne faut pas le toucher avec les doigts ! On le conserve dans de l'huile ou du pétrole ; à l'air libre, il peut s'enflammer ou exploser si l'air est chargé d'humidité. Dans l'eau, il s'affole, tourne dans tous les sens puis s'enflamme et explose ! Il est fou de l'eau comme d'autres étaient fous du chocolat Lanvin.

C'est magique ; c'est de l'alchimie ! Alors, je relève l'adresse du fournisseur des produits chimiques porté sur les étiquettes : « *Ets Bourrée Rue des Ecoles Paris* »

Je suis à deux pas de la porte d'Orléans ; facile : direction Porte de Clignancourt et je descends à Odéon, la station Cluny étant

---

[*] * karak : manouche, argot de la région de Marseille à Toulon ; type louche, souvent patron d'une casse automobile…

fermée depuis des années. La rue des Ecoles est toute proche et la boutique juste après la rue Saint Jacques. A quelques mètres, ne pas confondre avec les établissements Boubée, naturaliste, où l'on trouve tout pour les classes de sciences naturelles, du microscope au crocodile empaillé !

A 13 ans, j'achète sans aucune restriction tous les produits les plus dangereux qui soient : acide nitrique fumant, sodium conservé dans du pétrole ou de l'huile, phosphore conservé dans l'eau, carbure de calcium…

Je me constitue un vrai petit labo avec bec bunsen, tubes à essais, pinces en bois, erlenmeyer, et tous les acides et bases nécessaires.

Je veux comprendre les réactions chimiques qui se produisent ; je deviens cador en formules : sodium + eau = soude + hydrogène ce qui se traduit par :

$Na+H_2O=NaOH+H_2$

mais cette formule n'est pas équilibrée (2 atomes d'hydrogène à gauche contre 3 à droite !), alors on équilibre ainsi :

$2Na + 2H_2O = 2NaOH + H_2$

Et le chlorate de sodium ! certes, c'est un puissant désherbant mais mélangé à du sucre (entre autre) il devient un puissant explosif, très utilisé en Corse à une époque…

Dans la cuisine de Montrouge, je suis fier de montrer à mes parents la réaction du sodium dans une bassine d'eau ; bien sûr j'en mets trop ; tout explose et s'enflamme !

J'applique mes connaissances, grandeur nature, dans le stade voisin des "Compteurs de Montrouge" où je suis copain avec le fils du gardien et où je pratique le judo. On fabrique une fusée que l'on fixe sur un wagon de train miniature ; on met bout à bout tous les rails dont on dispose et l'on allume la fusée qui atteint l'extrémité du stade ! le wagon est totalement fondu.

On a vu ou entendu parler du film « Le salaire de la peur » ; on décide donc de fabriquer de la nitroglycérine mais je ne trouve pas la formule dans les livres (et Internet n'existe pas !).

On décide de mettre, derrière un arbre, un flacon de glycérine au-dessus duquel on fixe un compte-gouttes de caoutchouc actionné, de derrière l'arbre, par une ficelle croisée sur la poire du compte-goutte ; on fait l'expérience "à vide" pour les réglages qui nous prennent une bonne journée. On remplit le compte-goutte d'acide nitrique fumant. On tire les ficelles ; rien ne se passe ! Je lirai un peu plus tard que le frère d'Alfred Nobel était mort dans ce genre d'expérimentation…

Mon neveu, de dix ans plus jeune que moi, devait subir toutes ces expériences ; cela l'amena à Orsay où il fit une thèse … de chimie !

Des témoignages de ces libertés perdues sont encore nombreux, inépuisables. Le mot INTERDIT a remplacé le mot LIBERTE.

Il y a quelque temps, j'ai vu à l'entrée d'une plage 12 sigles d'interdiction ! Il fallait passer plusieurs minutes pour savoir ce qui était permis, en dehors de poser son cul sur une serviette...

Est-ce un problème de masse ? Oui, certainement, sans aucun doute. Dans les années 60-70, on roulait et on stationnait sans problème dans Paris. On ne pourrait l'imaginer aujourd'hui. Cependant, on pouvait mettre deux heures pour traverser une petite ville comme Lapalisse sur la N7 au retour des vacances !

Est-ce un problème d'éducation ? Oui, aussi, sans aucun doute, et de respect, de conscience. Je me souviens d'une légende qui courait à l'époque en France concernant les bobbies anglais. Lors d'un cambriolage, d'une attaque à main armée, ou autre malversation, dès qu'un policier montrait le bout de son nez, le délinquant se rendait immédiatement sans aucune résistance, sachant que les bobbies n'étaient pas armés.

Début des années 90, nous sommes seuls, en hiver sur une immense plage à marée basse de l'île de Noirmoutier ; je sors de ma poche une pastille de menthe enveloppée d'un petit papier de cellophane transparent ; un coup de vent m'arrache ce papier avant que je n'aie pu le mettre dans la poche ; je me suis mis à courir comme un fou sur près de 100 mètres pour rattraper ce papier ! Avais-je une conscience aussi poussée de l'écologie ? Qu'est-ce qui m'a incité à courir après ce minuscule témoin de pollution ? J'en suis encore à me le demander...

Nostalgie de parfums, d'odeurs, de senteurs, de sons, de bruits, de goûts, de sensations.
Odeurs et senteurs sont différentes ; l'odeur persiste, s'imprègne ; elle est tenace ! la senteur est fugace, apparait puis disparait.
Je garde des odeurs de sec, le grenier au-dessus de la pâtisserie sentait le sec ; un sec de poussière, de tilleul séchant sur de grands draps étalés au sol puis dans le couloir, plus loin, un mélange d'odeurs, du sucre de canne brun dans de grands cylindres de bois aux couvercles de métal bien ajustés, odeur des grappes de gousses de vanille, de poussière de farines...
Le sec de la grange, aux murs de planches ajourées avec le billot et le gouet, qui sentait bon les copeaux, les essences, le bois sec...
Le moisi du cellier, sombre, frais dont l'odeur était unique, différente des caves creusées dans le tufeau.
Le parfum du séneçon commun en juin ou juillet, furtif, arrivant par bouffées, en tourbillon de senteurs, comme cette plante des dunes du littoral atlantique, "l'immortelle à toupet" qui vous suit, qui disparait puis qui vous enveloppe à nouveau.
Toutes ces odeurs qui nous rattachent à des matières, à la terre, aux constituants de la nature qui m'échappent aujourd'hui ; je n'ai plus de lieux où les sentir...
Gouts de fruits murs, l'abricot, la pêche, la reine-claude, mûris et cueillis sur l'arbre, qui suintent le sucre parfumé...
L'œuf gobé chaud au sortir du cul de la poule ; on aspirait ; parfois, l'œuf arrivait d'un seul coup, prêt à vous étouffer ; le jaune avait un gout exquis que je n'ai jamais retrouvé.
Le gout de la crème anglaise au praliné encore tiède sur le petit doigt trempé en cachette dans la bassine...
La sensation qu'éprouvent les mains plongées dans un sac de blé, de maïs, de poids secs, de lentilles, de haricots...
Un son se distingue d'un bruit car il est encerclé, distinctif, provoqué par l'homme ; quand les sons se chevauchent se couvrent, ils deviennent du bruit. Les sons ne sont distingués

que par les silences qui les entourent ; il est d'origine humaine ; les bruits sont du brouhaha.

Le son du marteau dans la forge mitoyenne de la maison ; le soufflet, au son grave, comme un géant essoufflé, asthmatique, le marteau de l'enclume qui fait vibrer le sol, au son aigre et net.

Les odeurs d'aujourd'hui, alors que je vis entouré de jardins et d'arbres, c'est l'huile de friture du MacDo quand le vent vient du sud-est ! Comment ne pas être nostalgique ?

Les parfums, c'est celui du lilas au début de la floraison et les fleurs du néflier en janvier.

Les goûts ont disparu ; il me reste les rares reines-claudes cueillies mures sur l'arbre, qui coulent comme du miel et quelques pêches de vigne, bien mûres. Ce sont de petits plaisirs nostalgiques, que mes petits enfants n'auront pas et cela me désespère !

Il n'y a plus de sons ; il n'y a que des bruits mêlés, lointains, couverts par l'autoroute, les avions, les trains, les camions…

Déjà un bruit immense retentit sur la ville.
Déjà les trains bondissent, grondent et défilent.
Les métropolitains roulent et tonnent sous terre.
Les ponts sont secoués par les chemins de fer.
La cité tremble. Des cris, du feu et des fumées,
Des sirènes à vapeur rauquent comme des huées.
Une foule enfiévrée par les sueurs de l'or
Se bouscule et s'engouffre dans de longs corridors.
Trouble, dans le fouillis empanaché des toits,
Le soleil, c'est votre Face souillée par les crachats.
…/…
Je pense, Seigneur, à mes heures en allées…
Je ne pense plus à vous. Je ne pense plus à vous.
Blaise Cendrars - New York, avril 1912

Comment un enfant peut-il forger sa mémoire olfactive, son oreille, son gout, c'est-à-dire sa personnalité, ses racines, dans un environnement urbain ou semi urbain pollué de tous les côtés sans aucun plaisir naturel ?

Seuls, les enfants des pays "pauvres" ont encore ce privilège, même si ce n'est pas ressenti comme cela !

J'ai retrouvé en partie ces sons, ces odeurs, ces plaisirs sensuels dans les villages de Kabylie ou du Mzab et même d'Ecosse, et même si ces sensations sont de toute autre origine.

La voûte céleste

En 1970, dans le midi, on s'allongeait sur la terrasse le soir à la fraiche face à la voute céleste ; on se sentait minuscule dans cet univers infini ; on comptait les étoiles filantes parfois confondues avec les satellites ; c'était à qui en verrait le plus. Des heures passaient à contempler la voie lactée. On plaçait même des appareils photo en pause très longue pour visualiser la rotation de la terre et on s'exclamait toujours au développement !

Et puis l'on regardait les satellites de Jupiter, les anneaux de Saturne, les cratères de la lune à travers le petit télescope.

Puis un maire employé chez EDF, a doté le village de nombreux lampadaires. Sont-ils utiles ? Partout autour, c'est un halo de lumière artificielle ; la nuit n'est plus jamais noire.

A quand le retour du falotier, l'extincteur de réverbères ?

Espoir ! La bêtise humaine progresse !

"Matensech clignotor"

Ma copine n'a pas le permis et elle veut s'acheter une voiture ; comme on est en Algérie pour un moment, que l'on a du temps libre, que c'est plus simple et plus facile qu'en France, que le permis passé ici est reconnu chez nous, elle s'inscrit.

On habite à « La Madrague », Aïn Benian, à une vingtaine de kilomètres du centre d'Alger par la côte. Mais on dépend administrativement de Hadjout, là où l'on passe le permis, à 70 kilomètres à l'ouest !

On téléphone donc à l'autoécole d'Hadjout pour prendre rendez-vous et assurer les cours de code et de conduite. Un vieux monsieur, cheveux blancs, boitant fortement, arrive un jour pour le premier cours ; je suis un peu inquiet ; et les voilà partis... La route est monotone entre la Madrague et Hadjout, alors le moniteur « crée des obstacles » comme il aime à le répéter régulièrement... « *chouf le mouton* !! » et là, ma copine doit piler, supposant qu'un mouton surgit pour traverser la route... A longueur de temps, il répète « *matensech clignotor* », « n'oublie pas le clignoteur » même s'il n'y a pas à le mettre du fait qu'on ne tourne pas...

Les vacances de Pâques arrivent ; on va rentrer quelques jours en France, histoire de revoir la famille et de se gaver de camembert... le « moniteur » étant au courant, il nous demande un service :

« le code Rousseau de l'inspecteur est en lambeaux ; si l'on pouvait lui en rapporter un neuf, il serait le plus heureux des inspecteurs ! »

A l'époque (pour les jeunots), on passait le code dans la voiture; l'inspecteur avait le code Rousseau ouvert sur les genoux, en général sous feuilles plastiques et il montrait les images muettes.

Bien sûr, j'allai acheter ce code pour examinateur dans le Marais, pour quelques francs et on le rapporta. Le jour de l'examen, j'accompagnai ma copine à Hadjout pour l'épreuve tant redoutée. Sept ou huit personnes attendaient dans une rue très calme, bordée de petits arbres. Un type monte dans la voiture puis ressort aussitôt ; j'interroge le moniteur :

« *Oui, il n'a pas retiré son 33 tours ! l'inspecteur est intransigeant !* » (le « *33 tours* » est la dénomination des fellahs, des « bouseux » portant un turban plus ou moins seyant, par les citadins).

Ma copine monte, suivie par le moniteur qui s'installe à l'arrière; 10 minutes plus tard, ils sont de retour. L'inspecteur est fier de cette candidate… et enchanté du nouveau code Rousseau !

Un code Rousseau contre le permis, elle ne perdait pas au change, pardi !

Pour fêter cela, l'inspecteur laissa en plan les candidats qui attendront un moment et on se rendit tous les quatre au café tout proche manger une « mouna » accompagnée d'un café, spécialité d'Hadjout, genre de brioche à la fleur d'oranger…

Elle acheta une "Renault 8" à un coopérant qui rentrait en France.

On la fit repeindre en jaune ; elle sillonnait Alger et sa banlieue avec des bottes de croco…

Les femmes, quelles harceleuses !

(encore un macho…)

La tante Clotilde habitait une grosse maison bourgeoise, sur le mail* des platanes, dans une grosse bourgade de province (*prononcer "maille" et non "mél" : c'est une promenade bordée de plusieurs rangées d'arbres (pour les jeunes qui ne sauraient pas…))

Sur le mail, une porte près du garage où stationnait la Citroën 15CV, donnait accès à un escalier en plein air qui montait au jardin suspendu, à mi étage, où régnaient en exclusivité les massifs d'hortensias (une autre tante s'appelait Hortense et je me demandais quel pouvait être le lien avec ces fleurs, tout comme une cousine qui s'appelait Germaine mais qui n'était pas ma cousine germaine ; que de questionnements perturbants et insolubles pour de jeunes enfants !).

Un ancien poulailler qui n'avait jamais abrité de poules mais des colombes, était depuis destiné à recevoir les miettes de pain récoltées sur la table à la fin du repas à l'intention des petits oiseaux.

Au fond de ce jardin suspendu, un escalier montait à une buanderie-séchoir à clayettes, au mur de briques rouges ajouré, d'où l'on dominait et voyait tout : le mail, la maison, le jardin, et sans être vu.

La maison était sinistre ; des tas de pièces inaccessibles où, parfois, on avait le droit d'entrer avec des patins. Trois pièces de vie sur les six ou sept étaient occupées : le salon, où tout le monde était accueilli, donnait sur le mail et la maison des bonnes sœurs. Deux fauteuils se faisaient face, de part et d'autre de la fenêtre.

On accédait au salon par quelques marches dans un long couloir qui donnait sur la rue par l'entrée principale ; attenant à ce salon, la vaste cuisine où tous les repas ordinaires étaient pris. J'avais la hantise d'y déjeuner !

« *Ne mets pas tes coudes sur la table, tiens bien ta fourchette, prends ton couteau de l'autre main…* »

Il fallait se lever pour se couper du pain de l'autre côté de la table et rassembler les miettes sur la planche. Attention ! aucune miette par terre ! Puis, après le repas, les miettes étaient récupérées dans un chiffon et on allait les répandre dans le poulailler, pas à côté ! Bien sûr, quand la tante ne regardait pas, je jetais les miettes un peu partout, juste par contradiction !

Face au mail se trouvait la maison des bonnes sœurs, au milieu d'un grand parc arboré ; à sa gauche se tenait l'usine à gaz, une vraie, dont le bruit lancinant ne cessait qu'à la tombée du jour ; on chauffait de la houille (distillation) dans de grands cylindres rotatifs qui faisaient ce bruit caractéristique ; on récupérait différents constituants chimiques dont du goudron, et le gaz de ville était envoyé vers les gazomètres, ces énormes réservoirs flottants. De là, il était convoyé par les tuyaux jusqu'aux habitations.

La tante était une vraie grenouille de bénitier ; à chaque occasion, elle se rendait dans la chapelle des bonnes sœurs où plusieurs messes étaient officiées dans la journée.

Un jour, je me retrouvai en vacances chez la tante ; j'avais une douzaine d'années ; heureusement pour moi, s'y trouvait aussi ma cousine Elisabeth, de Bordeaux. Elle avait bien un an de plus que moi mais ça faisait une copine de jeu et surtout une diversion. Je couchais dans le lit de la tante et Elisabeth dormait seule dans la chambre mitoyenne.

Chaque jour, la tante torturait cette pauvre fille ; elle devait s'asseoir sur une chaise devant la fenêtre de la cuisine et la tante lui coiffait ses longs cheveux blonds qui descendaient jusqu'aux fesses ; les coups de brosse et de peigne déclenchaient des cris de douleur qui me faisaient souffrir !

Les cheveux étaient ensuite réunis en une natte qui était roulée sur le haut de la tête ou laissée libre ; parfois, ils étaient rassemblés en deux nattes tressées sur le devant ; j'aimais assister à cet exercice qui durait bien une demi-heure et je trouvais ma cousine très jolie ; c'est aussi ce qu'affirmaient tous les adultes, avec ses yeux bleu profond, son visage parfait et sa chevelure blonde comme les blés.

J'avais des sensations bizarres en touchant ses cheveux que j'aimais caresser ; j'étais en transition vers la puberté mais rien ne s'était encore révélé ; je ressentais simplement un trouble indicible face à cette belle cousine…

Chaque matin, la tante partait à la messe des laudes, chez les sœurs, en claudiquant, de l'autre côté du mail, vers six heures. Le premier matin, dès que la tante eut fermé la porte de la chambre, Elisabeth vint se coucher à côté de moi.

« Si tu me touches, je crie et je le dis à tante ! »

Je n'avais aucune raison de la toucher, et pour quoi faire ? De plus, j'avais une terrible envie de dormir ; il était bien trop tôt pour se lever !

Alors elle reprenait :

« Si tu me touches, je te touche pareil ! »

Enfin ! Il n'était pas l'heure de jouer "à chat" !

« Non, je te toucherai pas ; je dors… »

Elle continua de me harceler ; elle imagina un stratagème infernal pour que je puisse la rejoindre la nuit dans son lit !

« Tu connais les somnambules ? »

« Non ? »

« C'est des gens qui marchent en dormant, la nuit. Il ne faut pas les réveiller car c'est dangereux ; alors la nuit prochaine, tu te lèves, les bras tendus devant, comme ça, les yeux grands ouverts dans le vague, et tu viens dans ma chambre ; tante n'osera pas te réveiller car c'est grave. Et comme ça, tu seras dans mon lit… »

« *Pour quoi faire ?* »
Quelle histoire abracadabrantesque ! Qu'irai-je faire en pleine nuit dans son lit ? De toute façon, la nuit, je dormais…

Ne réagissant pas, elle insista :
« *Si tu m'embrasses sur la bouche, je t'embrasse pareil* »
Qu'elle était fatigante ! Elle n'arrêtait pas une minute ; si la tante avait encore été là, je l'aurais appelée au secours !
Ne me voyant toujours pas réagir, elle monta sur moi, se frotta sur mon sexe inerte et me vida sa salive dans ma bouche ! c'était dégoutant ! Qu'est-ce que les femmes nous font subir !
Je passai la journée à me questionner ; qu'avait donc cette cousine Elisabeth ? Que voulait-elle ? La journée, nous jouions à cache-cache, essentiellement dans la buanderie ou le poulailler ; souvent, quand elle m'attrapait, elle me touchait le zizi. Cela semblait lui plaire sans que je comprisse l'intérêt…

Le matin suivant, elle revint aussitôt dans mon lit ; je trouvais cela lassant et lui dis ; pour toute réponse elle me relança :
« *Si je t'embrasse sur la bouche, tu fais quoi ?* »
Encore ces questions stupides ; que voulait-elle à la fin ?
N'en pouvant plus, elle lui caressa le zizi ; celui-ci grossit légèrement et le garçon ressentit un désir nouveau et inconnu, et une gêne.
Aussitôt, elle lui demanda de monter sur elle pour enfoncer le zizi dans sa zézette, dit-elle.
Non ! c'était de la folie ! il avait vu des chiens qui ne pouvaient plus se séparer et les matrones du quartier qui leur lançaient des seaux d'eau ; elle avait vu ça aussi et cela lui fit peur ; et si on restait collés ? il faudrait appeler la tante pour qu'elle nous sépare avec un seau d'eau ?
Elle se contenta de me déverser à nouveau un flot de salive dans la bouche. Je trouvai cela moins dégoutant que la veille et y prit goût sans comprendre pourquoi…

Dans la journée, des questions me turlupinaient ; les choux et les roses, c'était comme le père noël ; et puis, j'avais vu des femmes avec un gros ventre, d'autres allaiter un bébé ; tout cela était bien étrange car personne n'en parlait…

J'interrogeai ma tante ;

- « Pourquoi dieu n'a fait qu'un enfant, et en plus, il y a deux mille ans ?
- Il peut plus en faire ?
- C'est quoi "vierge" ?
- Et Marie, elle n'a pas eu d'enfant avec son vrai mari ?
- Comment ça rentre dans le ventre un bébé ?
- Et toi, pourquoi t'as pas d'enfants ?
- Les gens disent que tu peux pas en avoir mais dieu, il peut tout ; il aurait pu t'en faire un ?

Autant de questions embarrassantes qui n'eurent, bien évidemment, aucune réponse satisfaisante et qui semblaient énerver la tante au plus haut point !

Peu à peu, certaines explications semblaient poindre ; je demandai un matin à Elizabeth si elle était une poule.

« Une poule ? ça va pas ! pourquoi tu me poses cette question ? »

Je lui racontai ma mésaventure avec mon copain, le fils du docteur, à l'âge de cinq ans. Thierry entendait régulièrement ses frères âgés de treize et quinze ans de plus que lui s'accuser d'avoir couché avec une poule ; sa mère aussi inculpait souvent son père d'avoir des poules.

Un jour que nous étions à la remise où se trouvait un poulailler, près de la pâtisserie, il me demanda de trouver un sac de farine vide, d'y enfermer une poule et de me mettre nu ; on s'enferma dans le sac avec la poule qui se mit à caqueter très fort, à donner des coups d'ergots douloureux et des coups de bec ; c'est à ce moment que mon père entra dans la remise et nous surprit dans cette situation rocambolesque. L'anecdote fit le tour du quartier et de la ville !

Coucher avec une poule n'était apparemment pas de tout repos et on se demandait ce que les adultes pouvaient y trouver.

J'avais aussi entendu parfois des grandes personnes parler de "poule de luxe". Or, mon oncle avait acheté une poule dont il était fier ; elle était plus grosse que les autres, plus trapue, de plumage marron et pondait bien plus d'œufs que les autres ; tout le monde venait l'admirer. J'avais associé cette poule à une "poule de luxe".

Cette histoire fit bien rire ma cousine.

« Et tu n'es pas non plus une poule de luxe ? » lui demandai-je.

Le quatrième matin, alors qu'Elizabeth me caressait le zizi, celui-ci se raidit davantage ; je ressentis beaucoup de plaisir mais n'en comprenais pas la raison. La bouche de la cousine sur la mienne devenait agréable.

Une extase soudaine et terrible m'envahit ; un peu de jus blanc sortit de la zézette ; il ne fallait pas le dire à mes parents car ils m'enverraient sûrement aussitôt au docteur ! "*Non, on ne dit pas "au" mais "chez" le docteur*". Peut-être même qu'on m'opérerait, comme mon copain, de l'appendicite.

Elisabeth semblait profondément étonnée et même ébahie mais ravie de ce qu'elle avait provoqué ; elle toucha le liquide gluant du bout des doigts ; ça faisait des fils quand elle levait l'index ; « *T'es un vrai garçon, maintenant !* » lança-t-elle émerveillée, ce dont je n'avais jamais douté !

Elle sortit le mouchoir de la tante de dessous l'oreiller ; elle essuya la semence collante et remit le mouchoir à sa place.

« *Embrasse-moi sur la bouche !* » exigea-t-elle instamment ; je m'exécutai et trouvai cela de plus en plus agréable.

Les matins suivants furent très affriolants ; j'aimais maintenant beaucoup lui caresser ses cheveux soyeux, m'interrogeant sur les raisons.

Poser ma bouche sur la sienne me provoquait des frissons.

Elle me commanda certaines caresses qui, disait-elle, lui procuraient beaucoup de plaisir. Je saisis enfin à quoi servait le zizi par rapport à la zézette qui se révélait à moi pour la première fois !

Mais ne risquions-nous pas de rester collés comme les chiens ? Encore une question à poser à la tante Clotilde !

La tante me trouva bien changé, guilleret et plus effronté. Elle s'interrogea sur ce qui avait bien pu se passer.

Un grand merci aux bonnes sœurs… et aux grenouilles de bénitier !

Il y a des jours bénis des dieux !

(mais pas souvent…)

J'ai 17 ans ; ma mère m'a inscrit à un stage pour obtenir le diplôme de moniteur de colonie de vacances (BAFA) ; deux semaines à Pâques sont programmées par les CEMEA (Centre d'Entrainement aux Méthodes d'Education Active (!)) ; tout un programme !

Le stage se déroule dans un château, à Vaugrigneuse, à une quarantaine de kilomètres au sud de Paris. Le rendez-vous se situe à la porte d'Orléans où un autocar nous attend. Un organisateur nous informe que le départ est imminent mais qu'on attend encore une personne.

La place à côté de moi est libre ; le bus semble plein.

Une mère accompagnée d'un enfant de 7-8 ans et de sa grande fille apparait au coin de la rue. La jeune fille, grande, mince, cheveux longs châtain-clair tirant sur le blond s'approche de la porte de l'autocar ; je jette un coup d'œil furtif à l'arrière ; tout est plein ! c'est pour moi ! je suis tout émoustillé et fébrile !

Elle se penche pour embrasser son petit frère qui agite avec fierté au bout du bras un filet à provisions qui contient une noix de coco ! Putains de filets à provisions qui se prenaient dans les roues des vélos, dans les boutons de manteau, bref, partout pour se coincer !

Par obligation, elle s'assied à côté de moi. Espérant entamer la conversation, je lance la question la plus stupide qu'on puisse imaginer en pareille situation :

« *Vous allez au stage de Vaugrigneuse* ? » ; elle me regarde et lance un « oui » dédaigneux ; ben oui, quel con ! tout le bus va à Vaugrigneuse… Bon, faut se concentrer ; faut tourner 7 fois sa langue avant de sortir une connerie… J'essaie ; la bouche fermée, c'est pas facile ; j'ouvre la bouche en cul de poule ; là, c'est plus facile pour tourner sa langue… Arrête ! inutile de te faire repérer comme crétin des alpes… Je sais que pour draguer, quand on n'est pas un Dom Juan, soit il faut beaucoup d'humour et faire rire, soit épater par sa culture… Des apriorisis empiriques, peu scientifiques et non démontrés.

Ma voisine est très belle ; elle ressemble beaucoup à Françoise Hardy dont je suis épris ; pourtant je ne supporte pas les chanteurs « yéyés » à la mode, mais je vais plutôt voir Barbara,

Anne Sylvestre (que j'aime pas trop mais faut pas le dire !), Catherine Ribeiro… mais j'apprécie la mélancolie que dégage Françoise Hardy, et même sa nostalgie ! chanter « *ma jeunesse fout l'camp…* » à 20 ans, faut le faire ! Et puis la mélancolie, c'est romantique, et on est romantique quand on a 17 ans.

Mélancolie que j'ai perçue sur le visage de ma voisine. De plus, elle a la même coupe de cheveux, la même couleur et porte une veste en daim beige comme on voit sur la pochette du dernier 33 tours !!!

« *Vous ne vous appelleriez pas Françoise par hasard ?* » Yesssss ! Quel bol et quel culot ! puis j'embraye sur la culture… ça prend…

Elle m'en rebalance plein la vue aussi ! elle aime Prévert, bien sûr, Rimbaud… mais aussi Saint John Perse (que je ne connais pas !). Soyons prudent et humble.

Puis je tombe en amour ; j'ai les tripes qui se nouent quand je mange en face d'elle ; je ne mange plus, je ne dors plus, je ne pense qu'à elle ; je suis ensorcelé, hypnotisé, bref, amoureux !

Et on ne se quittera plus… (ou presque…) pendant 70 ans.

Dyslexique et paronymique dans ma première enfance, je démarre mal dans la vie. Certes, il y a pire…

A 5 ans, je suis gaucher avéré, reconnu comme tel par les adultes. Puis il faut apprendre à écrire ; je lis bien de gauche à droite, mais je recopie et j'écris de droite à gauche, en écriture "miroir", dite spéculaire. Il faut me lire dans une glace, ce qui fera que ma maitresse de maternelle et mon instituteur de CP auront un miroir sur leur bureau pour juger de la qualité de mon écriture. Personnellement, je lis aussi facilement un texte d'un livre que son image inversée dans le miroir.

J'ai, en fait, une camera obscura à la place du cerveau ! je reçois les images brutes, directement de ma rétine, sans remise à l'endroit du cerveau, à l'image de la bougie qui s'imprime à l'envers sur la rétine. Cela ne me perturbe nullement puisque c'est ainsi que je perçois le monde ; c'est comme si j'étais en Chine et que mes yeux voient en Europe : les gens marchent la tête en bas !

Je perçois les couleurs par leurs complémentaires ; quand on me montre du bleu, je le perçois comme orange mais je le nomme bleu puisque j'ai appris que cette couleur s'appelait bleu. Je corrige mon interprétation cérébrale par le vocabulaire mais les adultes ne peuvent en prendre conscience puisque je nomme bien les couleurs par leur nom, à eux !

De même, personne ne peut concevoir que je vois les gens marcher la tête en bas, puisque le bas, c'est le haut pour moi (CQFD) !

Et puis on m'emmena chez un psychiatre, à Tours ; on me força à écrire de la main droite, et de gauche à droite comme tout le monde… (pas tout à fait car de grands hommes écrivirent toute leur vie en écriture miroir comme Leonard de Vinci, qui était aussi dyslexique ou Jules César…)

Je suis donc un gaucher contrarié, ce qui entraîna à l'époque une irruption invalidante de psoriasis, dont je garde toujours quelques traces plus de 70 ans après.

Mon cerveau ne s'est pas totalement converti aux droitiers ; je possède une horloge inversée où le 3 est à gauche et dont les aiguilles tournent en sens inverse des aiguilles d'une montre (?) sur laquelle je lis beaucoup plus aisément l'heure que sur une horloge dite "normale".

Je me surprends parfois à dire l'inverse de ce que je pense, pour éprouver une théorie, pour tester, mettre à l'épreuve une idée, pour faire émerger une nouvelle vérité, pour confondre ou contraindre un interlocuteur…
Il faut bannir la neutralité ! Il n'y a pas pire, je hais les Suisses !!!

« Yes, I am an' immense provocateur
Les armes et les mots, c'est pareil, ça tue pareil »
Chantait Léo Ferré.

Dans ma vie, j'eus trois reviviscences.

- En redoublant ma 3ème où, par miracle, je devins premier en maths après avoir été un fieffé cancre pendant 3 ans, ce qui provoqua l'admiration des filles (?).
- En seconde où je devins premier en français, procurant une grande fierté à ma mère qui s'était échinée à me faire acquérir du vocabulaire, à travers, entre autre, Chateaubriand vers l'âge de 15 ans, sans succès…
- Et surtout en 1965 où je découvre les mensonges du communisme, la joie de l'anarchie, l'écologie avant l'heure, les escroqueries criminelles du capitalisme, Brassens en chair et en os, un squelette fossile dans une grotte… tout cela dans les Cévennes !

A suivre...

soixantehuitard@free.fr